# 定価のない本

門井慶喜

JN091235

神田神保町——江戸時代に旗本の屋敷地としてその歴史は始まり、明治期は多くの学校がひしめく文化的な学生街に、そして大正十二年の関東大震災を契機に古書の街として発展してきたこの地は、終戦から一年を経て復興を遂げつつあった。その街の一隅で、ひとりの古書店主が人知れずこの世を去る。男は崩落した古書の山に圧し潰され、あたかも商売道具に殺されたかのような皮肉な最期を迎えた。古くから付き合いがあった男を悼み、同じく古書店主である琴岡庄治は事後処理を引き受けるが——直木賞作家である著者の真骨頂とも言うべき長編ミステリ。

# 定価のない本

門井慶喜

創元推理文庫

# THE RESURRECTION OF BOOKS

by

Kadoi Yoshinobu

2019

目次

# 定価のない本

# プロローグ

平成二十六年（二〇一四）一月一日。

敗戦から六十九回目の正月をむかえた東京の朝は、絵に描いたような日本晴れだった。

雲ひとつない空、おだやかに照る太陽。赤い菱形の凧《たこ》ものんびり風に吹かれている。これで鷹《たか》の一羽でも飛んでくれれば縁起のよろしさは完璧という感じの風景を窓の外にながめながら、小学六年生、満十二歳になる玲奈《れな》が、

「そうだ」

ふりむいて、元気いっぱいの声で、

「かるた取りしよ？」

このひとことが、祖母の凍結をまねいた。

「かるた取り？」

祖母の名は、きん。

和室のまんなかに突っ立ったまま、とてつもなく季節はずれの提案をされたかのように目をまんまるにした。

きんは、そそくさと部屋を出て行ってしまった。おばあちゃんどうしたんだろ、言っちゃいけないことだったのかなと玲奈はつかのま戸惑ったが、祖母はそのくせ、もどって来たときには、

「やろう、やろうよ。お正月だもんね」

にこにこしつつ、小さな紙箱を玲奈へさしだしている。箱の上面は、あずき色の地《じ》にクリーム色の、

「百人一首」

という明朝体四字。その下には、遠慮がちな白い字で、

（社）全日本かるた協会公認
解説書付き
と印刷されている。全面にわたり版画ふうの白い絵が描かれているが、天に鶴が舞い、地に亀がねむり、亀の横には流水模様がうねうねと水足をのばしているさまは、いかにも王朝ふうというか、王朝ふうに現代の機能性を加味したようなシャープな優美さを示していた。とにかく、めでたい。

「玲奈ちゃんがいつか遊びたいって言うと思ってさ。ずいぶん前に買っといたんだよ」

祖母のことばを聞きながら、玲奈はそっと箱のふたを取る。箱のなかには読み札と取り札が、

びっしりと、縦横《たてよこ》きれいに収納されていた。どちらの札も松葉色の外枠がもうけられ、その内部に、読み札なら、

三条院《さんじようゐん》
心《こゝろ》にもあらで憂《う》き世《よ》にながらへば恋《こひ》しかるべき夜半《よは》の月《つき》かな

という振り仮名つきの歌一首とその作者の衣冠束帯《いかんそくたい》を身につけた絵姿が、取り札なら、

つきかな
へきよはの
こひしかる

という下の句のみのひらがな表記が、それぞれ印刷されている。玲奈は読み札を一枚つまみあげて、

「さんじょうルン？」

きんは声を立てて笑って、

「さんじょういんだよ、玲奈ちゃん。天皇をやめた人のことを院っていうんだ。歌の意味はまあ、つらくても長生きすればいいことがある、くらいかな」

平日午後のワイドショーさながらの平俗な解釈をしてみせた。もっとも玲奈は、小学生とはいえ、実社会への関心をはちきれんばかりに抱えている大人前夜の少女でもある。唐突に、

「いくら？」

と聞いた。実社会では、ものの価値は金額で決まるのだ。きんは、

「千五百円」

「安い！　ほんと？」

「おばあちゃんは嘘《うそ》つかないよ」

「ほんとに？　千五百円っていったらお米が五キロ、キャベツが十玉しか買えないんだよ。その程度のお金でどうして百人一首なんか買えちゃうの。千年以上も前に天皇や貴族が詠《よ》んだ歌がごろごろ入ってるんでしょう？　価値からしたら国宝もんじゃない。千五百万円でもいいくらい」

「うーん、そう言やそうだね……」

「あ、そうか」

玲奈は、ぽんと手をたたいた。

「これ、日本の古典だもんね。作者に印税払わなくていいし、翻訳の必要もない。もともとある本文をばーっと印刷しちゃえば一丁あがり。そういえば『枕草子《まくらのそうし》』とか『平家《へいけ》物語』も無料《ただ》だったなあ」

「ただ？」

きんはもう畳の上にちょこんと正座して、取り札をならべはじめている。玲奈もその横に正座して、

「国語の教科書に載ってたから。教科書って無料でしょ。考えてみれば、NHKの古典講座も無料。電子書籍アプリも無料。インターネットのダウンロードも無料。ここは日本なんだもの、日本の古典が安いのは当たり前」

「NHKは受信料があるよ」

「たかが知れてる」

この会話を、やや離れたところから見ている男がいる。

琴岡浩一《ことおかこういち》、玲奈の祖父。

さっきまでリビングの薄型テレビの前にひとり放っておかれ、雑煮《ぞうに》ののこりをすすりつつ「いまの芸人には芸がない」とか「正月番組はやかましいだけだ」とか何とか必要以上に大きな声でつぶやいていたところへ、座敷のほうから玲奈たちの「百人一首」「千五百円」「その程度」などという声のこぼれ出るのが耳にとまって、様子をうかがう気になったのだった。

浩一は、半びらきの襖《ふすま》のかげから座敷をぬすみ見ている。

きんと玲奈は、なおも取り札をならべながら、

「一枚あたり十五円かね、玲奈ちゃん」

「七・五円でしょ。札はぜんぶで二百枚だし」

などと経済学的追求に余念がない。

――ふむ。

浩一は、目を伏せた。複雑な感慨にとらわれたのだ。

――ここは日本なんだもの、日本の古典が安いのは当たり前。……か。

そんなことが断言できる若い玲奈がうらやましくもあり、小憎らしくもある。

「当たり前、じゃないんだよ」

浩一は苦笑いすると、座敷に背を向け、もとのテレビの前へと歩みだした。そうして、こんどは誰にも聞こえないよう、

「それどころか、日本人は日本の古典をあやうく全部なくしてしまうところだったんだ。百人一首も『枕草子』も『平家物語』もね。その危機を救ったのは、私の父……お前のひいおじいさんなんだよ、玲奈。古本屋さんたちといっしょにね」

テレビでは、芸のない芸人が、案外おもしろいことを言いはじめている。

# 1　本に殺された

芳松《よしまつ》が、死んだ。

という知らせを琴岡庄治《しょうじ》が聞いたのは、昭和二十一年（一九四六）八月十五日、あの敗戦を告げる玉音《ぎょくおん》放送のちょうど一年後のことだった。

庄治は、神田神保町《かんだじんぼうちょう》の自宅にいた。

茶の間のまんなかにあぐらをかいて、朝めし代わりの水――ただの水――をどんぶり鉢でごくごく飲んでいた。そこへ妻のしづが来て、その忌《い》まわしい第一報をとどけたのだった。

「芳松が？」

庄治はどんぶりを置き、声を放って笑った。

「まさか。あいつは俺より五つ下、まだ三十になったばかりだ。持病もないし、戦傷もないし、あの商売繁盛《はんじょう》ぶりじゃあ栄養失調なんてあり得ない」

「ほんとなんです」

しづは庄治の向かいにすわり、まるで周囲に百万の公衆がいるかのように声をひそめて、

「圧死ですって」

「圧死？」

「何でも倉庫で寝てたら、まわりの本箱から本がどっと落ちてきて……あたしいま、そこの四《よ》つ辻《つじ》でタカさんと会ったんです。タカさんはお前さんに助けてほしくて、ちょうどうちへ来るところで」

タカというのは、芳松のおない年の妻。しづの話がほんとうならば未亡人と呼ばねばならぬところだが、その人となりを庄治はあまり知らない。ただ芳松とおなじ青森県北津軽《きたつがる》郡五所川《ごしょが》原町《わらまち》の出身で、親どうしが遠い親戚にあたるのが縁となって、お見合いで結婚したというどこにでもある話を聞いたことがあるくらいだった。

「とにかくタカさん、うちの前で待ってるんです」

「よし」

庄治は立ちあがり、水でふくれた腹を手でなでて、

「それじゃあ、まあ、芳松の死に顔をおがんでやるか」

軽い口調。庄治は鼻歌さえ歌っていた。どうせ二、三冊頭にぶつかっただけだろう。だいたいしづは、いつも話が大げさなんだ。

しかしタカに連れられて神田猿楽町《さるがくちょう》の倉庫へ行ってみると、庄治は、

「よ、芳松……」

現実をみとめざるを得なかった。

倉庫は平屋。もともと誰かの木造住宅だったもので、「マッチ箱」と陰口をたたかれるほど

の安普請《やすぶしん》ながら、空襲を受けずに残ったのを、最近、芳松が買い取ったのだった。

その玄関を入ったところの四畳半に、芳松はあおむけになっている。

胴はすべて本の山で覆われていて、頭と、肩の一部と、両脚のひざから先だけがかろうじて外気に接していた。顔は、何しろ背丈ほどの本の山の向こうにあるから見づらいが、くわっと目を見ひらいている。ほとんど即死と見受けられた。

「芳松。お前は、本に殺されちまった……」

本はみな洋装本。つまり一般の人々がふつう、

「本」

と言われたとき、まっさきに思い浮かべる物体だった。

柳田國男《やなぎたくにお》『蝸牛考《かぎゅうこう》』。アリストテレス『ニコマコス倫理学』（高田三郎《たかださぶろう》訳）。平凡社版『大百科事典』全二十八巻。『日本経済大典』全五十四巻。『国訳漢文大成』全八十八巻。

……どれもこれも堅牢な表紙、裏表紙、および背で保護された数百枚の紙のたばだ。紙の一枚一枚はぺらぺらだけれども、数百枚がかさねられ、カタン糸で綴《と》じ合わされると、鉄石《てっせき》さながらの固さになる。

本は、はっきりと鈍器《どんき》なのだ。

そういう鈍器がさらに四隅にするどい角《かど》をそなえ、場合によっては鎧《よろい》のような函《はこ》に入れられているのだから、これはもう、

（殺傷力《さっしょうりょく》は、じゅうぶんだな）

庄治は、きゅうに吐き気がした。

こういうものが無防備な頭へ、胸へ、腹へどさどさ落ちてきたとあっては、さしもの壮年の体もひとたまりもなかったのだろう。本のなかには隅っこがつぶれて豚の鼻のようになっているのもあり、衝撃のすさまじさをあかしだてている。あとで聞いたところでは、直接の死因はあばらが折れて右肺に突き刺さり、呼吸不全となったことだった。

庄治は、これまで思ってきた。

書物は文化の産物なのだ、人類が数千年の歴史のなかで生み出したもっとも平和かつ知性的な道具なのだと。毒薬を特効薬とまちがえるようなものだったのかもしれない。

「これはもう……何と言ったらいいか」

庄治は、うめくような声を出した。タカはうしろにつつましく控えていたが、

「私も、ほんとうに、とつぜんのことで。朝になっても帰らないので来てみたら、このありさまでしたので……」

「昨夜なんだね。本が落ちたのは」

「どうでしょう」

「どうでしょう、とは？」

「きのうの夜かもしれないし、きょうの明け方かもしれません」

「少しくわしく話してくれないかな」

「はい」

タカはうなずくと、ためらうそぶりを見せてから、しゃがれ声で話しはじめた。

「うちの人はゆうべ、まだ日が暮れないうちに神保町の家へ帰ってきまして。ごはんを食べて、お酒を飲んで、とろとろ眠っちまったんです。そうして夜ふけに起き出して、これから倉庫へもどるって……」

「酒か。うらやましい」

庄治はそう言おうとした。芳松とちがって、庄治はここ二年くらい一滴も口にしていない。戦後は物資の払底《ふってい》のため、戦前はもっぱら配給切符をほかの食料品のものと交換したため、アルコールをふくんだ飲料はただの一度も手に入れられなかったのだ。庄治は酒がきらいではなかった。

もっとも、いま亭主をうしなったばかりの妻に向かって、うらやましいはないだろう。庄治はことばを呑みこんで、

「芳松は、たびたび倉庫で夜なべ仕事をしてたのかな」

「ええ、きゅうな注文が入ったときには。家から倉庫までは歩いて十分とかかりませんし」

「その夜なべ仕事のあと――まあ在庫確認か、荷づくりか、そんな仕事だったんだろうが――芳松は、そのまま倉庫で寝ることにしたんだな。この時期はふとんもいらないし、ごく軽い気持ちだったんだろう。それで寝ているさいちゅうに、整理の途中の本たちが……」

庄治は、視線をあげた。

部屋の四周にはびっしりと本箱が立てられていたのだろう。そのうち三本は本の山にのしか

かるような格好でなかば倒れていて、のこりの六本は直立している。その直立組のほうも、本は一、二割程度しか残っていなかった。あとの八割以上はみな持ちぬしに殺到したのだ。庄治はふと、それらの本が、

（どうして落ちたのか）

気になった。地震でもあれば話はべつだが、ゆうべはそんなものなかったはずだし、かりにあっても微震くらいでは大崩壊は発生しまい。芳松はしろうとではないのだ。いくら急の仕事でも、そうそう不安定な本の置きかたをすることは考えられぬ。

「あの」

タカが、遠慮がちに声を出した。庄治はふりむいて、

「何だ？」

「こういうことは……やはり警察に言うほうがいいのでしょうね」

「警察？　ああ、そうだな。何の役にも立ってはくれんが、まあ役所への届出のしかたくらいは教えてくれるだろう。届出はちゃんとしておかないと、茶毘《だび》に付すとき面倒になるし、何より遺産相続が渋滞する」

「遺産？」

タカは一瞬、眉《まゆ》をひそめた。そういう下世話な話はまだ早いとでも思ったのだろう。庄治はかまわず、

「大事なことだぞ。早急に手続きすべきだ。あんたの家は現金がある。いまは大金なんだろう

が、ぐずぐずしてると世間のインフレに追い越されてしまう。百円ぽっちじゃ米一升も買えなくなる」

「あらあら。まさか」

タカは口に手をあてた。

(ずいぶん貴族的なおどろきかただな)

庄治は内心苦笑しつつ、

「とにかくだ、警察は生活の役には立たない。よかったら、あんたたち遺《のこ》された人の面倒は……」

当面うちで見させてもらうが。庄治はそう言おうとして、一瞬、口がうごかなかった。

おなじ古い書物をあつかう商人でありながら、庄治のほうは、正直、あまり金繰りがよろしくないのだ。タカには三人の子供がいる。うちふたりは食いざかりの男の子だ。まさか養《やしな》い賃をあずかろうとは言いづらいし、へたをしたらこっちの妻子《つまこ》が飢《が》死《し》しかねない。

それでも庄治は、

(何をためらう。ほかならぬ芳松のためじゃねえか)

みずからを叱《しか》り、ことばを吐き出した。

「あんたたちの面倒は、俺が見る」

二、三秒の間《ま》があった。庄治の逡巡《しゅんじゅん》がわかったのだろう、タカはふかぶかと頭をさげ、かみしめるように、

「ありがとうございます。お世話になります」

世は、敗戦の混乱期。

下谷《したや》や新宿《しんじゅく》あたりはもちろん、この神田近辺ですらも、治安は、

「有史以来」

といわれるほど悪かった。たとえば靖国《やすくに》通りをはさんだ向かいがわの雑貨屋など、戦前から木綿の着物——ヤミで高く売れる——をたくさん長持《ながもち》につめこんで保管していたが、それを小出しに売り出したとたん盗賊どもに押し入られ、長持を一棹《ひとさお》ぜんぶ持って行かれたばかりか、あるじ夫婦も重傷を負った。

金属製のナットのようなものを五本の指にはめた手で、おもうさま鼻柱を殴られたのだという。いくら現金があろうとも、いや、現金があればこそ、女子供が男手なしで世を暮らすのは自殺行為というほかなかった。タカはもういちど、

「ありがとうございます」

頭をさげた。庄治は、

「気にするな。しづにも言っておく。せまい家だががまんしてくれ。それと……」

「それと?」

「気になるのは、納め先だ」

庄治は、本の山を見た。

山から目の高さの函入りの一冊、伊藤吉之助《いとうきちのすけ》編『岩波哲学小辞典』を抜き取った。ごく薄い

本なのだが、それだけで山はなだれを起こした。どっと斜面をかけおりた十数冊のうちの数冊がしたたか庄治の足の甲を打つ。

「うっ」

思わず腰を引いてしまうような強烈な痛み。庄治は立ったまま、下唇をかんで耐えながら、

「こいつらを注文先にとどけなきゃな」

同業者としては、やはりそちらのほうが気になったのだ。もっとも、庄治には、これから庄治自身の用事がある。

（……徳富《とくとみ》さんのとこへ行かなきゃあ）

きのうのうちに電話で約束しておいたのだ。タカたち母子の面倒が見たいなら、なおのこと商品をいっしょうけんめい売りあるき、少しでも現金を手に入れなければならない。

「悪いが、俺はこれから熱海《あたみ》へ行く。通夜やなんかの差配は東西《とうざい》さんにやってもらおう。神保町はいい街だ。心配するな」

その神保町の、

「本の街」

としての歴史がじつはこの事件をひきおこしたことを、このとき庄治は知るよしもなし。

†

神田神保町。

江戸時代には、旗本たちの屋敷地だった。

その屋敷地のなかに神保なにがしの家があり、その家の前の通りが神保小路とよばれていたところから、明治のはじめ、この町名が正式に制定されたことは、つとによく知られている。

その後、この界隈にたくさんの学校ができたことも有名だろう。東京大学、東京商業学校（のちの一橋《ひとつばし》大学）、明治法律学校（明治大学）、専修学校（専修大学）、日本法律学校（日本大学）……学校があつまれば、学者や学生があつまる。それをめあての新刊書店、古書店もあつまる道理。神保町は、たしかに明治のむかしから「本の街」だったのだ。

しかしながら。

こんにちのように百軒以上もの店がたちならぶ偉観をそなえるようになったのは、じつは案外あたらしく、大正十二年（一九二三）九月一日、あの、

「関東大震災」

がきっかけだった。

関東大震災は、東京じゅうの出版社、印刷会社、紙問屋、製本工場などをのきなみ倒した。もしくは焼いた。新刊書店もおなじ被害に遭《あ》ったから、ここでいったん、東京市民への本の供給ルートは途絶したことになる。唯一の例外が古本屋だった。

むろん、神保町も焼け野原になっている。

三日三晩、猛火にさらされたあげく全店が灰になってしまった。が、そこはそれ、古本屋は

むかしから新刊書店の店員よりも機転がきくというか、狡猾《こうかつ》なのだ。彼らのうちの数人は、火がおさまるや、

「それっ」

とばかり汽車に乗り、震災をまぬかれた浜松《はままつ》へ、名古屋《なごや》へ、仙台《せんだい》へ散った。そうして新刊本をどんどん買って東京へおくり、それを古本として売りだした。

経済的に見た場合、新刊本と古本の最大のちがいは、

「定価」

の有無にある。

新刊本は定価にしばられるが、古本はしばられない。定価一円のものを二円で売ろうが三円五十銭で売ろうが法令違反にはならず、原則としていかなる道徳的非難もあびない。そのかわり古本の世界には、

「市場の要求」

という鉄の天井がある。ふつうの世であれば新刊書店で一円で買えるものをわざわざ二円で買う客はいないから、それがおのずと値段の高騰《こうとう》をおさえる役割を果たしていたのだ。

震災は、この天井をぶちこわした。目はしのきいた古本屋が全国各地から招来した本たちは、つぎつぎと高値の札をつけられ、それにもかかわらず飛ぶように売れた。買ったのは個人の読書家ではない。法人だ。大学や官庁や企業だった。

彼らは震災後、建物こそ急造のバラックで何とかしたにしろ、そのなかに入れるべき資料や蔵書はのこらず焼いてしまっていた。ただちに買い直さなければ明日の業務にも支障が生じるような情況で、たよりになるのは古本屋のみ。しかも彼らには金がある。相場がうなぎのぼりになるのは、けだし当然のことだったのだ。

しかしながら。

古本商売の真《しん》の妙味は、じつはこの後にあるのだった。

出版社も新刊書店も、いつまでも立ちすくんではいなかった。出版のほうではあのエネルギーのかたまりのごとき野間《のま》清治《せいじ》ひきいる講談社をはじめ、改造社、春陽堂、金港堂、新潮社などの主流組がつぎつぎと旺盛な活動を再開したし、新刊書店もバラックで営業を再開した。

しかし彼らはあくまでも新しい本をつくり、新しい本を売ったのであって、本を再刊したのではない。震災前から流通していた価値ある本はやっぱり絶版——文字どおり絶版——のままだったから、古本の値段は高どまり、おおむね下落しなかった。単なるセコハンだったものが、いっせいに、

「ヴィンテージ」

へと昇華したのだ。

むろん一冊一冊について見れば値さがりしたものもあるが、全体としては、急騰ののちにありがちな反動的暴落がなく、これが神田神保町にいっそうの古本ブーム、というより古本屋ブームを巻き起こした。

最盛期にはじつに三百軒もの業者が軒《のき》をならべていたというから密なことおびただしい。この街は、このとき真の意味で、

「本の街」

になった。大正末年のことと見ていいだろう。

すなわち。

琴岡庄治は、この「本の街」成立からほんの二十年後の人物にすぎない。二十年後にこの街は、またしても、

「敗戦」

という天地がひっくり返るような打撃を受け、廃墟となり、そうして……

不死鳥のごとくよみがえろうとしている。

†

庄治はいったん家にかえり、多少ましな服に着がえて、東京駅に行った。

汽車（実際は電車）は、殺人的に混雑していた。地方へ食料の買い出しに行く人々だった。遠慮していたのでは乗るどころか車体に近づくこともできない。庄治はホームの群集をむりやり掻《か》きわけ、窓から乗りこみ、文字どおり足が地につかぬ状態のまま鈍行《どんこう》のゆれに耐えた。ようやく熱海で降り、てくてく歩いて伊豆山《いずさん》にのぼる。そこには、

「晩晴草堂《ばんせいそうどう》」

と名づけられた一代の文筆家・徳富蘇峰《そほう》の家があるのだった。

玄関の戸をたたくと、家の人から庭へまわるよう言われたため、そのようにした。庭に面した縁側には和服を着た老人がひとり、背中をまるめて腰かけていた。

「蘇峰先生」

声をかけるが、老人は気づかない。うつらうつらしているようにも見える。年はたしか八十三になっているはずだった。

「蘇峰先生」

何度目かに言うと、相手はようやく顔をあげ、

「ああ、琴岡君か。ひさしぶりだな」

人なつこそうに笑った。笑うと目が針のようになるのがこの人の特徴なのだが、

(声に、力がない)

鳥黐《とりもち》にからめとられた鳥がすべてをあきらめて羽ばたきをやめた、そんな感じの声だった。

お元気そうで何よりですと言うのもしらじらしい気がして、

「少しお痩《や》せになりましたね。たんと召し上がらないと毒ですよ」

蘇峰はそれには直接こたえず、

「君の商売はたいへんだな。本なんぞ何万冊よんだところで腹はふくらまぬ。誰も買わない」

「そうでもありませんよ。神保町は活気があります。徴用されてた若い連中が続々とかえって

きてますし、市会《いちかい》（業者どうしの入札会）も何度かやりました。店売りも好調。なかには関東大震災のとき以来の好景気とすら言う者もあります」

「ほう」

蘇峰翁《おう》、やはり表情は平板なまま。自動的に応答した。

「それは意外だな。街とともに人間の知も復興しつつあるのかな。それじゃあ君の弟分の、あの三輪《みわ》書房の……」

「三輪芳松ですか？」

「そうだ。彼もさぞかし大車輪の活躍なのだろうな。あれは商売のうまい男だ」

「芳松は死にました」

蘇峰はきゅうに目を見ひらいて、

「ほんとうか？」

この日はじめて見せた生体反応だった。庄治は庭の土をふんで縁側に近づきつつ、そっけなく、

「ほんとうです」

「かわいそうな話だ。まだ若いのに、栄養失調とは……」

「栄養失調ではありません。本の山におしつぶされたのです」

庄治は蘇峰の前に立つと、けさ見たばかりの吐き気のするような光景について、くわしく説明した。

このときの庄治には、

（蘇峰先生には、ぜひとも元気になってもらう）

という遠謀がある。

天下国家をこのんで論じる男がしばしばそうであるように、徳富蘇峰という人も、周囲の無名の人間のちょっとした噂《うわさ》ばなしに異様な関心を向ける癖《へき》がある。少なくとも戦前はあった。その癖にひっかけて、蘇峰の心にいわば電気的刺激をあたえようとして、庄治は芳松の死をもちだしている。

のがたっている。

（元気になって、戦前のようにじゃんじゃん本を買ってもらう）

蘇峰は、ただの文筆家ではない。

若いころから印税収入、新聞社経営、貴族院議員就任などによって厖大《ぼうだい》な財産をきずきあげ、その財産をおしみなく古本および古典籍の購入につぎこんで、

「成簣堂《せいきどう》文庫」

という名の十万冊におよぶコレクションを形成した大蒐集家《だいしゅうしゅうか》でもあったのだ。

庄治の話をひととおり聞き終わると、蘇峰は、

「事故死ではないね」

あっさりと言った。

庄治は一瞬、きょとんとしたあと、発言の重大性に気がついて、

「先生。それはどういう……」

「それはさ」

蘇峰は目をかがやかせ、すっくと立ちあがった。朝比奈知泉《あさひなちせん》、陸羯南《くがかつなん》、三宅雪嶺《みやけせつれい》とならんで天下四大記者といわれた若いころのエネルギーが内部からにじみ出たような顔色だった。が、肩を落とした。まるで薬がきれたかのように声を低めて、

「いや、私は世間を追われた男だ。いまさら世間に興味をもつなどおこがましい。琴岡君」

「はい」

「見せたいものがある」

縁側には、机がひとつある。ガラス窓にむかって置かれていて、その上には何枚かの和紙が散っていた。蘇峰はそのなかの一枚をつまみ取って、庄治へよこした。紙には墨《すみ》くろぐろとした筆書きで、

百敗院泡沫頑蘇居士《ひゃっぱいいんほうまつがんそこじ》

庄治はぎくりとして、顔をあげ、

「こりゃあ先生、戒名《かいみょう》じゃありませんか」

「そうだ。戒名だ。私みずから決めたのだ。もはや坊主ですら私のことは相手にせんから」

「それにしても……」

庄治は、ふたたび和紙に目を落とした。百敗、泡沫、頑蘇。何という景気のわるい字面だろ

う。

蘇峰は、このたびの戦争に協力した。

どう言い訳しようもなく協力した。開戦直前には日比谷《ひびや》公会堂で二時間もの大演説をぶって数千名の聴衆に対米英戦争の不可避なることをうったえたし、戦争中には大政翼賛会《たいせいよくさんかい》と内閣情報局の後援を得て、「日本文学報国会」なる国策組織の会長に就任し、小説、随筆、詩、短歌などの面から国民を鼓舞《こぶ》した。あるいは操作した。

そもそも開戦時、東条英機《とうじょうひでき》首相の依頼に応じて、「朕《ちん》ここに米国および英国に対して戦を宣《せん》す」という文言《もんごん》をふくむ開戦の詔勅《しょうちょく》を起草したのも蘇峰その人なのだ。蘇峰はまちがいなく言論面での聖戦遂行のリーダーだったし、そのことで名誉と生活の保障をいっそう完璧なものにした。戦時中に文化勲章をもらったのも当然のことだったろう。

が、負けた。

日本は一朝にして転覆した。きのうまでの聖戦はたちまち凶悪かつ無謀な侵略行為になり、きのうまでのリーダーは気がつけば戦犯容疑者になっていた。蘇峰はその最右翼だった。

終戦から一年。

蘇峰は、失意の日々だったろう。

高齢の故《ゆえ》を以《もつ》てかろうじて過酷な拘置所おくりは免ぜられたものの、自宅拘禁《こうきん》とされ、公職を追放され、あらゆる言論発表の場をうばわれた。戦前からライフワークとしてきた長大な『近世日本国民史』の執筆も、これは戦争とは何の関係もない純然たる歴史本であるにもかかわらず、中断の余儀なきに至ったという。

そもそも終戦時、天皇が国民に直接よびかけるラジオ放送をおこなうというとき、蘇峰はあれほど国家の中枢にくいこんでいたにもかかわらず事前に何ひとつ知らされず、

「きっと陛下みずからが一億国民の士気をふるいおこすような目出度《めでた》いことを宣せられ給《たも》うにちがいない」

とひとり決めして、静子《しずこ》夫人に、

「赤飯《せきはん》を炊《た》け」

と命じたという。滑稽《こっけい》をとおりこして悲惨きわまる。そのラジオ放送とは、米英その他への降伏の意をふくむ、いわゆる玉音放送だったのだ。

徳富蘇峰、八十三歳。いま窮境《きゅうきょう》にあるのは、

「自業自得だ」

と言ってしまえばそれまでだし、実際そういう国民の声も多い。しかし庄治はそういう道義的判断をくだす気はなかった。

「蘇峰先生」

庄治は、和紙をつきかえした。そうして、鼻であしらうような口調で、

「先生は、案外、お弱い人だったのですね」

「何?」

「こんな戒名ひとつで人生をしめくくった気になるとは、がっかりしました。もうちょっと骨のあるお方かと思ってましたが。だいたい先生はお若いころキリスト教に入信していたのでしょう? 何が戒名です」

「こんな老人を挑発しても、もう綿ぼこりも出やせんよ」

「そういうことでは困ります。先生にはまだまだ神保町をご支援いただかねば」

「活気があると言ったばかりだ」

「唯一、活気のない分野があるのです」

「何だい」

「これです」

庄治は、右手に風呂敷づつみをさげている。縁側に置き、はらりと結び目をといた。なかには薄い本が五冊。

「ほう。古活字版《こかつじばん》か」

蘇峰の目が、きらりと光をやどした。庄治は、

「はい。慶長《けいちょう》十九年(一六一四)刊です。徳川《とくがわ》時代のごく初期ですね」

洋装本ではない。

和紙をかさねて糸で綴じた、

「和装本」だ。

和本ともいう。蘇峰は風呂敷のかたわらへ座りなおし、いちばん上の一冊を手に取った。代《たい》赭色《しゃいろ》の表紙は縦約二十七センチ、横約十八センチ。ほぼ現代の週刊誌とおなじサイズだ。なかなか大きい。

大きいわりに、全体に、しわや手ずれがない。虫食いもほとんどないし、破損のあとも見られない。上質の和紙がひっそりと上質の年月をすごしてきたことがよくわかる、きわめて良好な保存状態だ。かすかにお香をたきしめたような匂いもする。

表紙の左上方には、縦長の題簽《だいせん》が貼られている。経年変化で飴色《あめいろ》になった短冊《たんざく》状の紙の上に、くろぐろとした墨で、

清少納言《せいしょうなごん》　一

角書《つのがき》はなし。蘇峰はふわりと表紙をめくった。現代ふうの見返しや扉や口絵やはしがきや目次などはいっさいなく、いきなり本文がはじまっている。本文は、

はるはあけほのやう〱しろくなりゆくやまきは

という古典ずきなら誰もが知るあの『枕草子』冒頭文だ。字はゆったりと十三行に配された草書ふうのくずし書きで、あたかも滝の落ちるかのごとく小筆でさらさら書いたように見えるけれども、実際のところ、

「活版」

による印刷物であることは、見る者が見ればすぐにわかる。三百年以上も前の本ながら、これは写本ではなく、

「刊本」

なのだ。

活版というのは、世界人類の近代史における主流中の主流というべき印刷法。発明したのが一四〇〇年代ドイツのグーテンベルク――またはその同時代人――だというのは、どの学校の教科書にも書いてあることだろう。その方法は、ひとつひとつの字について、

「活字」

と呼ばれる金属製ないし木製のハンコのようなものをつくり、そのハンコを縦に――西洋文の場合は横に――ならべて一行ぶんの版面《はんめん》をつくる。その繰り返しでページ全体を構成するというものだ。

文字の出し入れが一個単位で、おもいのままにできるところから「生きた版」という意味で「活版」。日本に伝来したのは西暦一六〇〇年前後だった。

伝来のきっかけは、豊臣秀吉《とよとみひでよし》による朝鮮《ちょうせん》出兵だったという。戦争のどさくさで朝鮮から技術者をむりやり連れてきたのだ。

伝来するや、大流行した。

やはりその便利さの故だろう。学問ずきの後陽成《ごようぜい》天皇はみずから『論語』『日本書紀』『職原抄《しょくげんしょう》』などの印刷刊行を命じたし（慶長勅版という）、徳川家康《いえやす》もこんにち伏見《ふしみ》版や駿河《するが》版などと呼ばれるものを数多く印行させた。

本阿弥光悦《ほんあみこうえつ》らによる嵯峨《さが》本のごときは本そのもののたたずまいが美の極致と称すべきで、庄治もときどき出会うことがあるけれども、そんなときはしばし商売をわすれ、恍惚《こうこつ》としてしまうのがつねだった。

こういう一六〇〇年代に開版《かいはん》された活版印刷による書物を、庄治たち古典籍商《ディーラー》やコレクターや研究者は、近代の洋装活字本と区別するため、

「古活字版」

と呼んでいる。

そうしてその古活字版の近代における最大の蒐集家のひとりこそ、ほかならぬ「成簣堂文庫」庫主、徳富蘇峰であることは、戦前からこの業界では知らぬ者がない。庄治はただ無造作にこの本をえらんだわけではない。

蘇峰、いまは無言。

かれこれもう十五分以上も本を見ている。第一巻をひざに置き、第二巻、第三巻……ページ

をめくるときの和紙のかそけき摩擦音《まさつおん》すら荘厳な組曲のような感じがする。蘇峰はようやく第五巻を閉じると、ため息まじりに、

「いくら？」

庄治は、ちょっと躊躇《ちゅうちょ》してから、

「五千五百円ではいかがでしょう」

「何だと？」

蘇峰の声が、怒気《どき》をふくんだ。庄治は目を伏せつつ、

「お腹立ちは、ごもっともです。しかしながら現在の世情では、こういう値段にならざるを……」

「安すぎる。いくら何でもそれはない。稀覯書《きこうしょ》の価値は常識では測り得ませんなどと戦前ことごとに口にしていたのはどこの誰だ。君だろう。琴岡君、君は最近いつもこんな投げ売りをしているのか？」

「はい。……最近は」

庄治は目を伏せたまま、鼻のあたまを指でかいた。

（やっぱり、叱られたか）

ばつが悪いというほかなかった。

庄治は思い出す。きのう新宿のヤミ市へ行ったとき、牛乳一瓶、百八十ミリリットル入りが十円二十銭だった。ということは、この『枕草子』という日本を代表する古典作品の、しかも

日本史上はじめて出現した刊本のひとつが、牛乳約五百瓶、九十リットルぶんの価値しかないことになる。

「いまの時代は、そこまで文化をさげすむのか」

蘇峰がつぶやく。庄治は目をあげ、口をひらいて、

「蘇峰先生。さっき神保町に『唯一、活気のない分野がある』と申したのは、まさにこのことなのです。一般の古本はともかく、古典籍はどうしようもない。どんなに安くしても買い手がつかない」

古典籍というのは、かんたんに言うと明治維新以前の和装本のこと。今回の『枕草子』古活字版などはまさしくそれで、定価のなさでは一般の古本をはるかに凌駕《りょうが》する。庄治は、ないし庄治の経営する、

「琴岡玄武堂《げんぶどう》」

は、この古典籍を専門とする業者なのだった。だから食えない。朝から水で腹をごまかすような暮らしになる。

結局、蘇峰も買わなかった。

「これは返そう」

風呂敷ごと庄治の手にのせたのだ。その重さ、すこぶる軽し。ふわふわした和紙の集積だから一万冊落としたところで人を圧死させられそうにない。

「なるほど安い買いものだが、琴岡君。いまの私には、それでも手が出るものじゃない。すま

ないね。眼福《がんぷく》だった」

「いいんです」

庄治はいったん風呂敷ごと本を置き、あらためて手早くつつみながら、

「きょうはまあ、挨拶《あいさつ》がわりです。おたがいの生存確認も兼ねて」

「私は死んだも同然だよ」

「芳松のぶんまで長生きしてください。では」

庄治は体の向きを変え、去ろうとした。

と、その背中へ、蘇峰の声が、

「来てくれた礼」

「え？」

庄治が立ちどまり、ふりかえると、蘇峰はぷいと横を向いて、

「……でもないが、三輪君のことだ」

「ああ、そういえば、さっき事故死ではないと……」

「事故死かもしれん。自然死かもしれん。故殺《こさつ》されたのかもしれん」

「故殺」

庄治は、緊張した。ふだん刑法とは縁遠い生活をしている。

「それはつまり、誰かに殺されたと？」

「ああ」

「なぜそうお思いに？」

「わからんよ。私は乱歩《らんぽ》君の小説の主人公ではない。だがな、私はクリスチャンだった男だ。酒も飲まず、女も買わず、ひとりの女と六十年つれそっている謹厳な夫婦生活のもちぬしではある。その私には、彼の妻女《さいじょ》の……名は何という？」

「タカ。三輪タカ」

「そのおタカさんの行動が理解できんのだ。三輪君の死体はくわっと目をひらいていたのだろう？　琴岡君が見たときもそのままだったのだろう？　ということは、おタカさん、死んだ亭主をほうって琴岡君を呼びに行ったということじゃないか。かりにも妻だ、あるじが死んだとわかったら、とにかくもまず目を閉じてやりたいと思うのが人情ではないか」

（そういうものか）

庄治は、ぴんと来ない。思いつくまま、

「驚愕《きようがく》のあまり気が動転したんじゃないでしょうか、蘇峰先生。それに彼女は、俺もですが、とても芳松の顔までは近づけませんでした。本の山のせいで」

「それも変な話じゃないか。だいたい彼女はなんで本の山をくずそうとしなかったのか。死体であろうとなかろうと、亭主が下敷きになってるんだぞ。苦痛をとりのぞいてやるべく、考えるよりも手が先にうごくのが当然だ」

「彼女が殺したとでも？」

「そこまでは言わんが。まっさきに医者を呼ばなかったのも妙だ」

「先生は、幸福な結婚生活を送られたのですね」

庄治は、ふと揶揄《やゆ》した。失言だった。蘇峰はきゅうに顔を赤くして、しらがの根もとまで桃色にそめて、

「ただの思いつきだ。行け」

邪険に手をふった。庄治はうれしかった。いくぶんでもこの落魄《らくはく》の蒐集家を現実世界へ引き戻せた、そんな気がしたからだ。それもこれも、

（古典籍の、力かな）

見せたかいがあったと思いつつ、庄治は、晩晴草堂をあとにした。この時点では、庄治の関心はあくまでも自分の商売のほうにあった。

†

が。

熱海駅から汽車に乗り、さらに西へと向かう車内で、

（……芳松は、殺されたか）

疑問がだんだん大きくなった。

汽車の車内は、東京から離れるにしたがって混雑の度が低くなる。思考の余裕も多少できる。

東京へかえったら、すぐにでも、

（タカに事情を聞かなければ）

庄治は、西へ向かう。

†

東京へかえったのは、出発した日の四日後だった。

「芳松は、もう煙になっちまったよ。さぞかし通夜には出たかったろうな、琴岡さん」

そう肩をたたいて慰めてくれたのは、おなじ神田神保町、靖国通りぞいに店をかまえる東西書店の柿川一蔵《かきがわいちぞう》だった。

通称、東西さん。洋書専門だから一般の古本屋よりもさらに羽振りがいい。最近は特に英会話入門のような本をあつかって繁盛をきわめているという。庄治は、

「なあに、この商売は仕入れが命だ。きっと芳松はわかってくれる」

庄治は蘇峰訪問ののち、京都、奈良、名古屋と下車をかさね、仕入れの旅をしていたのだった。

旅の成果は、良好だった。

古典籍の値はこれら地方都市でも暴落しているからだ。

庄治はたとえば京都では古書肆《こしょし》・高見《たかみ》栴檀堂《せんだんどう》から『禁秘抄《きんぴしょう》』鎌倉時代古写本を買い受けたし、名古屋では有力なコレクターである自動織機メーカーの幹部《みきべ》某氏から『新撰菟玖波集《しんせんつくばしゅう》』室町末

期古写本、森枳園《もりきえん》および大槻文彦《おおつきふみひこ》旧蔵本の割愛を受けたけれども、前者は五千円、後者は三千円という具合で、感覚的には戦前の十分の一、十五分の一というような価格だった。

売りの地獄は、買いの天国でもあるのだった。庄治はほかの本も合わせて、つい買いこんでしまった。むろん好きだからでもあるが、反面、

(古典籍は、このままでは終わらない)

世が変わり、人心がおちつけば、絶対にもとの高値をとりもどす。その日を見こしていまから大量に商品をストックしておくことは、むしろ将来の、

(巨利のたねになる)

もちろん、それまで資金がもちこたえればの話だが、などと不安と満足をかわるがわる味わいつつ、庄治は家で靴をぬいだ。と、しづが玄関まで駆けてきて、

「お前さん。お前さん」

「おう、ただいま。おタカさんの様子はどうだ? 落ち込んでないなら、ちょっと話がしたいんだが」

「それが」

しづは、米櫃《こめびつ》にしまっておいたはずの米がないとでもいうような狼狽《ろうばい》のきわみの顔をして、

「おタカさんと子供たち、昼までうちにいたんですが……」

「出かけたのか?」

「あたしがちょっと目を離したら、それっきり……。三輪の家にもいないし、猿楽町の倉庫に

もいない。町内のほかの店にも。小学校にも」

結局。

芳松の妻と三人の子供は、夜になっても、もどらなかった。

つぎの日も、またつぎの日も。庄治ははじめ、

（心中か）

きもを冷やしたが、そういう風聞《ふうぶん》もながれてこない。四日目に、ようやく庄治は確信した。

「逃げたんだ。亭主のとむらいが済んだとたん、この神保町から」

舌打ちして、路上の石ころを蹴りとばした。

## 2　丸善《まるぜん》夜学会

その晩。

庄治は、もういちど猿楽町の倉庫へ行ってみた。

失踪したタカに会えることを期待した、わけではない。芳松の死んだ現場を見なおしたかったのだ。

前回そこへ行ったときは、芳松の死は事故死だと思っていた。あばらが折れて右肺にささり、それが原因で絶命したと医者からは聞いたし、庄治が見た実際の光景も、それを裏切るものではなかった。いまはちがう。

他殺かもしれない。その目で現場を見なおせば、何か、

（手がかりが、つかめるかも）

庄治は、玄関のノブをまわそうとした。時刻はもう十一時ちかく、あたりは鴉《からす》がひしめいたように暗い。

「ちっ」

ノブはがちゃがちゃ音を立てるのみ、右へも左へもまわらなかった。庄治はため息をついた

けれども、考えてみれば、鍵はポケットに入っている。タカが庄治の家にいたとき、妻のしづへ預けていたのだ。

もっともタカは、立ち入りの許可まで与えたわけではない。厳密にいえば、

（住居不法侵入なんだろうな）

ドアが、ひらいた。

きいやっ、という甲高い悲鳴があがったが、蝶番《ちょうつがい》のきしみだった。ゆっくりと玄関へ入り、四畳半に足をふみいれる。手さぐりで裸電球のスイッチをさがし、ぱちんと撥《は》ねあげる。目の前にあらわれた芳松の書庫は、いまや整然たる外観をとりもどしていた。

本という本はほとんどすべて本箱に立てられ、背の字をずらりと誇示している。板張りの床《ゆか》の上にも多少のこっているものの、いずれも部屋のすみっこに天地をそろえて積まれているあたり、なかなか仕事が丁寧《ていねい》だった。指一本ふれただけで大なだれを起こしそうだった前回の、文字どおりの「本の山」の状態は、こうなるともう思い出すのもむつかしい。

「……おタカさん、片づけたのか」

そのことが、庄治にはやや意外だった。

同業者がかわりに整理してやったのか、とも考えたけれど、そうではないようだった。本箱の本のならび方がばらばらな印象だったからだ。

くろうとが本を整理すると、どうしても分類癖がはたらいてしまう。本箱全体がうっすら色わけされたようになって、おなじくろうとにはすぐわかる。そういう感じは見てとれなかった。

それにしてもタカは、

（どうしてまた、こんなに急に）

芳松の死の痕跡をぬぐい去らなければならない特別な理由でもあったのだろうか。庄治がそう思い、ひとり眉をひそめたとき。

背後でかすかな音がした。

蝶番のきしみ。ふりかえると、きらりと羽虫がとんできた。首を左へかたむける。ぶんと音を立てつつ耳の横をとおりすぎる。庄治は耳に手をあてた。とろりと生あたたかいものが指先にふれる。血のにおいが立った。

「何だ？」

つぎの羽虫がとんできた。庄治はしゃがんで避けつつ、目を上へ向けた。正面のたたきに、男がひとり立っている。

片足を前に出し、こちらへ何かを――槍《やり》だろうか――突き出すような恰好《かっこう》をしていた。この蒸し暑いのに時代おくれの国防色の国民服をぴったり身につけ、ボタンを襟《えり》まで留めている。

「ちっ」

男は舌打ちし、両腕をたたんだ。それでようやく凶器の正体がわかった。黒い棒のようなものの先っぽに小さな刃物がついている。

（銃剣）

羽虫のごとく見えたものは、刃先のきらめきだったのだ。銃そのものに弾《たま》は込められていないのだろう。刺し殺す気なのだ。

ゆっくりと、庄治を見おろした。

銃剣を突きおろした。庄治はうしろへ跳ねたけれども、しゃがんだままの跳躍ではろくな距離がかせげない。

「あっ」

右の二の腕を刺された。しゅっという布を裂くような音が立ったのは、刃先が肉を切ったのだろう。庄治ははずみで大《だい》の字になり、したたか後頭部を打った。

部屋の、まんなかだった。

天井が見える。裸電球がゆれている。その黄色いあかりが四周の本箱をあるいは照らし、あるいは長い影で暗くしている。

このままでは殺される、起きあがらねば。そう思いつつ、体がうごかなかった。バーナーで焼かれたような腕の激痛もさることながら、呼吸があさい。自分の体とは信じられぬほど忙《せわ》しく胸が上下している。男は銃剣をかまえつつ、じりじり近づいてくるらしい。

(芳松)

お前が死ぬ直前に見たのは、この光景だったのか。お前と出会ってから十七年、いや十八年だったかな、くされ縁とは思ってたけれども、まさか死に場所までおんなしとはなあ。ふたりとも、せっかくあの焼夷弾《しょういだん》の雨を生きのびたのに。

が。

庄治は、死ななかった。

玄関がさわがしい。庄治は大の字になったまま首をもちあげ、そちらを見た。雑草色のヘルメットをかぶった白い顔の兵士たちが三、四人、どかどかと靴のまま入ってきている。銃剣の男をとりかこみ、猛烈な早口で叱責《しっせき》しているらしいその言語は、(英語)

庄治は身を起こした。アメリカ兵たちは四方《しほう》から銃剣の男——これは明らかに日本人——に小銃の銃口を向け、指をしっかり引き金にかけている。こっちはほんとうに弾が出るのだろう。包囲の網は、ゆっくり狭《せば》められつつある。

がちゃん。

とつぜん派手な音がした。銃剣の男が、銃剣を投げ捨て、両手をあげたのだった。

†

そのまま、戸外に連れ出された。

トラックに乗せられ、どこかへ連れて行かれたようだった。アメリカ軍がこれから彼をどうするのか。独自に取り調べをおこなうのか、それとも日本の警察にひきわたすのか、そんなことは、

(どうでもいい)

庄治は、動物的にそう思った。二度と自分の前にあらわれなければ何でもよかった。

玄関の外で深呼吸して、夜空を見あげた。

と、路上に停められたもう一台のトラックから兵士がひとり降りてきて、

「ショージ。傷の具合はどうだ?」

英語で聞いた。庄治はわれながら日本人にしては流暢《りゅうちょう》な英語で、

「痛みは減じた。出血も停止したようだ。君たちの的確な応急処置に敬意を表する」

お世辞ではなかった。

この兵士は、ハリーという名の二十七歳の白人だったが、書庫のなかで大の字になっていた庄治のところへまっ先に駆け寄るや、腰の革ベルトを抜き、腕の傷の上をしばり、長い銃身をさしこんで自動車のハンドルのように二、三度回転させたのだった。

ねじが増し締めされたのとおなじだった。ベルトは腕の肉を緊縛《きんばく》し、血管を圧迫した。ハリーはべつだん衛生兵の訓練など受けたことはないというが、その一兵卒にしてこの機知。なるほど、遺憾《いかん》ながら、

(こいつらが勝つわけだ)

いまはもう二次的措置もすんでいる。庄治の腕はベルトを外され、当《あ》て布《ぬの》がされ、清潔な包帯が巻かれているのだった。耳の傷はかすり傷。ほうっておいても治るだろう。

ところがハリーは、

「さて、ショージ」

胸ポケットからラッキーストライクの箱を出して一本とりだし、火をつけてから、

「お礼をしてもらおうか」

きゅうに意地悪そうな顔になった。

「お礼？」

庄治は、身をこわばらせた。ハリーはうまそうに鼻からけむりを吐き出すと、

「いや、なに、大したことじゃないんだ。ちょっと俺たちの駐屯先《ちゅうとんさき》へ来てほしいだけさ」

「駐屯先？」

「ミスタ・イワサキの家だ。カヤチョウにある」

一瞬、何のことかわからなかったが、

「ああ、三菱《みつびし》の」

三井、住友とならぶ日本三大財閥のひとつである三菱財閥を支配する岩崎《いわさき》家。その自宅が不忍池《しのばずのいけ》のほとり、下谷区下谷茅町《かやちょう》にあることは東京都民のたいていが知っている。終戦直後に接収され、いまはＧＨＱ――連合国軍最高司令官総司令部――の一官庁として使われているということも、庄治は新聞か何かで読んだことがあった。

「どうだ、ショージ。来てくれるか？」

「いつ？」

「明日」

よし行こう、と気軽に言えるような場所ではない。庄治はぎこちない笑顔をつくり、

「ダンス・パーティにでも招待してくれるのか？」

「ヨシマツのことだ」

ハリーはまじめな顔になり、たばこの赤い火を見つめながら、

「俺たちがここに来たのは偶然じゃない。毎晩巡視してたんだ。実際の話、俺の上官はヨシマツの死に多大な関心を持っている。ショージ、お前には、それに関して知っていることを教えてもらいたいんだ」

「芳松については少し知っているが、芳松の死については知らない」

「知るかぎりでいい」

「本業がある」

庄治は、にべもなく言った。

「君たちの言語には『時は金《かね》なり』という格言があるそうだが、俺の生活はまさにそれだ。よそごとに時間をとられれば稼ぎが減り、その日一日の食いしろが減る。俺には妻子をやしなう義務がある」

「さっきも言ったが」

ハリーはたばこを指から落とし、ブーツの先でねじるように踏みつけてから、

「俺はその傷の手当てをした。お前を暴漢から救った。お前たちの言語には『命の恩人』という語があると聞いたが？」

（こいつめ）

庄治は、むしろ破顔した。こいつは悪いやつじゃない。

なぜなら彼は占領者であり、こちらは被占領民なのだから、本来ならばただ「出頭しろ」と命じればいい。そこをあえて命の恩などにうったえたところに、何というか、根っからの人のよさが出ているような気がしたのだった。

庄治はうなずき、

「承知した」

ハリーは安心したらしい。タイルのような白い歯を見せると、

「子供は何人？」

「四人だ。十歳の息子、八歳の息子、七歳の息子、三歳の娘」

「それじゃあ」

ハリーはきびすを返し、トラックに飛びこんだ。

ふたたび出て来るや庄治の眼前へぬっと右のこぶしを突き出し、下向きに手をひらく。ばらばらとマッチ箱のようなものが落ちる。

庄治は両手のお椀《わん》でそれを受けた。ハーシーズと英語で書かれた紙づつみが四つ。庄治は目をひんむいて、

「ちょ、チョコレートか」

宝石にひとしい高栄養食。腹がぐうと鳴った。ハリーはたしなめるような顔になって、

「お前が食うなよ、ショージ。かならず子供たちにやるんだ。俺の国では子供は天使だ。いいな」

生《き》まじめに念を押した。罪ほろぼしのつもりらしかった。

†

翌日の朝。

言われたとおり、茅町の岩崎邸へ行ってみた。

塀《へい》には鉄条網がはりめぐらされ、

「OFF LIMITS」

と書かれた看板のようなものがさがり、ちょっと近づいただけで兵士たちに銃口を向けられるというような物々しい空気を想像していたのだが、実際には、ただの金もちの自宅だった。鉄条網も看板もない。

さすがに正門前には二、三名の兵士が立っていたけれど、これもべつだん険悪な感じではなく、

「琴岡庄治だが」

と話しかけたら、あっさり中へ入れてくれた。尋問もなし、ボディ・チェックもなし。あらかじめ話が通してあったためにちがいない。

内部の敷地は、約一万五千坪。

洋風和風とりまぜて二十棟もの建物が建つ由《よし》だが、しかし庄治がみちびかれたのは洋館ではなく、和風建築でもない。両者を不恰好に交雑させたような山小屋ふうの建物だった。

「撞球《どうきゅう》室だ」

門番の兵士はそれだけ言うと、きびすを返し、さっさと帰ってしまった。

ひとり足をふみいれると、なるほど薄暗い室内のあちこちにビリヤード台がある。そのうちの奥の一台にもたれかかるような姿勢で、ひとりの男が立っていた。制帽をかぶり、将校服をぴたりと身につけ、じっと緑色のラシャを貼りつけた台の上をにらんでいる。庄治は、

「ハリー軍曹に言われて来た。あなたが上官か？」

「イエス」

男は、庄治のほうを見ない。あくまでも台の上を見つめたまま、壁に立ててあった細長い木の棒を手に取り、

「私の名はジョン・C・ファイファー少佐。参謀長付参謀第二部、特殊測量課長の職にある」

「測量？」

「英語がうまいな」

と男は言った。庄治はただ、

「むかし習った」

とだけ言ってから、

「測量とは?」

「名目だけだ。実際には、もう少し微妙な任務にあたっている」

「微妙な任務《インフオメーション》?」

「情報《エスピオネージ》」

「諜報という意味かな」

思いきって聞いたけれども、返事はない。上半身を前へたおし、両手で棒をかまえ、棒の先でカッと白い球を突いた。

球は無音で走りだした。赤い球にぶつかり、縁《へり》にぶつかって跳ね返り、またべつの赤い球にぶつかって澄んだ音をひびかせた。すべての球がふたたび静かに停止すると、ファイファー少佐はようやく顔をあげて、

「君もやるかね? イワサキ家はなかなか大したものだよ。日本にこのような上質の道具があるとは思いもしなかった」

木の棒を庄治のほうへ突き出した。庄治は手をふり、

「いや、結構」

「あれは故殺だ」

少佐はとつぜん言うと、ゆっくりと台の上に腰かけて、

「君の友人のヨシマツ君は、事故死に見せかけて殺されたのだ。君もそう思うだろう?」

青い目でこちらを射た。真剣な目だ、と思ったら顔をゆがめて、

「痛い！」

台からずり落ち、尻をさすった。赤い球の上にすわったらしい。少佐は呪《のろ》いのことばを吐きつつその球を指ではじき、また台の上に腰かけた。庄治はくすりとして、

「あんたの言うとおりだ。俺の印象も故殺にかたむきつつある」

「犯人は誰だと？」

「おタカさん」

と正直に言うのは憚《はばか》られた。いくら相手が気のよさそうな同世代の男でも、知人をそうかんたんにアメリカ人へは売りわたせない。そこで、かわりに、

「ゆうべの銃剣の男では？」

と聞き返してみた。ファイファー少佐は棒の尻でこつんと足もとの床をたたいてから、

「いや、あれはただの気のふれた男だった」

「気のふれた男？」

「満州《まんしゅう》からの引き揚《あ》げのとき、妻とふたりの娘たちが原野の川に足をとられ、目の前で流された。それから常軌《じょうき》を逸《いっ》した振る舞いをするようになったらしい。ハリーが一晩かけて聞き出したのだ。彼は信頼するに足る兵士だ」

「俺もそう思う」

「すなわちヨシマツを殺したのは昨晩の男ではない。問題の中心は妻のタカにある。君もそう目星《めぼし》をつけていたはずだ」

当然のように言いきられ、庄治はつい、

「あ、いや」

口ごもってしまう。イエスと答えたにひとしかった。少佐はビリヤード台に腰かけたまま、
長い脚を組み、飲みのこしの酒でも探すような口調で、

「彼女はいま、どこにいるかな？」

「知らない」

「心あたりは、あるだろう」

「ある」

言わざるを得なかった。少佐は、

「どこかな」

「五所川原」

「ゴショ、何？」

青い目をぱちぱちさせた。知らなかったらしい。庄治は諭《さと》すような口ぶりで、

「五所川原。青森県の小さな街だ。芳松とタカ、それぞれの実家がある」

「判断の根拠は？」

「日本の習慣だ」

タカは行方をくらましたさい、猿楽町の倉庫の鍵を置き去りにした。なかには売れば金になる本がたくさんあったにもかかわらず、庄治の妻のしづに預けたきりにした。

それくらい物持ちの欲のうすいタカが、芳松の遺骨や位牌《いはい》は置き去りにしなかったのだ。話がべつだという見かたもできるが、

「位牌はとにかく、遺骨はかさばる。何らかの目的があるのだろう」

庄治が言うと、ファイファー少佐は、

「目的とは？」

「一般的な日本の習慣に照らせば、彼女はそれを夫の家の墓へおさめに行ったと思われる」

「なら、あした行ってくれないか。その五所川原へ」

即座に、当たり前のように言った。庄治はめんくらって、

「あした？」

「あしたの朝、上野《うえの》から青森ゆきの連合国専用列車が出発する。それに乗るんだ。乗車券は私が特別に発行する。のびのびと足をのばして座れるぞ。留守宅の奥さんや子供にはハーシーズを……それだけでは体によくないな。野菜の缶詰くらいは提供しよう。トラックでハリーに運ばせる」

（夢じゃないか）

とすら、庄治は思った。

妻子の栄養状態への配慮もそうだが、進駐軍の列車に乗りこむなど、日本人には大厚遇だ。おそらく議員や官僚にもあたえられまい。

こういうことをあっさり口にするあたり、このファイファー少佐という男、どうやらＧＨＱ

内部でもかなりの権限のもちぬしらしいが、しかし逆に考えるなら、たかだか古本屋の夫を殺した妻ひとりに——その容疑もかたまっていないのに——ここまで手をかけるのは大仰《おおぎょう》すぎる。名刀正宗《まさむね》で大根を切るようなものではないか。

(何か、ある)

庄治は身の危険を感じ、はっきりと、

「おことわりする」

少佐は脚を組みかえ、身をひねり、尻のうしろから白と赤の球をひとつずつ手にとって片手でゴリゴリもてあそびながら、

「その選択は、なるべく行使してほしくないのだがな」

「青森県にも警察はある。電話して誰かを派遣させればいい」

「日本の警察には介入させたくない。私たちの目的は、私たちが直接、可能なかぎり秘密裡《ひみつり》に、彼女の身柄を確保することだ」

「なぜだ?」

と聞くと、少佐はゴリゴリをやめ、ふっと息をついて、

「さっきの質問に答えよう。答はイエスだ。私は特殊測量課長の名目のもと、実際には各種の特殊な情報収集活動に従事している。君の言う『諜報』だ。まさか君は口外はしないだろうが」

一瞬、警告じみた目をした。

敗戦国民には血の気の引くような視線だった。庄治はおのが内股《うちもも》のふるえだすのを感じたが、

しかし口ではなお、

「さっきのじゃない。いまの質問に答えてくれ。あんたたちはなぜ芳松とタカにそれほど強い執着を示すのだ？　たかだか古本屋の夫婦ごときに……」

「スパイだった」

「は？」

「ヨシマツは、ソ連のスパイだった。私たちはそう疑っている。彼は根っからの共産主義者であり、一説によれば、日本政府とそれがみずから選んだアメリカ中心の占領体制をまるごと転覆しようとして、地下活動をおこなっていたという。私たちは生前から彼には注目していたのだ」

この当時、共産主義は悪の思想ではない。

犯罪の温床でもないし、終わってしまった夢物語でもない。かがやかしい未来の後光とともにある市民のスマートな道具にほかならなかった。

早い話が、ソ連。

正式名称をソビエト社会主義共和国連邦というこの国家は、公然と共産主義を——厳密にはその前段階である社会主義を——標榜《ひょうぼう》しつつ成立したのが一九二二年、たった二十四年前。まるで二十四歳の若者のように活《い》きがよく、経済問題、宗教問題、人種問題……この世のあらゆる難題を、思想という最新の道具をもって、

「解決できる」

と世界中の人々から期待されていた。

日本人も、例外ではなかった。

戦前の皇国史観への反動もあったのだろう。多くの人たちが社会主義へながれ、共産主義を信じ、その信仰を口に出して憚ることをしなかった。社会党および共産党——終戦後ただちに合法となった——の党勢は日を追うごとにさかんになったが、或《あ》る意味では、これらの党の党員はすべてソ連のスパイともいえるだろう。

これに対し。

アメリカは、資本主義国。

べつだん共産主義がきらいではないどころか、むしろ日本の民主化のため積極的に社会主義的な政策を敷いていた時期だった。労働組合結成を奨励したのもGHQだし、そもそも社会党および共産党が合法となったのもGHQの命令によるものだった（GHQが反共に転じるのは翌年の二・一ゼネスト中止命令以降）。

とはいえやはり、蛇《へび》は蛇。

共産主義というものが本来的に社会の転覆、暴力革命、プロレタリア独裁をめざす過激思想であることは変わりがなかったし、その世界的中心がモスクワにあることも事実だったから、一部の日本国民がそれを真剣につきつめるあまり、犯罪者じみた、または売国奴じみた行動を取るのは防ぎようがなかった。狭い意味での、より純粋に近い意味での、

「スパイ」

たちだ。ファイファー少佐はGHQの諜報担当将校として、以上のような観点から、

（ソ連の動向に、目を光らせているのだ）

庄治はそんなふうに想像したが、それにしても、

（あり得ない）

芳松とは十八年、人生の約半分のつきあいだったが、特定の政治的、思想的立場を支持するような話はおたがい一度もしたことはなかったと思う。

それはそうだ。およそ古本屋にとって正しい思想とは、すなわち、

「無思想」

にほかならないのだから。

共産主義の本を欲する客には共産主義の本を売り、資本主義の本を需《もと》める客のためには資本主義の本をさがす。どちらも全力をつくすのが古本屋の節操なのだ。

古本屋は文化の配電盤ではあっても、文化の選別機ではない。そうして三輪書房主人・三輪芳松という男は、古本屋として、きわめて多方面のあきないをした男だった。

とはいえ。

現実に、芳松は不可解な死を遂げている。

GHQの諜報担当者に目をつけられている。それに相当する何かをしていたのだ……と、どうしても考えざるを得ない。

（芳松よ）

庄治はきゅうに胸が熱くなり、

（お前はいったい、何してたんだ？）

芳松と話がしたくなった。十代のころのように、いっしょに銭湯で汗をながしながら。屋台の支那《しな》そばをすすりながら。

もう、できない。

しかしこの世にはタカがいる。芳松の体臭の残り香のようなものを嗅ぐよすがは、いまとなっては彼女にもとめるほかない。

「五所川原へ、行ってくれるか？」

もういちど、声がひびいた。

ファイファー少佐は、ビリヤード台から下りている。台のむこうに立ち、木の棒をかまえ、その先をこまかく前後させつつ片目をつぶって白い球をねらっている。庄治は無表情で、

「承知した」

「感謝する」

少佐はきーんという金属的な音を立てて球を突くと、青い目をかがやかせ、

「君は最良の日本国民だ。ショージ」

たいそう豪勢なほめかたをした。

†

翌朝、上野駅を出発した。

連合国専用列車には乗らなかった。そんなものに乗ったらおなじ日本人からどんな冷たい目で見られるかわからなかったし、万が一そのなかに顔見知りがいたら商売にさしつかえる。だいいち敗戦国国民にも自尊心がある。ほかの同国人たちとともに、普通列車に乗りこんだ。

もっとも庄治は、これまで古典籍の仕入れのため何度も名古屋や京阪神《けいはんしん》を往復している。東海道線のあの殺人的混雑にはいくらか慣れているから、

(それにくらべりゃあ、東北本線はましだろう)

予想は、はずれた。

改札口では長蛇《ちょうだ》の列ができていたし、ヤミ屋が駅員の前で堂々と十倍の値段のヤミ切符を売っていた。車内は網棚の上まで男女でひしめいていたが、彼らはまだましで、車外の窓枠にしがみついていた連中は発車と同時にぽろぽろ豆のようにこぼれ落ちた。

もっとも、東京から遠ざかるにつれ、乗客の数が減少したこともまた東海道線とおなじだった。

とりわけ白河《しらかわ》の関をこえると空間に余裕ができた。庄治は、

「ごめんなさいよ」

と前後の客に頭をさげ、持って来たゴザを通路に敷き、ごろりと寝ころぶことができた。ほかの客の靴のあいだで胎児のように身をちぢめなければならないにしろ、とにかく横になれるのはありがたい。

(終点は、青森)

到着は夜だ。それまで落ちついて考えに耽《ふけ》ることができる。さて、何について考えようか。

言うまでもなし。

芳松についてだ。

庄治にはやはり何としても芳松とソ連がむすびつかなかった。むしろアメリカやイギリスとなら容易に関係づけられる。俺といっしょに英語をならった仲じゃないか。

が、

(待てよ)

思いなおした。身をねじるように寝返りを打って、

「……ひょっとしたら、あのことか？」

あのとき俺たちはたしかに共産主義的だった。いや、社会主義的というべきか。いずれにしても、そう大きな事件ではなかったような気がするが、それは俺だけの感想かもしれぬ。芳松は、あるいは。へんに一途《いちず》なところがあるから……。

列車は、ごとごととゆれた。

線路の継ぎ目をふむリズムがなつかしかった。おさないころ母親に抱かれて耳にした胸の鼓動のようにも思われる。庄治はうとうとしはじめた。緊張の防波堤が溶け去ったせいか、上京してからの思い出が、一挙に、意識の表面へなだれこんできた。

†

大正十二年（一九二三）三月、琴岡庄治は、新潟県長岡《ながおか》市立神田《かんだ》尋常小学校を卒業した。十二歳だった。学校はきらいではなかったし、友達もたくさんいたけれど、ブリキ職人をしていた父親が結核で急死したため家を売り、故郷をはなれた。遠い親戚をたよるつもりで母親と兄と三人して東京へ出たが、その親戚もおなじころ当主を電車の事故でうしなったため、事実上、天涯孤独の三人となった。

庄治は、ただちに口べらしの対象となった。

奉公先に神田の地をえらんだのは大した意味はない。たまたま故郷とおなじ地名だったのが細い縁の糸であるように母親には感じられたのだろう。そこには広い通りがあり、大きな建物があり、神保町という古本屋の街があった。なかでも、

「立声堂《りっせいどう》」

という店がひときわ異彩をはなつのだった。

三間《げん》あまりの広大な間口。その半分を占めるぴかぴかのショー・ウィンドーの

横の柱には、墨くろぐろと、

小僧入用《いりよう》

と書かれた貼り紙がある。母親は何度もためらったあげく、庄治の手を引き、なかへ入った。奥の帳場《ちょうば》には店のあるじ、高井嘉吉《たかいかきち》がすわっていた。当時は五十歳くらいだったろう。創業者にして立志伝中の人だった。帳場にすわったまま、母子をじろりと見おろして、

「求職ですかね」

「はい」

母は庄治を前へ押し出し、故郷のなまりもあらわに、

「お宅様で、この子を使ってもらえませんか」

「ここは立声堂ですよ」

「はあ」

「知らないのか」

嘉吉は横を向き、心から、

(弱った)

という顔をして、

「ここは古本屋です。この神保町でいちばん大きな、ってことは日本一大きな古本屋だ。わか

ありますか。古道具屋とはちと違いますよ。お得意様は大学教授、高等学校の先生、操觚者《そうこしゃ》、蒐集家、出版社の記者など。お前さんがた、失礼だが田舎から出てきたばかりと見た。家に本はありましたかね？」

「あ、それは」

母親はつかのま身をちぢめたが、

「勉強はしたんです」

と声を励ますと、風呂敷づつみから小学校の通信簿を出して手わたした。嘉吉は瞠目《どうもく》して、

「ほう。……中学校へは行かない？」

東京では、すでに小学校卒業者の七、八人にひとりは進学する時代をむかえている。母は目を伏せて、

「父親が死にましたもので」

「三年間だよ」

嘉吉は通信簿をふところに入れると、庄治のほうへ、念を押すような口調で、

「三年間は辛抱しなけりゃあ、この仕事のおもしろみはわからない。逃げ出すんじゃないよ」

母は声をかん高くして、

「ああ、ありがとうございます」

何度も頭をさげた。そうして庄治の頭へも手のひらを置いて、

「ほら庄治、何してるんだ。お前を食べさせてくれるお人だよ。お礼を言いなさい」

「ありがとうございます」

というひとことが、庄治にはどうしても言えなかった。すすり泣きがこみあげてきて、ことばが出なかったのだ。

（母《ちゃ》ちゃ、もはや会えね）

そんなふうに思ったのだろう。母はしきりと雇用主をうかがって、

「何だ、男の子だろ。そんなことではいけない」

きびしい顔でたしなめたが、その声もどこか上ずっていて、うるんでいた。

†

三年どころの話ではなかった。

入店後わずか半年にして、庄治は一大飛躍をとげた。きっかけは九月一日、あの関東大震災だった。

この未曾有《みぞう》の大地震、およびその後の大火災が神保町の商売のありかたを完全に更新したことはすでに述べたが、この更新後の潮流に、十二歳の庄治ほどあっさり乗れた者はほかになかっただろう。

古本屋の仕事の華《はな》は、ひとつには大口の買入れにある。

大学教授や蒐集家、あるいは死んだ男爵《だんしやく》家の当主などの自宅へ出向いて、何百、何千という

書籍をひきうける。しばしば奇書珍籍もあらわれる。それらすべてに適切な買い値をつけ、売りぬしを納得させるためには、

経験

度胸

説明力

等々、あらゆる人間的才能を駆使《くし》しなければならぬ。だから立声堂では、この仕事は、十人あまりの店員のなかでも特に年季の入った、いわば番頭級がやるのが決まりだった。どこの古書肆も似たようなものだったろう。

しかし何しろ震災後である。相場の高騰は前代未聞、いっこう下がる気配がない。経験がゆたかな先輩たちはたいてい、たとえば、

「ぜんぶで二百円でいかがでしょう」

などと値段をおさえようとして、売りぬしから、

「そんな安値じゃあ、こっちの生活が成り立たない。今回の話は、なし」

とか、ひどいときには、

「よその店にたのむよ」

などと言われてしまう。この当時、神保町の古本屋はのきなみ「誠実買入」と記した広告をさかんに新聞各紙へ出していたから、客には選択の自由があったのだ。

経験が、わざわいした。

としか言いようがなかった。彼ら古参の古書店員たちはこれまでの職業人生で「高騰のあとには暴落が来る」という感覚が肌にしみついてしまっている。思いきった価格を提示できない。彼らはいつしか、

「おい庄どん。いっしょに来てくれ」

と、庄治に声をかけるようになっていた。行くさきざきで、客の目をぬすんで、

「この口はどうだね。今後だいぶん上がるだろうね」

確かめるためだった。庄治はもちろん十二歳、一冊ごとの値段の知識はまだまだだったが、無経験から来る頭のやわらかさ、ないし恐いもの知らずが奏功して、

「三百円、いや、三百三十円でもだいじょうぶです。市《いち》に出せば四百円で捌《さば》けます」

などと胸を張った。これはかなりの確率で的中したが、その反面、ときには、

「いや、この口はあまり大きく出ないほうがいいと思います。売りぬしさんが納得しなかったら、頭をさげて引き下がりましょう」

などと言うときもあるのだから単なる大言壮語《たいげんそうご》とはちがう。庄治には独特の相場カンがそなわっていたのだ。

あるじの嘉吉はおどろいて、

「いやいや、こいつは拾いものだ。庄どんのお母さんには感謝しなければ」

と目をほそめたり、あるいは、

「この神保町もすっかり灰になっちまったが、灰の土に咲く花もあるんだねえ」

などと感心したりした。

やがて庄治は十五歳になり、ぐんと背ものびたけれど、感覚がにぶることはなかった。むしろ知識の裏打ちによっていっそう切れあじを増したようなところがあり、彼のおかげで立声堂はますます大きくなった。店員たちは、いや、雇用主である嘉吉ですら、気がつけば庄治を

「庄どん」ではなく、

「琴岡さん」

と呼ぶようになっていた。小僧には最高の待遇だった。

もっとも、庄治はそこで立ち止まらない。

立声堂のさらなる発展をくわだてた。目をつけたのは、海外から輸入された、

「洋書」

の分野だった。

というのも、洋書は和書――日本で刊行された本――よりも市場における冊数が少なく、そのくせお客には金もちが多い。利ざやが稼げる。何とか立声堂でも、

（あつかえないかな）

この分野には、すでに不動の存在がある。

日本橋《にほんばし》の、

「丸善」

古書部だ。もともと書籍、薬品、雑貨などの一大輸入商だった丸善は、古書部をもうけるや、

たちまち日本の洋古書取引の一大中心となっていた。

これに匹敵する店はない。わずかに本郷《ほんごう》の一、二の専門古書店がつづき得るかというところで、神保町は蚊帳《かや》の外。ほかならぬ立声堂でさえ、たまに大口の買い入れのなかに洋書がまじっていたりすると、丸善へもちこみ、

「お願いします」

言い値で買ってもらっているしまつだった。こんなことでは、

（街全体の、名にかかわる）

と庄治が痛感したのは、入店から五年後、十七歳のころだった。

はやくも一店舗をこえた神保町そのものの見地に立ってものを考えていたのは、職業人生の充実のせいか。あるいは二度と帰れぬ故郷の名がやはり神田であることと何か関係があったのだろうか。とにかく庄治は、あるじの嘉吉に、

「旦那さん。わが店でも、ゆくゆく洋書部をつくりましょう」

とはいえ庄治は、この時点では、

（ABCすら、読めやしない）

小学校卒の悲しさである。そこでみずから丸善へおもむき、古書部の知りあいに頭をさげて、

「お宅の夜学会に、入れてくれませんか」

夜学会、正しくは丸善夜学会。

丸善が独自に設けた社員教育のための学校だった。この会社では、小学校を卒業して入社し

てきた小僧たちは昼のあいだのお茶出し、荷はこび、使いっ走りなどの仕事を終えると、食事をとり、三階の教室へあつまって、午後七時から授業を受ける決まりになっていた。

授業の中心は、簿記、商事要項、和漢文、そしてもちろん、

「英語」

だった。少し経つとドイツ語やフランス語もまなぶという。三年間の修学を終え、卒業試験に合格すると、はじめて、

「手《て》代《だい》を命ず」

という辞令をもらう。一人前の社員になるわけだ。じつを言うと丸善では小僧を小僧とは呼ばず、「見習生《みならいせい》」とモダンな呼びかたをしているのだが、そういう最先端企業にいかにもふさわしい、合理的、非封建的な社員制度がそこにはあった。慶応義塾出身の創業者・早矢仕《はやし》有的《ゆうてき》のきめた方針だったのだろう。

そういうところへ、いわば横から割りこむかたちで、

「入れてくれ」

と申し出るのは、さすがの庄治も、

（われながら、あつかましい）

顔から火の出る思いだった。わざわざ商売がたきを作れと要求しているのだ。

もっとも丸善のほうも、

「ああ、琴岡さんなら大歓迎だ」

あっさり承知したことだった。

「授業料も学用品代も無料でよろしい。ただし欠席つづきは困りますよ。ほかの生徒の士気にかかわる」

庄治の人物への信用もあるにしろ、そこはやはり世界の丸善、これくらいの塩を送ったところで味方の優位はうごかないという認識だったのだろう。ときに西暦一九二八年。元号はすでに大正から、

「昭和」

へと変わっていた。

†

その何回目かの授業のとき、

（こいつは）

庄治の目をひいたのが、十二歳の芳松だったのだ。

英語の時間だった。先生はたしか中村《なかむら》とかいう東京帝国大学の学生だったが、なかなかの教育者で、何かひとつ質問をして生徒の名を呼ぶ。生徒はがたりと立ちあがり、答えられればよし、うっかり間違えようものなら、

「ふん」

鼻で笑って、丸めがねを指でもちあげ、これ以上ないほど嫌味たっぷりに、

「それでもあなた、天下の丸善の社員ですか」

とか、

「こんな生徒ばっかりじゃあ、授業のしがいがありませんね」

などと言う。ほんとうは敵意はない。悪役を演じることで生徒たちの反骨心を刺激しよう、挑戦心をひっぱり出そうと努めてくれたのだ。

が、そういう善意は庄治にはわかっても他のおさない生徒にはわかりづらい。彼らは身をすくめ、首をちぢめた。単語や文法などよりも、先生に指名されないことのほうを強く意識する臆病《おくびょう》な子供になってしまった。そんななか、

「はいっ。先生」

いがぐり頭の芳松だけが、果敢《かかん》に手をあげた。そのくせ答をまちがえる。中村先生はここぞとばかり、

「よほど自信があるのかと思ったら、その程度ですか」

嘲罵《ちょうば》する、それでも次にまた挙手をする察しの悪さ、またはずうずうしさに、

（こいつは、おもしろい）

庄治は或る晩、この見習生を、授業のあとで銭湯へさそった。

番台で金をはらい、服をぬぎ、ならんで石鹼《せっけん》を体にこすりつけながら、芳松は、こんなふうに自己紹介した。

「生まれも育ちも築地《つきじ》でさ。たまたま小学校に募集が来てたもんだから、試験を受けたら、受かっちまった。たまたまです」

嘘だった。口調に東北なまりがある。庄治は、

「ほんとうは？」

「五所川原」

あっさりみとめた。ただし江戸っ子ふうの口調は変えず、

「小学校を出て上京しました」

「勉強熱心じゃないか」

「へへへ。ほんとは中学校へ上がりたかったんです。でも、父ちゃんが結核で死んじまって」

「だから上京か」

「はい」

この刹那《せつな》、庄治の胸で何かが小さな破裂音を立てた。

庄治は湯をかぶり、ぴしゃっと芳松の背をたたいて、

「なら俺とおんなしだ。俺の国は新潟だが、やっぱり父が結核でね。それで食うために上京した。いまはもう立声堂に世話になって五年になる」

「立声堂？」

と、こんどは芳松が目をかがやかす番だった。浴室いっぱいに声がひびく。庄治はちょっと身を引いて、

「な、何だよ」

「それじゃあつまり、兄《にい》さんがあの有名な琴岡さん？」

「いかにも琴岡だ。有名かどうかは知らんが……」

「有名ですよ。うちでも部長が言ってます。ありゃあ神保町の逸材《いつざい》だ、ゆくゆく独立したら大した店をかまえるだろうって」

「よせよせ」

庄治は目をつぶり、顔の前で手をふったが、芳松はごくまじめな声で、

「ほんとうですよ。おいらも早いとこ兄さんみたいになりてえ」

この晩から、ふたりは急速に接近した。

といっても、いっしょに銭湯へ行ったりとか、銭湯のかえりに屋台の支那そばを食ったりとかいう程度の仲で、おたがい私生活にはほとんど立ち入らなかったのだが、三年後の春、ともに試験に合格して夜学校を卒業すると、あろうことか、

「お世話になりました」

芳松は丸善に辞表を出し、その足で神保町の立声堂に来て、入口のショー・ウィンドーの横で、

「お世話になります」

庄治は、呆然《ぼうぜん》とした。

が、キッと口を閉じ、

「丸善さんの顔をつぶす気か？　せっかく手代にしてもらったのに」

　芳松はしれっとして、

「洋服の担当になっちまったんです。ブレザーコートだか何だか知らないが、おいらは本が売りたいんだ」

　のちに聞いたところでは、この弁解はなかば真実、なかば嘘だった。洋服の担当うんぬんは事実ながら、ほんとうはあまりにも庄治を欽慕《きんぼ》したため、この「兄さん」と苦楽することのほうが、遙《はる》かに、

（一生を、賭《か》けるに足る）

と考えたらしい。芳松という男には、そんな一途なところがあった。

　庄治のほうは、たまったものではない。

　あわてて日本橋へおもむいて、

「俺がそそのかしたんじゃありません。ほんとうです。芳松本人がどうしてもと」

　陳弁これ努めたけれど、とうとう信じてもらえなかった。それはそうだろう。丸善の側にしてみれば、最初から金のたまごを奪うつもりで、

（夜学会に、潜入されたか）

　猜疑《さいぎ》は消えなかったろう。結局のところ、この件はまるく納まらなかった。

　庄治は丸善との仲がこじれ、一時はかなり深刻な状態だった。のちにやや緩和したものの、庄治はこのため立声堂に洋書部をつくるという例の企画をあきらめざるを得ず、

「そうかい。仕方ないね」

店主の嘉吉を失望させることになった。三年間の勉強は、まるまる無駄になった。

†

（いや。無駄じゃない）

教室ではたしかに学問を得たのだ。あのとき眠い目をこすりこすり勉強したからこそ俺はその後、たまには洋書も売り買いできるようになったのだし、それにまあ、戦後になっても、ビリヤード好きの白人将校とこみいった話ができるくらいには……

「あっ」

庄治は、はじかれたように身を起こした。

まわりを見あげた。

おきまりの三等列車の風景だった。座席の背があり、網棚があり、吊り革の数よりも多い乗客たちの立ち姿がある。庄治はようやく思い出して、

「そうか。俺はGHQに言われて……」

体のふしぶしが痛い。ゴザ一枚の固い床の上で何時間も屈折――物理的に――していたのだから当然だが、それにしても驚くべき熟睡ぶりだった。猿楽町の芳松の倉庫で銃剣の男に襲われて以来、よほど疲労が蓄積していたものと見える。

（われながら、他愛もねえ）

汽車は、すでに停止していた。

扉がひらく音がして、乗客がいっせいに吐き出される。ときどき誰かの靴がこっちの背中にぶつかるのは、わざと蹴ったのかもしれなかった。車内はかなりの混雑だったからだ。足もとに寝そべってぐうぐう鼾《いびき》をかいていた三十男はさぞかし邪魔だったことだろう。庄治はあわててゴザをまるめ、立ちあがった。

人のながれにしたがって客車を出る。ホームに下りる。ホームはすっかり暗くなっているが、わずかに二つ、三つ、笠つきの電球がぶらさがっていて、そのあかりで柱の駅名標が読めた。ひらがなで四文字、

あをもり

青森に到着したのだった。

## 3　共産主義者の客

青森の駅前旅館で一泊し、翌朝、ふたたび汽車に乗った。

東京に住む者にとっては青森も五所川原もおなじようなものだけれど、こうして来てみると、おなじどころか奥羽《おうう》本線、五能《ごのう》線と乗り継がなければならず、その乗り継ぎも連絡がよくない。ふたつの天地にほかならなかった。結局、庄治が五所川原の駅にたどり着いたときには、太陽はもう南の天に沖《ちゅう》している。

五所川原は、なかなかの都会だった。

「存外な」

庄治は、心がはずんだ。

もっと鄙《ひな》びたというか、四方の山から牛がべえべえ鳴くような陸の孤島を想像していたのだ。実際には銀行もあるし、郵便局も医院もある。コンクリート造りの建物も多いし、背広を着た男たちが何十人も行き交っている。

そのくせ東京駅や池袋《いけぶくろ》駅では蹴って進まねばならないほど通路や階段にあふれている戦災孤児がここにはない。物乞いもいない。

（うちの家族を、住まわせたいな）

道のむこうに、雑貨屋がある。

庄治はそこへ入り、入口の机にすわって何かぶつぶつ言いながら将棋の盤にむかっているじいさんへ、

「道をおしえてもらいたいんだ。三輪芳松っていう、東京で古本屋をしてたやつの実家までの」

じいさんは顔もあげず、指でちょいちょい店の奥をさすのみ。庄治は、

「失礼」

店の棚から芋飴《いもあめ》のふくろを取り、じいさんにさしだした。

「四十銭」

「安いな」

庄治は、靖国神社の印刷してある五十銭札をわたした。じいさんは、からからに干上がった沢庵《たくあん》漬けのような手でお釣りの銅貨をよこしてから、

「あんたは、どこの誰だ？」

「おんなじだよ」

庄治はつとめて明朗に応じた。

「東京の古本屋。いっしょに仕事してたんだ。俺のほうは琴岡玄武堂っていう屋号なんだが」

「そうかね」

じいさんは、警戒を解いたらしい。やや柔らかな口調になり、店の外を指さして、

「あさげば、まね」

「は？」

「あさげば、まねよ」

津軽《つがる》弁は、庄治には英語よりむつかしい。何度も聞き返したあげく、どうやら、

――歩いたら、だめだよ。

という意味かと察し得た。

さらに問答をかさねたところ、芳松の実家は、どうやら柏原《かしわばら》という町にあるらしい。その柏原はここから離れているから、行くなら徒歩でなくバスにしろというのがこの旧幕時代の生き残りのような老爺《ろうや》の熱心に勧めるところらしかった。

「ありがとう」

庄治はバスに乗った。

バスは街路をとおりぬけ、少し郊外に出たかと思うと、もう柏原に着いてしまった。歩いてもじゅうぶん来られる距離だった。

バス停に立つ。田んぼ一枚むこうには家が四、五軒かたまっている。農家なのだろう。庄治はその集落へ足をふみいれて、一軒一軒、表札を見ていった。四軒目の表札が、
三輪

夏のさかりのことだから、玄関の戸もあけっぱなしだ。線香のにおいがする。庄治は庭へまわり、寄ってくる鶏《にわとり》たちを手で追い払いながら、

「ごめんください」

六十くらいのばあさんが出てきた。

（母親か）

庄治は身をこわばらせつつ、名前と職業を告げ、

「お夕カさんに会いたいんだけど」

相手は津軽弁で、

「いないよ」

「いない？」

「今朝方とつぜん来たんだが、三十分もしないうちに出て行ってしまった。芳松をよろしくって言ったきり」

家のなかへ顔を向けた。うすぐらくて見えにくいが、仏間なのだろう。仏壇の戸がひらかれ、蠟燭《ろうそく》がともり、位牌と遺骨がまつられている。庄治の推測は的中した。タカはこれを預けるためにここに来たのだ。

もっとも、予想外の部分もある。庄治は、

「来たのは、今朝ですか」

念押しした。ばあさんは、

「そうだよ」

「ふむ」

庄治は、腕を組んだ。タカと三人の子供たちが東京の家から蒸発したのは八月十九日、きょうは同二十五日。その間《かん》六日間、

(どこで、何をしてやがった)

戦時中じゃあるまいし、まさか歩いて来たわけじゃないだろう。庄治はタカへの疑念がますます深まるのを感じつつ、さらに尋ねる。

「ここを出たあと、おタカさんはどこへ行ったんだろう。何か言ってませんでしたか」

「芦野《あしの》の家へと」

「芦野?」

「タカさんの実家だよ。もうね、ほんとうに、逃げるように。三十分もしないうちに」

(はやく行かねば)

庄治は、あせりをおぼえた。どういう理由かは知らないが、タカは急ぎの旅をしている。いくら自分の実家でも、やはり長《なが》っ尻《ちり》はしないのではないか。

「ありがとう。じゃあこれで」

庄治は一礼し、そそくさと立ち去ろうとした。が、ばあさんははっと息をのんで、

「あんた。芳松の同業者とおっしゃいましたね」

「は、はあ」

「芳松の遺体を見つけたのは？」

庄治はやむなく、

「……俺です」

第一発見者ではないけれども、まあ実質的にそうだろう。ばあさんは縁台をおり、はだしのまま庭を突っ切って、

「お入りください。ねえ。ゆっくりしてください」

口調こそ丁寧だが、庄治の肩をつかんだ小さな手には猛禽類《もうきんるい》をおもわせる強い力がこもっていた。庄治は身をよじり、

「いや、その……」

「さあさあ、芳松の前にいてやってください。手を合わせてやってください。新聞で読みましたよ。東京は食べるものがないんでしょう。鶏くらい絞めますよ。お酒もあります。ああそうだ、なすびときゅうりも畑から取ってこよう」

（野菜）

庄治は、つばを呑んだ。よほどビタミンが欠乏しているのか、肉よりも酒よりも気が引かれる。採りたてのものなど、東京では死病にでもかからなければ食えぬのではないか。

（世話になろう）

あやうく誘いに乗りかけたが、

「さよなら」

手をふりはらい、全速力で駆けだした。われながら蛙《かえる》が蛇に遭ったかのような韋駄天《いだてん》ばしりだった。

彼女の気持ちは、痛いほどわかる。

息子の死そのものはもう十日くらい前、東京からの電報で知っていたはずだが、それにしても息子ゆかりの人間から話をじかに聞きたいのは母親として当然だろう。息子はどんな死に顔だったのか。通夜にはどんな人たちが来たのか。生前は幸福だったのか。不幸だったのか。

しかし庄治には、

(仕事がある)

そもそも本業の合間を縫って来ているのだ。こんな古典籍不毛の地で——古典籍はやはり東京か近畿が中心だから——珍味佳肴《かこう》に舌つづみを打ち、思い出ばなしに花を咲かせていては商機をのがす。金が入らぬ。この超インフレの世の中では、きょうの食いものは、きょうの金でしか買えないのだ。

(しづや子供らを、飢死させちまう)

他家の遺族のためにこっちが遺族になるのでは駄洒落《だじゃれ》にもならない。庄治はたんぼ道を抜け、さっきのバス亭のところへ出た。

「待って。待って」

切迫した声がする。ぞっとしてふりむくと、親友の母は、半白の髪ふりみだしつつ老婆にあるまじき速度で庄治にせまっていた。鬼女という語が頭に浮かんだ。

「申し訳ない、申し訳ない」

庄治は念仏のようにさけびつつ、市街とおぼしき方向へスピードを上げた。背後でどたりと音がした。ころんだのだろう。庄治はもう振り返らなかったが、罵声《ばせい》をあびせられたことはわかった。足をゆるめはしなかった。

†

庄治は、ふたたび駅前にもどった。

さっきの雑貨屋へ足をむけた。水の一杯、できれば二杯飲ませてもらって、こんどは芦野家の場所をおそわろうと思ったのだ。

(また芋飴を買わなきゃな)

息をととのえて足をふみいれようとしたら、店のほうからじいさんが飛び出してきて、庄治の顔を指さして、

「来た、来た!」

駅へいっさんに駆けて行った。

通行人たちが庄治を見る。わけがわからない。気まずい思いでその場に立ちつくしていると、じいさんは駅からひとりの若者を、いや、三十すぎくらいの男をつれてきて、

「この人ですよ、お坊っちゃん。この人です、さっき来た東京の古本屋さんは」

男はすらりとしていて、肌の色が白く、なかなかの美形だった。声の出しかたも都会流がしみついている。

「ありがとう」

「あんたは？」

庄治が聞くと、男は長身をおりたたみ、うかがうような目をして、

「となりの金木町《かなぎまち》っていうところの素封家《そほうか》の八人きょうだいの末っ子、津島修治《つしましゅうじ》っていう者です。お目にかかりたかった」

右手をさしだし、握手をもとめた。

（きざなやつだ）

庄治が気づかぬふりをしていると、津島は手をひっこめ、その手でぽんぽんと雑貨屋のじいさんの肩をたたいて、

「このおじいさんは、地元の文化会の会員なんです。私もまあ戦前は東京で仕事してたし、その仕事柄、文化会とは縁があるものだから、かねてから会員さんにはお願いしていたんです。よそから来たインテリらしい人を見かけたら、この町の文化発展のよすがになるから、ぜひ教えてくださいってね。東京の古本屋さんなんて打ってつけだ。最近の東京の様子が知りたい」

「俺はつまり、網にかかったわけだ」

「申し訳ない。きっと会えると思ってました。駅からバスで出かけた人は、きっと駅にもどりますから」

津島はそう言うと、へらへらと笑った。申し訳なさの感じられない、甘ったれるような目つきだった。古本屋さん、とさん付けで呼ぶのも逆に傲慢《ごうまん》さが感じられる。庄治のもっとも嫌いなタイプだった。

「お店のお名前は、琴岡玄武堂でしたね」

津島が聞く。庄治はみじかく、

「ああ」

「神保町だ。存じてましたよ」

「ほんとに？」

庄治は、露骨に疑念を呈した。津島はなぜか照れ笑いして、

「ほんとですよ。何しろ有名じゃありませんか、『店をもたない古本屋』。店がないのにどうして商売が成り立つのか、魔法みたいだ。私にはちっともわからない。どうしてなんです？」

「魔法じゃない。たねも仕掛けもある。こっちへは疎開で？」

庄治は、話をそらした。津島はにこにこと、

「あんまり空襲がひどいから、妻子といっしょに、てくてく歩いてね。ほんとは一刻もはやく三鷹《みたか》の家へもどりたいんだが、何しろ兄が衆議院議員に立候補したものだから、私もいろいろ駆り出されて」

「ご苦労さん。じゃあこれで」

庄治はそう言うと、津島の横を抜け、駅のほうへ行こうとした。時間のむだでしかない。芦

野家への道順は、駅員にでも聞けばいいだろう。

が、

「おい」

シャツの袖《そで》をつかんだのは、雑貨屋のじいさんだった。すごみを利《き》かせて、というより虎の威を借るきつねの口調で、

「このお人は、ただのお坊っちゃんじゃない。東京じゃあ有名な小説家なんだ。筆名は……」

「よせよ」

津島がじいさんを叱りつける。庄治は、

「失礼」

袖をふりほどき、ふたたび駅へ歩きだそうとした刹那、

(あっ)

声をあげそうになった。

駅舎の入口へ、ひとりの女が入ろうとしている。

髪がみだれ、頬《ほお》は黒ずみ、見たことのない大きな風呂敷づつみを両手でかかえていたけれども、庄治は一目で、

「お夕カさんっ」

女はこちらを向き、しまったという顔をして、駅にとびこんだ。どうやら駅員のいない改札をとおりぬけたらしく、庄治の視界から消えてしまう。

（遅れたら）

庄治は、戦慄《せんりつ》した。彼女が電車に乗ってしまったら、また差がひらくのはもちろん、彼女がどこで降りたかもわからなくなる。二度と会えなくなってしまう。

（冗談じゃない）

駆けだした。ところが奇妙なことに、三輪タカは、改札を入ったところのホームで所在なさそうに立っている。まるで庄治を待っているかのように。

「おタカさん……」

声をかけてから、庄治はようやく気づいて、

「ぷっ」

吹き出してしまった。

ここは東京ではない。急いで改札を入ったところで電車がすぐに来るわけではないし、そもそも電車など影もかたちもありはしない。あるのは鈍重かつ数時間に一本しか走らぬ蒸気機関車だけなのだ。

タカもまた、くすっとした。きっとおなじように勘ちがいしたのだろう。そうしておなじように誤りに気づいたのだ。庄治はばつの悪さを隠すため、耳をいじり、邪険《じゃけん》な口調で、

「子供はどうした」

「たったいま実家に置いてきました。しばらく学校に通わせてくれるよう私の両親に言い置いて」

「ひとりで東京にもどって、何をする気だ？」

「…………」

「車内で聞こう」

タカは小さく、しかし明確にうなずいた。

そこへ例のふたりがやって来た。雑貨屋のじいさんと素封家の末っ子。津島が、

「ははあ」

にやにやしつつ庄治とタカの顔を見くらべているのは、庄治がはるばる五所川原に来た理由について通俗きわまる誤解をしているのだろう。

（三文《さんもん》文士め）

庄治は苦笑したが、彼に対する感情はいくぶん柔らかくなっていた。結果論だが、庄治はこの連中につかまったからこそタカと会えたことになる。彼らがいなかったら庄治はいまごろ芦野家へと向かう途上にあって、タカとは完全に入れちがっていた。

「琴岡さん。東京で会いましょう」

津島はふたたび手をさしのべた。やっぱりきざな手つきだったが、庄治はこんどは、

「機会があれば」

かるく握り返してやり、五所川原をあとにした。

†

タカに対しては。

聞きたいことが、山ほどあった。どれもが芳松の非業《ひごう》の死をめぐるものである。庄治もさすがに面とむかって問いただすのがはばかられたが、ようやく、

「芳松は、ほんとうに事故死だったのか？」

遠慮がちに切り出したのは、青森方面、川部《かわべ》ゆきの列車のなかだった。一時間半もホームで待った末、ようやく乗りこんだ列車だった。

列車のなかは、あまり混んでいなかった。主要駅間をむすぶ幹線ではないためだろうか。それとももう夕暮れだからか。おかげで庄治たちは向かいあう座席にすわれたし、隣席に荷物を置くこともできた。ひそひそ声なら周囲の客に話を聞かれる心配もないだろう。

「ちがいます」

タカは即座に、はっきりと、

「事故死なんかじゃありません。うちの人は、殺されたんです」

「あんたにか？」

と聞き返すわけにもいかない。庄治は口をつぐんだが、タカは察したのだろう、

「私は何もしてません。当たり前じゃありませんか」

「あいつの死体は、くわっと目を見ひらいていた」

庄治は熱海の晩晴草堂で徳富蘇峰に言われたことを思い出しつつ、やや強い調子で、

「ああいう顔は、つらいもんだな。夢に出たよ。どうしてまず目を閉じてやらなかったのかな、最初にあいつを見つけたときに？」

タカは心外だという顔をしながらも、うつむいて、どもりがちに、

「それは、その、本の山で近づけず……」

「くずして進めばいいじゃないか。亭主が下敷きになってるんだ」

「琴岡さんは、しあわせな結婚生活をおくってるんですね」

「からかうな」

庄治は頰の熱くなるのを感じつつ、

「まっさきに医者を呼ばなかったのも、率直に言うが、あんたを疑う一因になっている」

「医者なんか呼ぶ気はありませんでした。見た瞬間わかったもの。うちの人が、その、何というか……息をしてないってことは」

「見た瞬間？」

「いずれこうなるんじゃないかって思ってたんです。戦争が終わってこのかた、うちの人は、ずいぶん危ない橋をわたってましたから。この意味がわかりますか」

挑発的に問われたので、庄治はつい、ずばりと、

「ソ連のスパイをしてたんだな」

ぎいっ、という木の壁のきしみが車内いっぱいに響いた。

きついカーブにさしかかったのだろう。タカは肩をちぢめ、十《とお》も老《ふ》けた顔になり、

「……やっぱり。琴岡さんには話してたんだ」

「あ、いや」

口ごもった。GHQの諜報担当少佐におそわったと白状することは躊躇された。ヤンキーの手先と思われたくない。庄治はわざと咳払いして、

「ということは、芳松を殺したのは、ソ連の人間だってことか？」

「日本人。おなじスパイ仲間です」

「目星がついてるのか」

タカはうなずき、

「うちの人はしばしば、望月不欠《もちづきふけつ》っていう名前を口にしてました」

「もちづき、ふけつ？」

庄治は、首をかしげた。有力なコレクターとか、大規模な図書館の購書担当者とかなら名前が神保町全体にひろまるものだ。庄治は聞いたことがない。

「漢字では？」

と問うと、タカはすらすらと指でそらに字を書く。

（なめた名だ）

庄治は、苦笑せざるを得なかった。この名はもちろん平安時代、藤原《ふじわら》氏の全盛期を招来した太政大臣・藤原道長《みちなが》が娘の立后《りっこう》をよろこんで饗宴《きょうえん》の席で詠んだという、

この世をば我が世とぞ思ふ望月の欠けたることもなしと思へば

の歌に由来するのだろう。共産主義という王政ないし貴族政を否定する政治思想を信奉する男がわざわざこんな貴族的栄華のシンボルを典拠にするとは、むろん本名ではなかろうが、

（味なやつ）

庄治は警戒心をおぼえた。なるほど、たかだか芳松ひとりくらい容易に殺しかねない人間という気がする。

「おタカさんは、会ったことがあるのか？」

「いいえ」

「会ったことがないのに犯人だと？」

タカはゆらりと首をかしげ、すっかり暗くなってしまった窓を見た。そうして、はじめて不安そうに、

「直前に、たくさんの注文が入ってたんです」

「直前？」

「うちの人の死の三日前、つまり八月十二日に。望月さんから」

「注文帳が見つかったんだな？」

庄治が念を押すと、タカは、

「ええ、書斎の机のひきだしに。写しがあります。私には唯一の手がかりだから、いつも持ってるんです」

そう言いつつ、隣席の風呂敷づつみをといた。なかにはきちんと畳まれた衣類があり、その上にごろりと四、五個、古新聞にくるまれた手榴弾《しゅりゅうだん》のような何かが乗っかっている。

タカはその、下の衣類へ手を入れた。一枚の封筒をすべり出させ、封筒から紙片を出す。そうして庄治にわたす。

［注文先］望月不欠
［住所］（空欄）
［品目・数量］世界思想関係学術書（洋装本）四百冊内外
［納入期日］本年八月末日
［条件］一括納入、一括支払

門外漢には単なる文字の列にすぎない。タカも門外漢にひとしいだろう。庄治はちがう。同業者の目には、無限のニュアンスがにじみ出る。

(ヒントの泉だ)

庄治はタカに紙を返しながら、

「心外だな」

「え?」

「こういうものがあるなら、もっと早く相談してくれてよかった」

「ごめんなさい」

タカはいったん腰を浮かし、しかし謝罪の念のさほど感じられない強い口調で、

「ひとりで犯人を見つける気だったので」

「ひとりで? 俺やしづに迷惑がかかるから?」

「それもあるけど、話がもれるのが嫌だったんです。うちの人が――芳松が――共産主義者だ、ソ連のスパイだなんてうわさを立てられたら、私はいいけど、子供たちがかわいそう。近所や学校でどんな目に遭わされるか」

「俺はもらさんよ」

「ごめんなさい」

「うちから姿をくらましたのも、その犯人さがしのためだったのか」

「ごめんなさい」

こんどは、やや心がこもっていた。

「東京へもどったら、しづさんにも説明します。私は琴岡さんの家を出たあと、子供たちをつ

れて品川《しながわ》の旅館に身をひそめました。品川っていうのは意味はありません。ただ何となく。そこに身をひそめつつ、芳松がふだん取り引きをしていたお客さんを一軒一軒たずねてまわって、話を聞こうと思ってたんです。が……」

「が?」

「子供というのは、やっぱり足手まといですね」

タカは、ふかぶかとため息をついた。

「昼日中《ひるひなか》でも旅館に置いて外出《そとで》はできないし、かといって連れて歩くと人の目がある」

「子供だけじゃない」

「え?」

「遺骨や位牌もおなじだったろう」

庄治がぼそりと言うと、タカはとつぜんスイッチが入ったかのように目をかがやかせて、

「そう! そうなんです。これじゃあいつになっても調べが進まない。だから私、いったん帰省しようって思ったんです。故郷《くに》ですっかり荷物をおろして、それから東京でやりなおそうって」

(芯《しん》がある)

庄治は、たばこに火をつけた。

三輪タカという従来あまり気にしたことのなかった女の意外な存在感にふれた気がした。かわいい子供と別れてでも、夫の骨と離れてでも、彼女は事件に立ち向かうつもりだったのだ。

夫のうらみを、晴らすため。

では、ないのだろう。

子供の将来のためでもない。彼女自身、いまだ気づいていないかもしれないが、

（ただ、そうしたいから）

第三者たる庄治には、かえってタカの心の動きがありありとわかるのだった。これまでタカは単なる芳松の妻であり、単なる古本屋の女房にすぎなかった。従属的な人間だった。その従属の対象がにわかに消えてしまったとき、彼女はおそらく……彼女の内なる種子はおそらく、発芽を開始したのだろう。

まさしく「スイッチが入った」のだ。あるいは入りつつあるのだ。子供や遺骨などはむしろ足かせでしかないのだろう。そういえば、最近はいろんな場面で、

（見る気がするな。こういう強い女をさ）

戦争で男子の数が極端にへったことと何か関係があるのだろうか。それとも、そういう統計的情況とは無関係に、敗戦で女という生物そのものの本質に変化が生じたのだろうか。

「……これはこれで、鬼女かもな」

庄治がぽつりと言った。タカはすかさず、

「何か言いました？」

「あ、いや」

庄治はあわてて窓をあけた。列車が速度を出しているので、たばこの白いけむりは自然と車

外へながれ出てしまう。

「よし」

庄治はたばこを投げ捨て、いきおいよく窓をしめてから、

「とにかくだ。あんたが殺したのでないことはわかった。信じることにする。考えてみりゃあ、そもそも女の細腕でばさばさ本箱の本を落とすなんてのも無理がある」

「ありがとうございます」

「そのかわり、もう勝手なまねはするな。協力して事件にあたろう。俺ももちろん、芳松がソ連のスパイだったとか何とかは誰にも言わん。あんたの身の安全を最優先に考える。いいな?」

「はい」

こっくりとうなずくタカの頰が、女学生のように照《ほて》っている。この女は生きている、庄治はそのことに感服した。感服のあまりプイと横を向いてしまって、

「それじゃあ注文帳の写しをもういっぺん貸してくれ。同業者として、あんたの義兄妹《ぎきょうだい》として、無料で解読してやろう」

右の手のひらを上に向けた。

†

東京にもどれば、庄治はもちろんファイファー少佐に、

しなければならないのだろう。

もともと五所川原へ行ったのも彼に依頼されてのことだったし、タカから聞いた一連の話も、まずまずのところ、少佐の関心にかなうものと思われたからだ。むろん望月不欠なる客の存在も、報告をためらう理由はない。

が、

「復命」

（行かねえ）

庄治は、そう決めた。

ひさしぶりに自宅の敷居をまたぎ、しづや四人の子供たちと卓袱台《ちゃぶだい》をかこんで豪華な晩餐《ばんさん》に舌つづみを打つ、その最中のことだった。ただし豪華な晩餐といっても、いつもの粥《かゆ》と沢庵のほか、なすの炒《いた》めものが一皿ついているだけだったけれども。

庄治はこのなすを、汽車でタカにもらったのだった。

タカは芳松の実家でもらった。芳松の母親に、

「どうしても」

とむりやり持たされたらしい。あの風呂敷づつみのなかの手榴弾は、そう、この畑から採りたての黒紫色の草本作物にほかならなかったのだ。

結局。

庄治としづは、それぞれ小さな一きれしか口に入れられなかった。子供たちが箸音《はしおと》を立てつ

つ餓鬼《がき》のように食ってしまったからだった。しづは子供たちの様子をにこにこと見ながら、

「行かないんですか？」

遠慮がちに聞いた。

庄治は箸を置いて、

「ああ、行かん」

「相手は占領軍ですよ。あとあと意地悪をされるんじゃあ……」

むこうから占領軍だろうが何だろうが、むこうの頼みで行ってやったんだ。商売を犠牲にしてまでな。むこうから『来てくれ』って言ってくるのが筋ってもんだ。そうだろう?」

われながら、つまらん杓子定規《しゃくしじょうぎ》だった。

だだっ子みたいだ。ほんとうはあの巨大かつ威圧的な旧岩崎邸にもういちど足をふみいれるのが気ぶっせいなだけだということは、庄治自身にもわかっている。

「それより、熱海だ」

庄治は、ごろりと横になった。

「熱海？」

「蘇峰先生のところへさ。上得意だ。あしたにでも出発する」

「青森から戻ったばかりなのに」

しづは、いやな顔をした。亭主の体が心配なのだろう。庄治はたしなめるように、

「この世はな、しづ。『疲れた』って言った回数の多いやつから脱落してくんだ」

そう言いつつ、たちまち暗い沼へひきずり込まれるように眠くなる。耳から音が遠くなり、目から色が遠くなり……心地よく意識をうしなった。

つぎの瞬間。

激しい衝撃におそわれた。

「うっ」

目をひらき、身を起こそうとする。うごかない。天から複数の重量物がふってきて体を圧迫し、庄治を生き埋めにしようとしている。庄治は完全に無防備だった。

(よ、芳松)

あいつはこうして死んだのだ。そのことを戦慄とともに知った。庄治はうごかぬ手足をばたばたさせ、吸えぬ空気をぱくぱくと吸った。目がかすむ。天からの声がわんわんと頭蓋《ずがい》内にこだまする。

「ありがとう!」

「ありがとう、父ちゃん!」

庄治はほとんど悲鳴をあげるように、

「たのむ、お前たち。たのむから降りてくれ」

十歳、八歳、七歳、三歳。ひとりひとりは痩せていても、全員そろえば立派な凶器だった。たぶん彼らは、彼らなりに父へ感謝しているのだろう。

この前のハーシーズといい、今回のなすといい——ついでに芋飴も——、彼らの父親はこのところ桃太郎よろしく財宝をいろいろ持ち帰ってくれる。おもちゃは買ってくれないけれども、めずらしい長距離列車の使用ずみ切符もよこしてくれる。

その感謝のしるしこそ、この馬乗りの四連発にほかならなかった。彼らがようやく体をおろし、たたみの上に尻もちをつくと、庄治は起きなおって、

「浩一、正伸《まさのぶ》、行雄《ゆきお》、よし子」

ひとりひとりの頭をなでてやったが、そのうちの次男が心底ふしぎでならないという顔をして、

「あのさ、父ちゃんさあ」

「何だい、正伸」

「なんで本なんか売ってんの？」

「え？」

「食いもの売るほうがよっぽど儲《もう》かるし、みんな飢え死にしなくてすむじゃないか。なんで食いもの売らないのかな」

（おやおや）

家族愛の感動が、にわかに複雑な味を帯びた。

庄治はしばらく考えこんだ。そうして正伸の頭をもういちど、こんどは少し乱暴になでてやりながら、

「本にも栄養があるのさ。頭の栄養がね」

ありきたりのことしか言えなかった。

†

次の日、出発しなかった。

あれほどしづに向かって恰好いいことを言ったくせに、庄治は結局、四日も駅へ行かなかった。やはりファイファー少佐からの召喚を、

――来るか。来るか。

待つ心持ちがあったのだろう。実際はまるで忘れ去られでもしたかのごとく、召喚どころか一兵卒の巡邏《じゅんら》すら受けなかったのだけれども。

庄治はこの間《かん》、もちろん何もしなかったわけではない。

本業に精を出した。市会に出て同業者と情報交換をしたり、同業他者の店舗へおもむいて一般客とおなじように購入したり――これもりっぱな仕入れなのだ――、あるいは家の書斎にこもって参考文献をいろいろひっくり返し、入手した古典籍の素性をしらべあげたり。ときには赤羽《あかばね》まで歩いて行ってヤミ米を買いこみもしたが、基本的には、自宅および自宅のある神保町のほかへは出歩くことをしなかった。店番はしなかった。店への陳列もしなかった。

そもそも琴岡玄武堂には最初から、商品をならべて売るための、

「店」

なるものが存在しないのだった。

庄治が立声堂から独立したのは九年前、昭和十二年（一九三七）春。

勤続十四年ののちの決断だった。いったいに神保町では、店員の独立はめずらしくない。才覚ある者が主人のもとを離れ、みずから一国一城のあるじとなることは、業界全体の発展のために、

「善」

だとされる傾向がある。道徳的な美風ということもできるが、べつの一面では、封建社会の残滓《ざんし》のようなところがあった。

この業界は、伝統的に、世襲色が濃厚なのだ。

名のある店の店主がもしも死ぬか引退したときは、つぎの店主はその息子、または婿《むこ》となる。その下ではたらいている店員はいくら有能でも次代の主人となることはないし――主人の娘と結婚すれば話はべつだが――、なったとしても外様《とざま》としての多大な苦労を背負うことになる。雇われ社長のようなものだ。

それならばいっそ独立し、店をかまえ、いわば旧店の競争相手になってしまうほうが本人にとっても旧店にとっても好都合。いわゆる、

「のれんわけ」

の制度に近い、それはそれで合理性のある古習俗にほかならなかった。

庄治なども、立声堂時代には、

「庄どん」

「はい」

「お前はなかなか、やりそうだね」

などとむしろ主人の嘉吉のほうがそれとなく探りを入れるありさまで、庄治もわりと早い段階から、こつこつ、じっくり月給を貯めていた。独立の意志を隠しもしなかった。退職時の預金残高は、退職金三百円を合わせて六千いくらに達していた。

小さな店なら、神保町のメインストリートというべき靖国通り沿いにも打って出られる額。実際、ほとんどの実力者はそういう人生をえらんだものだし、庄治も当然そうするだろう、そうすべきだと周囲から思われていた。

が、庄治はあえて、

「店舗は、なし」

内外に宣言した。はちきれんばかりの野心とともに、

——古書は、捨てよう。古典籍一本で行こう。

と決意していたからだった。

古典籍はふつうの本ではない。明治維新以前の本であり、和本である。維新後に刊行されたいわゆる「古書」よりもはるかに仕入れが困難で、はるかに手もとの資金がいる。表通りに店などを出す金があったら、それをすべて、

——仕入れにまわしたい。

というのが正直なところだった。

六千円は古書には足りるが、古典籍には足りないのだった。ほかに金のあてはなかった。借金はしたくなかったし、庄治は裕福な家の出ではない。頼れる親戚もいない。店をもたないというのは理想でありつつ、なかば以上は経済的制約の故のやむを得ざる選択だった。

店舗なしで、どう商売するのか。

——目録を出す。

そのことは、はやくから決めていた。

全国のめぼしい学者、コレクター、資産家、研究機関などに在庫目録をおくりつけ、電話や電報、葉書などで注文をつのる。注文を受けたら商品を発送する。代金も為替《かわせ》で入れてもらう。古書とちがって一点あたりの利ざやが大きいので、品ぞろえさえ魅力的なら、

——じゅうぶん、戦える。

それが二十六歳の庄治の判断だった。

通信販売専門の古典籍商など、日本ではじめての出現だった。むろん古典籍ではなく古書ならばそれ以前にも多くの店が多くの目録を出していたが、それでもやはり、業界の常識は店売りとの併行。目録一本槍というのは前代未聞のしわざだった。

「ありゃぁ、きっと成功する」

「失敗するに決まってるさ。思いあがりが過ぎちまった」

琴岡玄武堂は、二種類の極端な視線をあびつつ業務を開始したのだった。

第一号の目録は、同年の暮れ、ようやく刊行することを得た。

菊判四十八ページのぺらぺらの冊子。受け取った或る大学教授が、

「誰かから論文の抜き刷りが送られてきたと思ったら、君の目録だった」

とあとで庄治をからかったほどで、収載点数もわずか四十八。なるほど目録というより抜き刷りないしパンフレットに近いかもしれなかった。

もっとも、そのぶん解説は充実していた。

一点につき本文一ページをまるまるあてて、写真を掲載した上、年代、紙質、内容、汚損等に関する入念な説明をほどこした。もちろんすべて庄治が書いたのだ。たとえばこんな具合に。

1『竹とりの翁《おきな》物語』
いわゆる竹取物語、かぐや姫の物語。写本一巻。慶長元年（一五九六）の奥書《おくがき》があり、書写年代の知られる最古のもののひとつです。

14『木下勝俊朝臣《きのしたかつとしあそん》集』
近世初期の歌集。写本一巻。木下勝俊は豊臣秀吉の義甥（父家定《いえさだ》の妹が秀吉の正室おね）。

豊臣家の係累《けいるい》たるを以て若狭《わかさ》小浜《おばま》城主に任ぜられるも、関ヶ《せきが》原《はら》の戦いののち改易《かいえき》、京都東山《ひがしやま》に隠棲《いんせい》しました。生来文事をこのみ、細川幽斎《ほそかわゆうさい》に歌道をまなび、また茶道をよくしたことは夙《つと》に知られているところです。

36『類字源語鈔』

後《ご》村上《むらかみ》天皇の皇子、竺源恵《じくげんえ》梵《ぼん》作。『源氏物語』作中の語彙《ごい》を整理した室町時代成立の辞書なるも、本品は江戸時代中期の写本と思われます。旧蔵者（幕末の国学者か？）による朱書の書入れ多数。三巻。

結果は、大成功だった。

発送の翌日にはもう東京の客から電話があり、これに地方からの電報や速達がつづいた。わりあい強気の値をつけたにもかかわらず、最終的には、全四十八点のうち、じつに三十五点の品が売れたのだった。

販売率七割超。

ふつう古書目録（古典籍ではない）の販売率は三割前後というのが業界の常識だったから、この成績は、またたくまに同業者のうわさとなった。琴岡玄武堂という奇態なかたちの小さな船が、しっかりと帆《ほ》に風をはらんだ瞬間だった。

庄治はこのとき、借家ずまいだった。

神保町の裏通りに古びた一軒家を借り、そこを自宅兼事務所としていたのだ。ところがこの目録さわぎの二か月半後、たまたま所有者の妻女がたずねて来て、

「じつは夫が、むつかしい病気にかかりまして」

「はあ」

「薬代のために家と土地を売りに出さなきゃなりません。悪いけど、立《た》ち退《の》いてもらえませんか」

庄治は即座に、

「買います。家も土地も」

それくらいの金が手に入ったのだ。

以後、一年に二度のペースで目録を出した。

むろん懇意《こんい》な客とは目録外の取り引きも多かったし、私的な贅沢《ぜいたく》はしなかったから、手もとは潤沢《じゅんたく》になるいっぽう。琴岡玄武堂の目録は、号をかさねるたび、質量ともに重みを増した。

昭和十四年（一九三九）五月に発行した第四号のごときはじつに百九十二ページの大冊であり、しかもその巻頭をかざったのは、『源氏物語』鎌倉期写本、天下一品というべき善本《ぜんぽん》にほかならなかった。

——こころざしの高さが、現実の困難をうちやぶった。

自他ともに認める快進撃だった。戦後はまだ一度も出していない。

青森から帰って五日目の朝に、ようやく庄治は、

「ぼちぼち行くか」

おもい腰をあげた。しづが三歳のよし子に匙《さじ》でお粥をあたえてやりながら、

「茅町へ？　熱海へ？」

ＧＨＱのファイファー少佐のところへ行くのか、それとも徳富蘇峰の居宅へ行くのかと聞いたのだ。庄治が返事をしないでいると、さっき家を出たばかりの上の三人の子供たちが、

「父ちゃん！」

いっせいに玄関で声をあげた。あげつつ庄治たちのいる四畳半へばたばたと入ってくる。しづが目を白黒させて、

「お前たち、何だ？」

「父ちゃんに」

三人が同時にしゃべりだしたので、庄治はひとりずつ頭にこつんと拳固《げんこ》をくれてやり、

「俺は聖徳太子《しょうとくたいし》じゃない。小さい順に言え」

子供たちは顔を見あわせてから、まず七歳の行雄が、

「父ちゃんに、でんぽーだよ。通りへ出たところで配達のおじちゃんにもらった」

電報用紙をよこした。

（悪い予感が）

案の定そこには、

シキフコイ　ファイファーセウサ

と簡潔な日本語文が書かれてある。「至急来い、ファイファー少佐」。ずいぶん切り口上なのはむろん字数《じかず》の少なさをおもんじる電報文ならではだが、ひょっとしたら、あの青い目の軍人は、ほんとうに庄治の無音《ぶいん》に対して激怒しているのかもしれなかった。

庄治は紙をたたみに置いて、

「つぎは？」

八歳の正伸へ目を向けた。正伸は一枚の官製葉書を頭上にかかげて、

「郵便夫さんが、速達だってさ」

庄治はひったくり、差出人をたしかめた。見なれた右肩あがりの毛筆で、熱海、徳富蘇峰と記されている。ひっくり返して裏面を見ると、

火急の事あり、拙堂《せつどう》へ来駕《らいが》を請う。文化的書誌学的一大椿事《ちんじ》の発生なり。

一大椿事とは何か知らないが、要するに、ファイファー少佐の電報とおなじ内容。ふたりの要求に同時にこたえるには、庄治はふたつに体を割らねばならぬ。

「まいったな」

顔をしかめ、髪の毛へ手をつっこんだ。

四畳半がしんとする。おずおずと、

「あのさ、父ちゃん……」

声を出したのは、十歳の長男・浩一だった。むかしから静かな子で、子供らしい活発さがないかわり、弟たちや妹をいじめることもない。

「何だ、浩一」

「そこの通りで、東西さんが話してたんだ」

東西さんというのは、東西書店主・柿川一蔵のこと。洋書をあつかって羽振りがよく、最近はほとんど神保町総代のような雰囲気《ふんいき》をかもし出している。

「東西さんが、何を話してた?」

「首くくりだって」

「首くくり?」

庄治が眉をひそめると、浩一は、十歳の子に似合わぬ翳《かげ》のある顔で、

「タカおばちゃんが、自殺したって」

庄治は、呆然とした。

## 4 書物狂奔《きょうほん》

GHQや徳富蘇峰はあとまわしでいい。まずは、

(おタカさん)

庄治は子供たちへ、

「遊びに行け。笑って行くんだ」

と言い置くと、家をとびだし、自殺の現場だという猿楽町の倉庫へ走った。考えてみれば芳松の死以降、そこへ行くのは三度目だけれども、いい思い出はひとつもなかった。一度目は芳松の死体に会った。二度目は庄治が死体になりかけた。

曇天《どんてん》の下。

建物のまわりは、黒山の人だかりだった。

同業者の顔も見えるが、今回は、かみさん連中が多かった。ほとんどが立ったまますすり泣きしていた。なかには声を放って泣く者もあり、あるいは手を合わせて、

「なむあみだぶつ。なむあみだぶつ」

いっしんに唱《とな》えつづけている者もある。それらの声がひときわ高くなったとき、玄関のとび

らが開き、なかからタカが出て来たのだった。

戸板のようなものに乗せられている。

ゆれるたび頭が左右へころがるのだが、肌がまっ白というより無色だったため、その顔はくしゃくしゃの紙くずのようだった。首の肌にはひものようなものの赤い跡がくっきりとついている。戸板の前後には男がひとりずつ。

（前のほうは東西さん、うしろは……鳥道軒《ちょうどうけん》か）

同業者である後藤《ごとう》鳥道軒主人・後藤光郎《みつろう》。庄治より五つ六つ年上だったか。やせているのに二重あごという変な風貌《ふうぼう》の男で、この日はさらにてかてかのハンチングをかぶっている。新品だった。

その鳥道軒が、人垣のなかに庄治をみとめて、

「やあ玄武堂さん。こんどの白木屋《しろきや》での即売会、あんたもとうとう初出品だね。よろしくたのみますよ」

二重あごをそらし、意地悪そうな笑みを見せた。庄治はいやな気分がした。商売熱心はいいことだが、死者を自宅へおくろうというときに言うせりふではない。

（まあ、鳥道軒らしいが）

しばらくして、刑事らしい男が出てきた。庄治は急いで前へ出て、

「刑事さんかい？」

「ああ」

「犯人は誰だ。目星はついてるのか」

聞きつつ肩をわしづかみにした。

「犯人？」

刑事は庄治の手を払い、1＋1＝3だとでも言われたような軽蔑顔《けいべつがお》で、

「くびれ死にだぞ。亭主のあとを追ったに決まってんじゃねえか」

庄治は、ことばにつまった。

なるほど客観的に見れば、タカは夫に先に逝《い》かれた。子供たちを五所川原の実家に置いてきた。そうして実家から帰ってすぐに夫とおなじ場所でそうなったのだから、むしろ自殺以外の可能性を考えるほうが時間のむだかもしれない。

が、庄治は、

（殺された）

そのことに、確信があった。

五所川原からの帰りの汽車でタカと話し、その前向きな姿勢におどろいた記憶があるからだ。タカは女学生のように頬を上気《じようき》させ、毅然《きぜん》と現実にたちむかっていた。そのタカが、どうして五日後にみずから命を絶つだろう。

はたして故殺だったなら、殺したのは、

（望月不欠）

そのことも、庄治はまちがいないと思うのだった。死の直前の芳松に大量発注をおこなった

共産主義者、ソ連のスパイ。

もっとも、口には出さなかった。

出しても信じてもらえまいし、へたをしたら庄治自身が疑惑の目を向けられかねない。同業者としての芳松はいちばんの理解者でもあったけれども、それだけにまた、いちばんのライバルでもあったからだ。少なくとも戦前は。

「……こいつは、俺がやるしかねえな」

庄治は足をふみだし、人の群れを脱した。

あいたままの玄関から平然とあがりこみ、正面の部屋へ入った。前回来たときとおなじように四周が――もちろん入口を除いてはだが――本箱にかこまれている、そのなかに制服を着た警官がふたり、所在なさそうに立っていた。

こんな退屈な現場からは一刻もはやく解放されたい、署で支給の煎茶《せんちゃ》をすすりたいという願望がありありと全身から煙《けぶ》っていた。

庄治は、うしろ手にドアを閉めようとした。

閉める前に、手がとまった。前回ここで殺されかけたことが心に影を落としているのだろう。

(逃げみちが欲しい)

そういう無意識の行動にちがいなかった。庄治はドアの把手《とって》から手をはなし、前方の男たちへ、

「ここでタカは死んでたのか」

「誰です？」

警官のひとりが、存外おだやかに問う。庄治は肩をすくめて、

「琴岡玄武堂、タカの亭主の同業者だ。家族ぐるみのつきあいだった」

「あそこ」

警官は、おのが頭上を指さした。

見あげると、天井の下にながながと横木《よこぎ》がある。庄治は、

「……ああ、梁《はり》か」

梁には麻ひもが結びつけられていて、三寸（約十センチ）ばかり垂れ下がった部分がふらふらと左右にゆれている。

「あの麻ひもで、仏《ほとけ》さんは首をくくったんです。下へおろすとき自分がナイフで切りました」

警官はそう説明した。いまとなっては甲斐《かい》もないが、

（タカに護衛をつけてもらうよう、GHQに頼んでおけば）

申し訳なさに頭がしびれた。あの率直かつ陽気なファイファー少佐ならきっと手を打ってくれたろう、ハリー軍曹をさしむけてタカを凶漢から守ってくれたろう。ちょうど庄治をそうしたように。

そんなふうに自分を責めると、庄治の手は、おのずから合掌《がっしょう》の型になろうとした。

が、手が合う前に、

「待てよ」

庄治の目が、大きく見ひらかれた。

「ありゃあ何だ。梁じゃないな」

首を上へ向けたまま、左右を見た。梁かと思われた横木はじつは角材で、左から右へ、本箱の上に、あたかも橋を架けるように架け渡されている。こころみに跳びあがって手のひらで突きあげると、

「おっ」

角材は左の本箱の上でぴょんと跳びはね、カタリと天井にぶつかって落下した。足もとでがらがらと大きな音を立てた。つられて右はしが上を向く。すなわち一本の角材は、右の本箱へ、ななめに立てかけられるかたちになった。庄治はそれを手でつかんで引き寄せつつ、

（……こいつは）

タカの死の、芳松の死の、その謎《なぞ》の一部がとけた気がした。

警官ふたりが、

「なかなか強い材だな。本箱の上へ渡しただけで……」

「人間ひとりの目方に耐えた」

のんびりと言い交わす。

「ばかやろう」

と、庄治は、どなりつけてやりたくなった。問題の本質はそっちにはない。むしろ角材をさ

さえる本箱にあるのだ。

庄治はふたたび首をもたげ、左右のそれを見くらべた。頭を高速で回転させた。

（本箱は、たおれなかった）

それが思考の出発点だった。タカという人間ひとりの全体重が角材を通してのしかかったにもかかわらず、本箱は、ばったりと内側へたおれることをしなかった。それくらい安定していた。むろん本がぎっしり入っている重さの故でもあるだろうが、しかしそれなら、芳松の死のときは、どうして、

（本が落ちたのか）

庄治は、半月前に見た光景を思い出した。芳松はこの床の上であおむけになり、本の山の下敷きになっていた。まわりの本箱は三本がたおれ、のこりの六本はからっぽに近かったが、しかしとにかく何ごともなかったかのように直立していた。

あの晩、これらの本箱は、よほど激しく震動したのだろう。もっとも地震はなかったはずだが……と、そこまで思考をめぐらしたとき、

（あ）

庄治は、ひとつの疑問につきあたった。

（そもそも物理的に、本箱から本だけが落ちるなんて可能なのか？）

かりに大地震があったとしても、ふつうなら本だけが落ちることはあり得ない。本箱そのものがたおれて人間を襲うはずなのだ。

実際、二十三年前の関東大震災でも、神保町には本だけが落ちたという被害報告はなかった。みんな本箱ごと、あるいは建物ごと倒壊したのだ。当時まだ立声堂に入ったばかりだった庄治自身、たおれた本箱を立てなおすのにえらく苦労したおぼえがある。庄治は十二歳だった。

「仕掛けがある」

庄治はそうつぶやくと、ちらりと警官のほうを見てから、くりかえした。

「この部屋には、何らかの仕掛けがあるぜ」

本箱から本だけを落とすような特別な装置。あるいは結果としてそう見えるような人為的な操作。芳松はそれにやられて死んだのだ。そうしておそらく、

（……おタカさんは）

その仕掛けの正体に気づいた。芳松の死の謎をときあかした。だからこそ芳松を殺《あや》めた犯人にかえって麻ひもで首をしめられ、命を絶たれてしまったのだ。

犯人は角材を本箱に架け渡し、そこに死体をぶらさげた。故殺が自殺になったのだ。ずいぶん面倒なことをしたものだが、おかげで警察はあっさりと、

――亭主のあとを追ったんだ。

と信じこみ、それ以外の可能性の追及をやめてしまったのだから偽装はみごと奏功したことになる。怠慢《たいまん》を責めるのは酷《こく》だろう。このご時世、亭主に先立たれた女など掃いて捨てるほどいるのだし、警察の手を必要とする強盗、殺人、公共物毀損《きそん》などの凶悪犯罪はあとを絶たない。いちいち同情していたら東京の混乱はいつになっても回復しないのだ。

やはりこの謎は、庄治が解くしかない。

(これでまた、本業がおろそかになるな)

妻子を食わせられるのか。庄治はうそ寒いものを感じたが、とにかくいまは芳松殺し、タカ殺しに集中しなければならぬ。

(そのために)

庄治は、その場でぴょんぴょん跳びはじめた。

「おい、何をしてる」

警官のひとりに聞かれたのへ、

「仕掛けをさがしてるのさ」

跳びつつ首をのばし、本箱の上の空間をたしかめたのだった。天板の上にたとえば金属製の釣鉤《フック》のようなものが刺さっていれば、そこへロープを通して引くことで本箱自体をたおすことができる。うまくやれば、本だけを飛び出させるのも、

(不可能じゃないかも)

なかった。

どの本箱にも、どの天板にもフックや留め金はなかった。正面には二本、左右には三本ずつ、後方には一本、それぞれ本箱が突っ立っているのだが、みなうっすらと白いほこりを頂くのみ。わずかに左右のまんなかの一本ずつが例の角材のこすれた跡をとどめるにすぎなかった。

「ちっ」

庄治は跳ぶのをやめ、部屋のまんなかに立った。

頭をいったん白紙にもどし、あらためて本箱を見てみようと思ったのだ。そうしたら、

「あっ」

われながら、嫌になる。

どうしていままで気づかなかったのか。なるほど本箱はすべて本をつめこんでいるし、そのこと自体は前回とおなじだけれども、その内容はまったく一変しているのだった。うしろも、左も、右の本箱も。前回とおなじ本は一冊もない……かどうかはわからないが、

（ほとんど、ない）

ざっと見わたしたかぎりでは、前回よりも安い本が多いようだった。学術関連書はせいぜい一、二割ほどで、あとは国枝史郎《くにえだしろう》や佐々木味津三《ささきみつぞう》といったような流行作家の小説本とか、家庭科学大系『西洋料理作法』のような半実用書、随筆集《ずいひつしゅう》、時事評論、それに講談社の絵本や古雑誌のたぐい。

そのくせ本のならべかたは、程度が高いというか、

（こいつは、くろうとの仕事だな）

いくら安い本でも、慣れた者が、ことに同業者がならべれば分類癖がはたらく。おなじ随筆集でも小説家のそれと学者のそれを分けてまとめるといったような一種の批評性があらわれるのだ。おのずから本箱全体には背広をぴしっと着こんだような仕事感がただようだろう。とすれば、

「この本は、誰が入れたんだ」

庄治が問うた。警官の答がふるっていた。

「あんたが調べるほうが早《はえ》えさ」

庄治がそっとため息をついたとき、戸外から、

「おうい。もう出ていいぞお」

だみ声がとびこんできた。上司の声らしい。警官ふたりは露骨にうれしさを顔にあらわし、
銭湯の客みたいに、

「よおし。出るぞお」

「出るぞお」

部屋をあとにした。庄治がふりかえり、その背中へ、

「おいおい」

声をかけたときには彼らの姿はもうなかった。

しかたなく、自分自身につぶやいた。

「もうひとつ、手がかりを見つけたんだがな」

†

「もうひとつの手がかり?」

と聞き返したのは、八十三歳の老人だった。

庄治は、

「そうなんです、蘇峰先生」

と言うと、縁側の上でちょっと尻をずらしてから、

「本の背にね。クレーターが」

「クレーター？」

蘇峰は声の調子をはねあげ、興味津々《しんしん》という目の色をして、

「それはつまり、月の表面の？」

「一冊、失敬してきました」

庄治はかたわらに置いた風呂敷づつみから桜木寒山《さくらぎかんざん》『千古之偉人乃木大将《せんこのいじんのぎたいしょう》』という大衆むけの伝記本を出した。そうして左にすわっている蘇峰の眼前へ、背のところを突き出して、

「ほら、火山の火口にも似た円形のくぼみが点々としてるでしょう。ここと、ここと、ここ、ぜんぶで三つ。空押し加工のようでもありますね。いちばん大きいのは、この『乃』の字のなかでしょうか。西洋定規で測ってみたら、直径一・二センチでした」

「古本には原則として、かならず、もとの持ちぬしがいる。その人が手荒にあつかったのではないか。子供かもしれん。背から石に落としたとか……」

「ところが先生」

庄治はちょっと笑ってみせると、

「こういう本は、あの部屋に、ほかに何冊もあったんですよ」

説明した。『千古之偉人乃木大将』はあの倉庫の部屋を入って右の三本の本箱のうち、いちばん手前のそれの、下から五段目にしまわれていたのだが、ほかにも左のまんなかの本箱、うしろの本箱等、目についたかぎり五、六冊がおなじような傷本《きずぼん》だった。

まあみんな入口に近いところの本としていいだろう。しまわれた棚の高さもさまざまだが、おおよそ庄治の首から胸のあいだに収まる。ともかくも、クレーターたちは、あの部屋のあちこちで隠れんぼでもしているかのごとく静かに息づいていたのだった。

「ということは、先生、それらの本はみなあの部屋に入ってからくぼみを打ちこまれた可能性が高いということです、何らかの道具で。それ以前におなじ旧蔵者によって、おなじように手荒にあつかわれたと考えるのは合理的じゃない。あれだけ多量の本なんです。複数の場所から来たものと見るのが自然です」

「となると、それらのくぼみをつけたのは、芳松の妻の……」

「タカ。あるいは、タカを殺した犯人」

「ふん」

蘇峰は顔をそらし、庭のほうを見た。

西日《にしび》をあびつつ立っている一本の木斛《もっこく》をにらみつつ、何か沈思しているようだった。

頬がふんわり上気している。まるで酒に酔ったかのようだが、しかしこの老人は、体質のせいか、そのキリスト教の信仰の故か、むかしから酒をたしなまないことは有名だった。彼の頬は、べつの要因によって色づいている。

（興味を、持たれた）

庄治は、何かほっとするものを感じた。この前ここに来たときは世をはかなむこと甚《はなは》だしかったが、このぶんだと、

（世間がおちつけば、また有力な顧客に）

晩夏の熱海は、この山の上でも、なかなかに蒸し暑かった。どこかでひぐらしが鳴いている。こうして庭をながめていると、東京でその日の食いもののため右往左往《うおうさおう》しているのが途方もなく小さなことのように思えてくる。

「いや」

蘇峰はきゅうに首をふり、顔をしかめた。

庄治へむきなおり、冗談めかして、

「老人のぼけ頭には少々手にあまるようだ。琴岡君、ちょっと最初から整理してくれんか」

「はあ」

庄治は、ちょっと考えたのち、

「それじゃあ先生、『本』という視点から事件を見なおしてみましょう」

「そいつはいい。本の話ならよくわかる」

「俺はあの部屋を、これまでに三度おとずれました」

と、庄治は、ことばを選びつつ説明をはじめた。

一度目は、芳松の死のとき。本はばさばさと威勢よく本箱をとびだし、芳松を圧殺したあげく峨々《がが》たる山と化したのだったが、その本は、基本的には学術書だった。なかには柳田國男『蝸牛考』のような畑ちがい（国語学書）の本もあったけれども、中心は西洋、東洋の思想史本。アリストテレス『ニコマコス倫理学』は河出書房版の全集の端本《はほん》、ギリシア哲学の大古典だし、『国訳漢文大成』全八十八巻はもちろん四書五経のほか老子《ろうし》、韓非《かんぴ》子《し》などの思想書の原文や訳をのきなみおさめる。

「思想史本？　もしかすると……」

と蘇峰が話をさえぎったのへ、庄治はうなずいて、

「そうです、先生。芳松が死の直前、望月不欠なる客から大量に注文を受けたという『世界思想関係学術書（洋装本）四百冊内外』。あの注文帳の記載にぴったり対応するんです。むろんたった四百冊では大の男を殺すことはできませんから、他の雑本も加わったのでしょうが」

「もちづき、ふけつ、か」

「お心あたりは？」

「知らんよ。そんな世をなめきった名」

「二度目におとずれたのは、七日後でした」

庄治はつづけた。二度目には庄治はひとりだったし、芳松もタカもいなかった。本はほぼすべて四周へしまわれていた。芳松を襲うため本箱をとびだした本たちが、ふたたび本箱へもどされた恰好になる。

もどしたのは、

（タカだ）

ということは、庄治には一目でわかった。ならべかたが素人《しろうと》くさかったからだ。実際、庄治は、あの五所川原からの帰りの車中で、

「どうして片づけた？」

とタカ本人へ質問した。タカは例の、ほとんど勇敢な口調で、

「いずれ望月不欠が本を取りに来るかもしれない、そう思ったんです。来たらあの部屋へ通さなきゃ。ちらかったままの本は見せられません」

「顧客だからか？」

「っていうより、本をちらかしたのは望月自身かもしれないわけでしょう。ずっとそのままにしておくのは、何ていうか、その……」

「負けた気がする？」

「そう、そう」

すなわちタカには、何かを隠匿《いんとく》する意図はなかった。

むしろ事件の謎をあきらかにするつもりだったのだ。しかし結局、そのタカも殺され、本箱のなかみも更新された。『千古之偉人乃木大将』ほかの安本《やすぼん》ばかりがつめこまれたのだ。庄治が三度目に行ったときまのあたりにした光景だった。

「……更新、か」

蘇峰は庭へ目を向けたまま、かみしめるようにその語をつぶやいた。庄治は、

「ええ、そうです。総取っ替え」

「目的は何かね」

「現場から自分のにおいを消すことです。自分の注文した本がいつまでも本箱にあるんじゃあ、いつなんどき誰かの目にとまるかもしれない、うごかぬ証拠になるかもしれない」

「ふん。……」

蘇峰は鼻を鳴らしたが、その声は、どこか物足りない感じだった。庄治は急いで、

「実際、タカの目にとまりましたしね。警察もまったく気にしてなかった。ま、彼らの目には、しょせん本なんて神社の玉砂利《たまじゃり》みたいなものなんでしょう。おなじ姿、おなじ色がずらりと並んで見た目に退屈。ひとつひとつの区別がつかない」

「ちょっと待て」

蘇峰が庄治のほうを向き、話をさえぎった。

(来たか)

と思いつつ、庄治はわざととぼけて、

「何かお気づきに?」

「何かお気づきに、じゃないよ。君はさっき言ったじゃないか、その安本はきれいに本箱へおさまっていたと。おさめたのは素人じゃああり得んと。ということは、望月不欠には、それに協力する古本屋がいるってことじゃないか、神保町に」

「……」

「古本屋が、芳松やタカの死に一枚かんでいる」

「……」

「琴岡君」

蘇峰の目は、なおも庄治を見つめている。庄治は目をそらし、

「神保町とはかぎりません」

声をしぼり出した。蘇峰はただちに、

「そういう問題じゃない。本郷でも早稲田《わせだ》でもいい。琴岡君、君には、なじみの顔はいくらでも思い浮かぶはずだ」

「古本屋は、古本屋を殺したりしません」

われながら、子供じみた返事だった。

が、そう強弁せざるを得なかった。どれほど年季を入れたところで、どれほど業界の裏表を知ったところで、

——本を売る者に、悪者はいない。

そのことを、庄治はかたく信じている。

心の岩盤としている。本はただの商材だ。しかしただの商材ではないのだ。

野菜。薪《まき》。ビール。爆弾。首かざり。外国通貨。船。帽子。……この世には売るものがみちている。いつも誰かに買われている。そんなかでわざわざ本などという非即効性の、栄養に

ならない、読むにも書くにも教育と向上心を必要とする七《しち》面倒くさいしろものを選んで人生そのものまで捧げちまうような人間は、

（馬鹿だ）

と、庄治は根本的に思っている。少なくとも世わたり上手《じょうず》ではないだろう。むろんその馬鹿さのなかにこそ意地もあるのだし、

——これが文化だ。

と胸をはる思いもあるのだが、とにかくそういう浮世ばなれした連中が、

「殺人」

などという即効性のきわみのような行動に加担するなどということは、庄治には、何としても得心がいかなかった。赤んぼが戦争をするようなものではないか。

「同業者の共犯者など、俺には見当もつきません。蘇峰先生」

そううめくしか仕方がなかった。蘇峰は、甘ったれた若者をしかりつけるように、

「ほんとうか？」

「ほんとうです」

「商売がたきはいるだろう。芳松君にさんざん煮え湯を飲まされたというような……」

「いちばん飲まされたのは俺ですよ」

「君以外は？」

「前にも申し上げたことですが、神保町はいま活気にあふれてる。俺以外はみな景気がいいん

です。芳松夫婦を殺すくらいなら、その手間でもって本業に精を出すほうがよっぽど儲かる。

彼らには、俺たちには、芳松を殺す動機がない」

「望月不欠にはあるというのか」

「アカだから。思想上の対立……かな」

「薄弱だな」

「根拠はあります。注文帳です」

追いつめられた者に特有のぎこちない高音をしぼり出すと、庄治は、ズボンのポケットから一枚の紙を出した。

タカの写しを、さらに写した控えだった。

〔注文先〕望月不欠
〔住所〕（空欄）
〔品目・数量〕世界思想関係学術書（洋装本）四百冊内外
〔納入期日〕本年八月末日
〔条件〕一括納入、一括支払

「先ほども少し述べましたが、これはヒントの泉なんです」

庄治は、饒舌《じょうぜつ》になった。

「住所が空欄であることは、ふたつの可能性が考えられます。ひとつは前にも取り引きがあったこと、もうひとつは望月が住所を明かさなかったこと。この場合は後者でしょう。電話もしくは直接対面して注文した上、品物はトラックか何かで望月みずからが取りに来るという話にでもなっていれば、住所は必要ない。俺でも不審に思いません」

「ふむ」

蘇峰は銀色のつるの老眼鏡をかけ、目をほそめて紙を見ながら、

「品目・数量の項は、あらためて見ると大ざっぱだな。四百冊内外とは」

「それも最近はよくあるんです。空襲で蔵書をぜんぶ焼いた大学の図書館、企業の資料室、そういったところが当座の体裁をととのえる」

「二十年前といっしょだね」

「ええ、あの関東大震災のときと。たいていは一括納入が条件になります」

「疑問の余地なし、ということか」

「ひとつあります」

庄治は、ようやく落ち着きをとりもどした。ちょいと尻をあげて縁側にすわりなおし、唇をひきむすんで、

「この注文が、八月十二日に来たということです。タカがそう言ってました。そうして納入期限日は、そこに書いてあるとおり、おなじ月の末日。つまり半月で四百冊そろえろっていうんですから急な話です。急すぎる。芳松は青くなったでしょう」

「おりしも神保町は好景気……」

「総じて本の売れ足はいい。ということは、業者の市は品薄だってことです。芳松はさだめし神保町じゅうを、それこそ本郷や早稲田まで、駆《か》けずりまわったんじゃないでしょうか。四百冊そろったかどうか」

「そろわなかったら？」

「少々分野のちがうものでも採らざるを得ないでしょうね。経済書とか、百科事典とか」

庄治はいったん口をつぐみ、芳松の死のありさまを思い出した。

芳松の腹の上には本の山があった。山にはたしかにアリストテレスもあったけれど、ほかにも『日本経済大典』全五十四巻があり、平凡社版『大百科事典』全二十八巻があった。思想関連書ではないが、その周辺の本であるとは言える。苦肉の策にちがいなかった。

庄治は、つづけた。

「芳松はむろん満足しなかったでしょう。叱責されるかもって思ったでしょう。大口の顧客の不興を買うっていうのは業者にとってはそうとうな恐怖です。そういう恐怖を埋めるには、ついつい見かけに走ってしまうのも業者の心理。装訂はよりいっそう堅牢なもの。束《つか》はよりいっそう分厚いもの。函なしより函入り。軽い本より重い本」

「つまり、凶器になりやすい？」

蘇峰が目をむく。庄治はため息をついて、

「そうです」

と答えた。自分が芳松の立場に立たされたら、あるいは顧客の出かたしだいでは、

(おなじことを、やるかもな)

蘇峰がメモに目を落として、

「そういう業者心理まで考えに入れて、その客は、その注文をしたのだろうか？」

庄治は一語一語をふみしめるごとく、

「おっしゃるとおりです。望月不欠は最初から芳松を殺すつもりで、芳松自身に凶器を用意させるつもりで、この注文をした。決して愚かでないどころか、一種の、そう……一種の天才。これが俺の結論です」

蘇峰ははっと気づいて、

「きょうは何日だ？」

「九月二日」

「タカが死んだのは？」

「二日前です」

「八月三十一日か」

蘇峰はうめいた。望月はただ注文しておいた本を、納入期限日に受け取りに行っただけだということにもなる。偶然なのか。意図なのか。むしろタカを殺すほうがついでの用だったのか。

「死ぬなよ」

蘇峰は、ぶるりと身をふるわせた。

「琴岡君。君は死ぬな」

庄治は目を伏せた。

おのずから唇が門を閉じる。蘇峰はつづけた。

「くれぐれも身辺には気をつけろ。逃げるのは恥ではない。四人の子供を父《てて》なし子にしてはいかん」

庄治は乾いた笑い声を立てて、

「なあに。むこうは敵だとなんか思ってやしませんよ、俺ごとき。それより先生」

腰をあげ、庭へ向かって足をふみだした。
二、三歩出たところでふりかえり、蘇峰に相対《あい》するよう立つ。そうして、ふたたびポケットに手をつっこんで、
「このことを話しましょう」

一枚の官製葉書を出してみせて、

「先生から速達だなんてめずらしい。いったい何なんです、文化的書誌学的一大椿事って」

蘇峰は縁側にすわったまま、にらむように庄治を見あげていたが、

「君が悪いのだ」

きゅうにそわそわしはじめると、何やら言い訳がましい口調で、

「火急の用だと書いておいたはずだぞ。二日も遅れて来おって」

「それは、その、タカが死んだと……」

「先方はお急ぎだった。よほど手もとがお苦しかったらしい。嘉一郎《かいちろう》君へ取り次いだよ」

「嘉一郎さん」

庄治は、わずかに身をかたくした。嘉一郎とは高井嘉一郎、先代嘉吉のあとを継いで神保町一の古書肆である立声堂の店主となっている男だ。どうやら庄治は、

(商機を、逸した)

蘇峰は、立った。

ふりかえり、背後の和室の闇に消えた。かさこそと音がしたのは、洋机の上で何かを手に取ったらしい。ふたたび縁側のあかるみへ出てきたときには、小ぶりの桐箱《きりばこ》を両手でもっている。

庄治へ、さしだした。

庄治はそれを立ったまま受け取り、縁側へ置いた。そっと蓋《ふた》をとる。なかには数冊の和本がかさねられており、いちばん上の題簽に、

　　おうき

の三字が目に入る。ずいぶん古い本のようだった。

(平安か、鎌倉か)

と初見で判断したが、こんなタイトルの古典籍の存在はにわかに思いあたらない。

「はて」

首をかしげて、つぎの瞬間、

「おわっ」

あやうく尻もちをつきそうになった。ようやく現代における一般的な呼称を思い出したのだ。

「こいつは、先生……『小右記《しょうゆうき》』じゃありませんか」

†

『小右記』は、平安中期の公卿《くぎょう》・藤原実資《さねすけ》の日記。

通称である小野宮《おののみや》右大臣から名がついた。「おうき」とも読む。異名《いみょう》多数。

天元《てんげん》元年（九七八）から長元《ちようげん》五年（一〇三二）までの五十四年にわたり実資自身が見聞したさまざまな宮廷内外の記事を書きとめたものだった。その筆法の大きな特色は、藤原氏全盛期の頂点というべき藤原道長をかなり率直に批判したところにある。

有名なのは、三条天皇立后の記事だ。

天皇はかねてからお気に入りだった女御娍子《せいし》を立后すなわち皇后の位につけようとしたが、これに左大臣・道長が猛反対した。

道長の思惑は自己利益にあった。天皇はすでに道長の娘である妍子《けんし》という女御を中宮としている。この上さらに増やされたら妍子の子が――自分の孫が――皇位につけない恐れが生じる。

天皇と道長は、対立した。

君主と臣下の対立だった。結局、天皇ののぞみどおり立后の儀はおこなわれたものの、道長は左大臣でありながら顔を出すことをしなかった。

ばかりか、ほかの公卿にも、

「出るな」

と根まわししたらしい。道長につよく言われては、ほかの公卿はことわれなかった。

立后の儀は、まことに閑散としたものとなった。前代未聞の事態だった。道長としては一矢《いっし》むくいたどころではない、かえって「この后はみとめない」という将来をにらんだ強烈なメッセージを政局全体へ発することに成功した。まさに全盛期の政治家だった。

事件を記した実資自身は、この儀式に参列している。

そうして道長の専横を批判しているのだが、道長といえば、例の「望月の」の歌ももともとはこの日記に出てきたもの。実資が筆まめであってくれたからこそ後世は知ることもできるわけだ。ほかにも受領《ずりょう》とよばれる地方の国主がいかに発言力を増したかとか、刀伊《とい》の入寇《にゅうこう》（蒙古《もうこ》襲来のような侵略事件）のさい九州武士がいかに奮戦したかといったような時事に関する記事もあるし、当時の貴族の食生活もわかる。まさしく平安期最高の史料の名にふさわしい量と質をほこるのだ。

原文は、漢文。

もちろん実資その人が書いたはずだが、自筆本は、その後うしなわれてしまった。いまは——庄治の時代には——平安または鎌倉期の古写本が数種、知られているが、その古写本も上流名家のふかく秘蔵するところ、文字どおり門外不出。

庄治もその二十年以上にわたる業界人生活のなかで、ただの一度も、印影本《いんえいぼん》ですら、見たことのないしろものだった。

その『小右記』が、この日とつぜんあらわれたのだ。

もとよりそこには数冊しかなかった。数えてみたら七冊だった。原本の厖大《ぼうだい》さを思えば大海の一滴にすぎないが、それでも庄治は、ほんのつかのま商売をわすれ、商機を立声堂へ取られたことも忘却して、

「眼福です」

心の底から言ったのだった。

†

そういう珍本《ちんぽん》『小右記』を、蘇峰はどこから手に入れたか。

「九条家《くじよう》からだ」

と、蘇峰はあっさり打ち明けた。

九条家とはいうまでもなく五摂家《せっけ》のひとつ。近衛《このえ》家とともに代々摂政関白に任ぜられる宮廷最高の家格をほこる。

明治以降は、

「公爵」

という公侯伯子男のうちの第一等の爵位を世襲したし、大正天皇の后《きさき》である貞明《ていめい》皇后がこの家から出たことは国民すべての常識に属しよう。財力の点でも申しぶんなく、九条家といえば、文字どおり、

「華族のなかの華族」

と称されるべき家にほかならなかった。

その九条家でさえ、

（もたなかった）

金銭的に窮迫した。だから人を介し、蘇峰へ接触したのだった。

九条家からは、わざわざ家職が熱海に来た。そうして、

「信頼できる珍本商を紹介してくれ」

という旨《むね》を告げた。珍本商とはまた古めかしいことばだった。蔵書全体の三割か、四割か、比率はあきらかにしなかったが、とにかく相当量を売りに出したいという。

蘇峰ははじめ、

――これは、琴岡君の仕事だな。

と思い、速達で葉書を出した。ところが返事がなかったため、立声堂に取り次いだということだった。『小右記』は、

「お礼のしるしに」

と、家職が置いていったのだという。その機があればただちに国宝指定されるであろう天下の稀書《きしよ》が、ただの紹介料になったのだ。よほど現金を置いていきたくないようだった。

†

九条家だけではない。

日本の華族は、少し前から、未曾有の貧境におちいっていた。

きっかけはむろん、前年八月十五日の敗戦だった。彼らは明治のむかしからその豊富な財産を、商事、船運、鉄道、紡績をはじめとする安定分野の大会社へ出資して、その巨額の配当でもって家計をまかなっていたのだが、この株が暴落した。売ったところで二束三文。そこへ翌年二月十七日の、GHQの指令にもとづく、

「金融緊急措置令」

が追い討ちをかける。いわゆる、

「預金封鎖」

「新円切替」

にほかならなかった。

預金封鎖とは、文字どおり預金を封鎖することだった。すべての日本国民はこの日以降、銀行や郵便局からお金を引き出すことを禁じられ、手もちの紙幣のみでの生活を強制された。

――悪性インフレ対策だ。

というのが政府の言いぶんだったけれども、実際はただの銀行救済策、国民よりも銀行を優先させる魂胆であることは誰の目にも明らかだった。もっとも、それが必要とされた時代でもあった。これにより一時《いっとき》ながらインフレはたしかにおさまり、社会全体の混乱は弱まった。そのかわり国民生活は苦しくなった。ひじょうに素朴な意味で、

「お金がない」

日々を余儀なくされた。そうして国民は、そのなけなしの手もちの紙幣すら、半月後（三月三日）には紙きれにされたのである。お金をお金でなくされたのだ。

新円切替のためだった。

旧円は使用をみとめない（預金はみとめる）。今後使えるのは新円のみ。

むろん国民はそうなる前に旧円と新円を交換することをゆるされたけれど、それもひとり百円まで。古本屋では『広辞林』一冊買えぬ金額。生活のための最小限の設定にほかならなかった。

国民は、ますますお金がなくなった。

生活はいよいよ苦しくなった。庄治も例外ではなかったが、或る意味では、九条家はじめ華族の子弟にはさらに苦しい日々かもしれなかった。

彼らは月々、巨額の出費が要《い》るのだ。

格式をたもつため、と言うとかんたんだが、早い話、女中だけでも何人も――おそらく九条

家は何十人も――めしを食わさねばならない。当主の外出はむやみと多いし、家屋が空襲を受けていれば最低限の修繕はしなければならぬ。

そういう生活を庶民とおなじ現金百円だけでしろと言われるのは、鯨《くじら》がパンくずだけで生きろと言われるようなものだったろう。彼らには現金が即時入用だった。新円切替が終わったあとも、彼らは――むろん国民全員が――銀行や郵便局から引き出せる額をきびしく制限されたのである。預金があっても使えないにひとしかった。

その上GHQは、その預金にも手をのばしている。

ちかぢか、

「財産税」

を賦課《ふか》するつもりだと公表している。土地、株、国債等などの資産のもちぬしに対して超累進的な税を課す。皇室も例外とはしない。物納も可能だが基本は金納。

泣きっ面《つら》に蜂《はち》、どころの話ではなかった。こうなればもはや、華族には、

「歴史」

を金にかえるしか道がない。先祖伝来の什器《じゅうき》、刀剣、蔵書、そういったものを売り食いするしか方法がない。伝統継承だの、文化財保護だのいうのは、たらふく食ってはじめて口にできる美しいお題目《だいもく》にすぎないのだ。

九条家ばかりではない。

ほかの華族も同様だったし、華族以外もおなじだった。

財閥系の富豪は財閥を解体された。地方の地主は農地解放で田畑《でんばた》をうばわれた。軍需会社の重役は勤務先そのものをうしなって新たな職さがしに奔走《ほんそう》するありさまだった。

すなわち、このとき。

日本から金もちが消えたのだ。

それはもういっせいに消えた。のちに現れるのは小粒のなりあがりである。かわりに古典籍が世にあふれた。あちこちで蛇口《じゃぐち》がこわれたように、じゃぶじゃぶと、とめどなく、市場には書物の水があふれつつある。

『小右記』はおそらく序の口だろう。今後おなじような、いや、さらに貴重な書物がつぎつぎと世にあらわれるだろう。空前絶後の事態だった。実際、庄治は、このとき蘇峰邸をあとにしてから、熱海でもうひとりの著名なコレクターのもとを訪れている。

「竹柏園《ちくはくえん》文庫」と呼ばれる厖大かつ名品ぞろいの文庫のあるじである、歌人にして国文学者、佐佐木《ささき》信綱《のぶつな》のところだった。

戦前は内情のゆたかな人だったが、この人もまた敗戦を機に、

——日本は、もうだめだ。

とばかり蔵書の整理をはじめたのだった。なかにはもともと正倉院《しょうそういん》にあったかと思われる奈良時代の役所帳簿の残欠《ざんけつ》もあった。はやくも『小右記』を超えている。百戦錬磨《ひゃくせんれんま》の庄治でさえ、（いくらの値を、つければいいのか）

日本の古典籍は、狂瀾怒濤《きょうらんどとう》の時代をむかえつつあった。

## 5　売り上げ零《ゼロ》

白木屋は、三越《みつこし》とならぶ百貨店の老舗《しにせ》である。

日本橋にビルをかまえる。立地の上でも知名度の上でも日本一のデパートだ。もともとは江戸時代のはじめ、やはり日本橋で江戸有数の大店《おおだな》をひろげる呉服商だったという点でも三越とよく似ているけれども、庄治などが印象にのこっているのは、むしろ十四年前、昭和七年（一九三二）十二月の大火災のほうだった。

庄治は、二十一歳だった。

丸善夜学会を卒業した翌年、立声堂の店員だったころ。開店直後の店内で美術書の棚にハタキをかけていたら、

「火事らしいぜ、白木屋で」

「五反田《ごたんだ》の分店か？」

「本店らしい」

などと道ゆく人が興奮ぎみにささやきあっている。庄治はただちに、

（青川《あおかわ》さん）

その安否《あんぴ》が気になった。ハタキを捨てて、

「芳松。行くぞっ」

芳松は十六歳。そのときにはもう立声堂に移籍している。奥のほうで塩せんべいか何かを盗み食いしているようだったが、

「はいっ」

神保町から日本橋へは、走っても二十分はかかる。

山手線《やまのてせん》の高架をくぐり、日銀本店の横の道をとおりぬけ、呉服橋《ごふくばし》のへんに来たところで先へ進めなくなった。見物人がひしめいていたのだ。現場は東へ二百メートルほどのところ、日本橋交差点にそって曲面を描くモダンな八階建ての高層建築。鉄骨、鉄筋コンクリートの構造体は、近隣のたいていのビルより高い。

その四階あたりが火元のようだった。黒煙と白煙が渦を巻きつつ高速でどっと噴き出ては、ゆっくりゆっくりと昇天した。炎もある。ちらちらと建物の内部から舌を出している。

「こいつあ、たまげた」

庄治はさかんにまばたきした。樟脳臭《しょうのうしゅう》が目を刺した。芳松は、

「庄治さん、あれ」

屋上のほうを指さした。

たくさんの男女が立っている。遠くてよくわからないけれども、五十人くらいか。女が多いようだった。従業員だろう。猛火を突破することができず、上へ上へと追いつめられたのだ。

抜けるような青い空を背景にして、彼らはみな、ちぎれんばかりに手をふっていた。何やら叫んでもいるようだったが、しかし何しろ地上では二十台からのポンプ車やら梯子車《はしごしゃ》やらがごちゃごちゃに停まってサイレンを鳴らし、ポンプのエンジンを全開にして放水しまくっている。叫びも何も聞こえなかった。梯子車の梯子はせいぜい五、六階どまり、子供の背のびのように何の役にも立っていない。

庄治は、

「青川さんは？　見えるか？」

そのことのみが気がかりだった。芳松は、やはり目をしぱしぱと鳥のように開閉しつつ、

「屋上には……いないようです。わかりません」

青川さんというのは中年の男で、白木屋の催事担当主任だった。立声堂はしばしば同業者とともに白木屋の催事場を丸借りして、本をならべ、展示即売会を開催していたが、そのたびにお世話になったのが青川さんだったのだ。

青川さんは、優しかった。庄治と芳松をいつも気づかってくれて、

「ああ、立声堂の小僧さんか。若いのにご苦労さん」

何の用事がなくてもにこにこと肩をたたいてくれたものだった。お正月にはお年玉までもらったことがある。庄治としては、白木屋そのものは全焼してもかまわないが、

（青川さんは、助かってほしい）

結局、安否はわからなかった。

兵隊があらわれて群衆整理にあたりだし、見物人を追い払ったからだ。庄治と芳松も、

「おいこら、やじうま。消火活動の邪魔だ」

などと高飛車《たかびしゃ》に言われて追い払われた。

翌日の朝刊によればこの火災による死者十四人、重軽傷者百三十人。火元はやはり四階だった。玩具売場でクリスマスセールの準備のためツリーの飾りつけをしていたところ、豆電球のソケットから火花がとびだし、人形の山にうつったのだという。人形はみな、ひじょうに燃えやすいセルロイド製だった。

その白木屋で、十四年後。

昭和二十一年（一九四六）九月、神保町の古本屋たちが、戦後最初の即売会をやる。庄治も参加する。独立後は目録一本槍、どんなに熱心にさそわれても、

「いや、俺は、店は張りませんから」

と応じたことのなかった庄治が、とうとう一時的とはいえ店を張ることを決めたのだった。それも開催の一週間前になって、にわかに、

「参加させてくれ」

と庄治のほうから言い出してだ。

琴岡玄武堂は、急速に、資金繰りが悪化している。

悪化の理由は、やるせないほど単純だった。

目録が発行できないのだ。戦時中の空襲で印刷所や製本所が焼けた上、戦後は空前の紙不足。講談社の雑誌ですらページ数をきびしく制限されているこのご時世に、たかだか一古書肆の自家目録へまわってくる紙などありはしない。ザラ紙もなし、仙花紙《せんかし》もなし。もう敗戦から一年以上が経ったというのに、庄治はまだ目録を一度も出していないのだった。

商品自体は、じゅうぶんある。

というより、ありすぎる。例の価格の暴落のせいで仕入れのほうは信じがたいほど順調で、よい品がかんたんに手に入る。九条家のそれは買いのがしたにもかかわらず、庄治の自宅兼事務所には、名だたる古典の尤品《ゆうひん》が足のふみ場もないくらい、うずたかく積みあげられている。どんな図書館や博物館も、

(俺には、かなうまい)

なかば自嘲的《じちょうてき》にそう思うほどの文化的価値だった。

経済的には、ただの在庫過多。

いったん仕入れを中断すればいいようなものだし、実際、庄治も何度かは、

(もう、よそう)

と思ったのだが、そこはそれ、

(古典籍は、ほかの商品とはちがう)

その矜持《きょうじ》、というより恐怖のようなものが庄治にはある。もしもこの古写本を、自筆本を、極彩色細密図入り完本《かんぽん》を、ここで自分が入手しておかなかったら。信頼できるコレクターや学者や公共機関へと受け渡ししておかなかったら、

(どんなところに流出して、どんな目に遭わせられるか)

貴重書といえども、しょせん紙のたばにすぎないのだ。流出した先の女中がへっついの焚《た》きつけにしてしまう、下男が紙屑屋《かみくずや》へ払ってしまうというのはたとえ話でも何でもなく、戦前から庄治のしばしば見聞きしてきた実際の例にほかならなかった。その証拠に、この業界には、

「建場《たてば》まわり」

と呼ばれる人々がむかしからいる。紙屑屋の物置き場を――たいへんな汚れ場である――丹念にまわり、素手でひっかきまわしては文字どおり「掘り出しもの」を発掘する底辺の業者。彼らから庄治はこれまで何度もアッと声が出るほどの貴重な本や文書類を仕入れているが、彼らが救い出すのもまた全体のごく一部であることを考えると、何としても、

(俺が、無理をしなければ)

だが、しかし。

最近はそれももう限界に来ている。

要するに金がないのだ。戦前の貯金はほとんど底をついた上に封鎖されて手が出せず、財布

のなかに新円はとぼしい。悪性インフレが実質的な所有額をますます少なくしている。このまま目録を出すことができず、在庫を吐くことをなし得なかったら、琴岡玄武堂は、

(破産する)

半月後か、一か月後か、その日は遠からず来る。家はなくなり、妻のしづは泣くだろう。かわいい食べざかりの子供たちは戦災孤児よろしく東京駅の階段にわだかまり、サラリーマンの靴みがきでもすることになる。

だから庄治は、出店を決めた。

即売会への参加を決めた。これまでは貴重書が不特定多数の人の手にふれられることを嫌って参加をこばんでいたのだが、もはやそういう贅沢を言っていられる情況ではない。文化財どころか庄治自身が救出されねばならないのだった。

心の葛藤《かっとう》は大きかった。

(稀覯の書を、デパートで売るのか)

何度もためらった。ようやく今回の幹事である後藤鳥道軒主人・後藤光郎に、

「参加させてくれ」

と申し出たのはくりかえすが開催のわずか一週間前。ひざを屈する思いだった。鳥道軒は、

「ほう。琴岡さんが」

意外そうな顔をしたけれども、ただちに手配をしてくれた。ほかの出店《でみせ》の面積をちょっとずつ削ることで新たなスペースを捻出《ねんしゅつ》し、そこを庄治の売り場としてくれたのだ。なかには、

——かけこみ乗車もいいとこだ。わがまますぎる。こっちの迷惑も考えてくれ。

と陰口した同業者もいたという。当然の反応だったろう。

庄治は、何としても売らねばならない。

†

開催前日は、準備日。

熱海の蘇峰邸から帰京した六日後だった。庄治はふろしきづつみを両手でかかえ、日本橋へ行き、白木屋のビルに入った。

ビルは火災の翌年に建てなおされた近代的なもので、外壁は白タイル貼り。空襲による損傷があるものの、黒のタイルで横に線を引いた斬新なデザインは依然として他を圧する偉容をほこる。万が一ふたたび火が出たとしても、こんどは各階ごとの防火扉、消火栓、非常階段等によって被害は大きく減じられるはずだった。

最近は一階の一部および地下一階がアメリカ軍によってPX（米軍専用売店）として使われはじめたが、これは催事には関係ない。庄治はエレベーターに乗り、七階の催事場に直行した。ちんと電鈴《ベル》の音がして、エレベーターの扉がひらく。足を一歩ふみだすや否《いな》や、

「おや、琴岡さん」

鉄塊が磁石に吸い寄せられるようにして後藤鳥道軒主人・後藤光郎が寄ってきた。あいかわ

らず粘っこい口調で、

「これはこれは、よう来なさった琴岡さん。即売会でお会いするのは、いつ以来かなあ」

「ええ、まあ」

「十年ぶりくらいかな。ね、そうかな？」

あきらかに、知っていて聞いている。庄治は、

（この野郎）

内心こぶしを握りしめたが、顔はあくまでもにこやかに、

「ええ、まあ」

「品物は、そのふろしき一つだけか。さすがは琴岡玄武堂、あいかわらず気位が高いや。よっぽど利ざやがいいんでしょうなあ古典籍は。われわれなんか薄利多売しか能がありませんがね」

鳥道軒は、にやにやしている。その口調はいじめっ子のそれである。庄治がその場をはなれようとすると、鳥道軒は袖をとり、

「今回は、われわれの意地の見せどころだ」

わざわざ庄治の耳もとへ口を寄せ、脅《おど》すような調子になった。

「東京の、いや全国の大衆に、古書業界健在なり！　神保町健在なり！　って知らしめる絶好の機会なんだ。東西さんもはりきってる。どんどん売ってくださいよ」

†

翌日は、月曜日。

即売会がはじまった。

約二百坪のひろさの催事場に十五の店が出店した。二、三をのぞいてはみな神保町のあるじである。

めいめい割り当てられた場所に机をならべ、木箱を立てて、そのなかにいわゆる棚差し——本の背をずらりと見せる陳列法——で本をつめこんでいた。洋書ないし洋装本には、これがいちばん空間効率がいいのだ。

客入りは、たいへんなものだった。

朝九時半の開場時こそ静かだったけれども、昼ころから混雑し、会計処のレジがちんちん鳴りっぱなしになった。安い本が売れ、高い本も売れた。店主たちは机の下（白い布でかくしてある）の段ボールから本を出して補充する作業に追われっぱなし。

「うれしい悲鳴だよ」

という声がそこここから聞かれたのだった。

それだけではない。この即売会にはまた、今回にのみ特有であろう心あたたまる光景も見られた。店の主人と客のあいだにこんな会話が交わされたのだ。

「ああ、○○さん、ご存命でいらっしゃいましたか」

「君も生きてたか」

「おかげさまで神保町は焼けませんでした。ありがたいことです」

「うちはやられたよ。蔵書が全滅だ」

「それじゃあ本日はたんとお買いあげを」

「いやいや、まだ食うので手いっぱいさ。とにかくよかった」

「またどうぞ、ごひいきに」

古書業界健在なり！　神保町健在なり！　を全国の大衆に知らしめるというあの鳥道軒の怪気炎も、けっこう的《まと》を射ていたのかもしれない。白木屋日本橋本店七階の催事場はふしぎな熱気につつまれた。午後になると帰りのエレベーターの前には長蛇の列ができたのである。

庄治は、ひとり。

ぽつんと立ったままだった。

まるで催事場のそこだけ穴があいたように空気が冷えきっていた。

庄治の店は、棚差しではない。和装本はそもそも自立しないから、ただ机に白い布を敷き、表紙を上にして置いただけ。よその店とくらべるとまばらな感じは否めなかった。

それだけに一点ごとの迫力は比類がないつもりだった。鎌倉時代の春日《かすが》版『妙法蓮華経《みょうほうれんげきょう》』八冊は千五百円。元禄《げんろく》年間刊の西鶴《さいかく》『武道伝来記』八冊は七百円。

もっとも高い値をつけたのは、桃山時代の光悦本『方丈記』であり、これは一冊本ながら五千円とした。上質の厚い雁皮紙《がんぴし》にきらきらと銀色の雲母刷《きらず》りをほどこした優麗典雅のうつくしさの故である。これが五千円というのは、庄治としては正直なところ、

（バーゲンだ）

という感覚なのである。原価にほとんど利が乗っていない。一か月ほど前、熱海で徳富蘇峰に五千五百円で売ろうとして「安すぎる」と一喝《いっかつ》された古活字版『枕草子』も、今回は二千円でならべているのだ。それでもまったく売れなかった。ときおりものめずらしそうに手にとってみる人はあるのだが、

「高いなあ」

とか、

「読めん」

とかの一言で去ってしまう。庄治は何もすることがなかった。客は来ない、同業者も来ない。まわりのざわつきが耳に突き刺さるだけの延々たる退屈地獄。まったく仕事のない時間。

（……こいつは）

庄治の顔は、おのずと下を向いた。

意志は強いつもりだが、こればかりは心がくじけた。きょうは月曜日。会期は六日間。こういう催しはだいたい初日がいちばん盛りあがる。あしたからの挽回《ばんかい》はのぞめない。庄治はつまり、土曜日まで、

（この無為に、耐えなきゃなんねえ）

耐えたあとに何があるか。何もない。破産あるのみ。ゆうべの四人の子供たちの異様なありさまが思い出される。食べさせなければ。庄治はじっと立ちつくしたまま、不安のあまり、靴のなかの指が浮いた。

四時半になり、閉場になった。

最後のお客が催事場を出ると、ただちに売り上げの集計に入る。集計結果は、めいめい店のあるじが鳥道軒へと報告することになっていた。

みな足どりが軽い。つぎつぎと報告をすませる。庄治は、のろのろと最後に行った。

「零です」

蚊の鳴くような声で言った。

目はおのれの足の先を向いている。とても相手を正視できない。

鳥道軒はすわったまま、ペンで帳簿に何か書こうとしていたが、その手をとめて、

「はあ？」

庄治を見あげた。ペンを置き、耳のうしろに手を立て、その耳をぐいと庄治のほうへ突き出す。庄治はいよいよ小声になって、

「……ゼロ」

「それはない！」

鳥道軒の大声に、会場中の目がいっせいに庄治のほうへ向けられた。鳥道軒は帳簿をつかみ、庄治の顔へおしつけながら、

「それはないよ琴岡さん。きょう一日で東西さんは一万一千円売った、佐倉堂《さくらどう》さんは九千六百円売った。不肖《ふしょう》あたくしも九千二百とんで七円、全店合計十二万円あまりの大景気《おおけいき》だったんだ。あんたほんとにやる気あったの？　一週間前とつぜん『やらしてくれ』って割りこんで、みんなの売り場せまくして、そのぶん売り上げ削っといて、よっぽど自信があるかと思ったら」

まるでこの瞬間を待っていたかのように——待っていたのだろう——、鳥道軒は庄治を罵倒《ばとう》しつづけた。

庄治はうつむき、瞑目《めいもく》する。

（浩一。正伸。行雄。よし子）

心のなかで子供の名をお経《きょう》のように唱えることで何とか理性をたもっていた。鳥道軒は、机をばんばん叩きだしている。

そこへ、初老の男性が来たらしい。

「おいおい、後藤さん。そんな大きな音を出すもんじゃないよ。みんながびっくりするじゃないか」

「ああ、青川さん」

庄治は、顔をあげた。

庄治のななめ前、なかば鳥道軒とのあいだに割って入るような位置に立っているのは、青川さん、かつて白木屋の催事担当主任だった人。

十四年前の火災のときはたまたま非番で妻とともに井の頭《かしら》公園へあそびに行っており、無事だったという。いまでは専務の要職にあるはずだった。頭には白いものが増えたけれども、にこにこ顔はむかしとおなじ。庄治の顔を一目みるや、

「ああ、あんた、立声堂の小僧さんじゃないか。よかったねえ生きてて。独立したんだっけ?」

「ええ、はい。青川さん……」

庄治は、洟《はな》をすすりそうになった。

捨てる神あれば拾う神あり。お年玉をもらったことも思い出されたし、まだ元気だった芳松のみょうに照れたような顔も思い出された。鳥道軒が横から、

「青川さん。きょうの成績です」

帳簿をさしだす。青川さんはそれを受け取り、数字をたしかめると、

「十二万? すごいじゃないか後藤さん。七、八万も行けば御《おん》の字だと思ってたんだが、あんた辣腕家《らつわんか》だねえ」

「あたくしの働きじゃありません。店主全員の奮闘あってこそ」

と謙遜《けんそん》してみせてから、世間ばなしのようにさりげなく、

「この人は、ゼロ」

「え?」

「売り上げが、一日の売り上げがですよ。前代未聞でしょう?」

「何と」

青川さんが、きっと庄治を見た。

死にかけの油虫でも見つけたように残忍に目を光らせて、

「あしたからは出て行ってもらうほうがいいな。そういう店がひとつあると、全体の空気に影響する」

（ぐっ）

庄治は、歯をくいしばった。そうでもしなければ声を放って泣いてしまいそうだった。

（死にたい）

「まあまあ、青川さん」

と、鳥道軒はみょうに優しい口調になる。この男がろくでもないことを考えたときに特有の口調だった。

「この人は、古典籍が専門でしてね。維新以前の和綴《わと》じの本。あたくしたちのような文化的価値のひくい新本《しんぽん》売りとはちがうんですよ。長い目で見てやらなけりゃあ。あしたは値引きもするでしょうし」

「値引き？」

庄治は、鳥道軒のほうを見た。

信じがたい語を聞いた。鳥道軒はしれっとしている。ほかの何に口を出しても値つけにだけは出さない、というのがこの業界では最大の礼儀であり、不文律《ふぶんりつ》でもあるのだが、この男はそれをあっさり破却した。一種の脅迫であることはあきらかだった。

（冗談じゃない）

庄治は、頭に血がのぼった。

ほんとうに気が遠くなった。拒否すべきだと確信した。しかし口には出せなかった。鳥道軒ににらまれ、青川さんににらまれ、背後でいきいきと同業者たちが戦果を語りあっている情況では、とても反論などできなかった。

「……考えます」

あいまいに言うと、きびすを返し、足をふみだした。

逃げようとしたのだ。そのときエレベーターのほうから、

「おうい。琴岡さん」

のんびりとした呼び声がする。そちらを見ると、肩幅のひろい、そのくせ顔はみょうに小さい丸い目の老人がせかせかと歩いて来るところだった。

「ああ、東西さん」

東西書店主人・柿川一蔵。

きょう最高の売り上げをたたき出した人。仲間うちの評判もよく、みんなが、

――東西さん。

と呼んで親しんでいるのは、商売の才もさることながら、商売以外のところで何かと面倒見がいいからだった。

そういえば、死んだ芳松の通夜や火葬の手配をしてくれたのもこの人だった。タカの死体を鳥道軒といっしょに戸板ではこび出してくれたのもこの人。最近はほとんど神保町総代ともい

うべき徳望の対象となっている。

庄治は内心、

（東西さんも、俺のことを）

罵声をあびる覚悟をしたが、東西さんは戸惑ったような顔をして、エレベーターのほうを何度もふりかえりながら、

「いま階をまちがって降りちまってね、地下一階だった。PXだから日本人は立入禁止だろ、あわてて引き返そうとしたらねえ、酒売り場にがっちりした若い白人の米兵がいてねえ。『お前は上でアンティーク・ブックを売ってるのか』なんて聞くから」

東西さんは、近ごろは洋書をひろく扱っている。かんたんな会話もできるのだろう。

「あたしはノーって答えたんだ。アンティークなんて大げさなもんじゃない、ただのオールド・ブックだって。そうしたらやっこさん『ショージ・コトオカは上にいるのか？』って聞くじゃないか。琴岡さんなら正真正銘アンティークだ。思わずイエスってこたえちまったが、琴岡さん、あんたいつのまに米兵なんかに友達ができたんだい？」

「そいつの名前は？」

「ハリー。ハリー軍曹」

（あっ）

庄治は、目の前がまっしろになった。

岩崎邸のファイファー少佐から「至急来い」と電報で言われたのはもう一週間以上前のこと

になる。すっかり忘れていたのだった。

何しろこの間《かん》いろんなことがありすぎた。庄治はあの電報とまったく同時に熱海の徳富蘇峰から呼び出しの葉書を受け、さらに同時に、タカが自殺したという最初の一報を耳にした。それから猿楽町の倉庫へ行き、熱海へ行き、こうして日本橋で屈辱《くつじょく》の泥にまみれた時間をすごし……。

いや、それは言い訳かもしれない。

ほんとうは忘れたふりをしてGHQへの出頭を避けていたのかもしれなかった。庄治は自分を気の弱い男だと思ったことはなかったが、一介の敗戦国民があの壮麗《そうれい》なる戦勝者たちの殿堂《でんどう》へたったひとりで参内《さんだい》するのは、強い弱いに関係なく、雪雲のように気がおもい。

「琴岡さん、あんた米兵と何かあったのか？」

不安そうに尋ねる東西さん。庄治はどうしていいかわからず、

「あ、いや」

とか何とか口ごもっていると、エレベーターホールでちんという音がして、

「ヘイ、ショージ！」

迷彩服に身をつつみ、胸ポケットからラッキーストライクの箱をのぞかせた若い白人が出てきた。

右手には、二個のビリヤードの球がにぎりこまれている。ゴリゴリ、ゴリゴリと大きな音を立てているあたり、よほど怒っているのか。庄治は相手の出方をうかがう。きっと仔猫《こねこ》のよう

なおびえた目をしているのだろうと自分で思った。ハリーはにやっと白い歯を見せて、

「ジープを出してやる。約束を果たしてもらおうか」

†

午後六時。

ハリー軍曹にみちびかれて茅町の岩崎邸の正門を抜け、ながい邸内の道をぬけて母屋《おもや》とおぼしき洋館の前へ出る。あたりはまだ明るいが、そこからは、東京中のとぼしい灯火をひとり占めしたような太々とした光線がばらりばらりと放射されていた。

庄治たちは、その建物へは入らなかった。

そこから芝生の庭をつっきったところに少し小さな洋館がある、そちらへ行った。靴をはいたまま玄関を通り、ダイニング・ホールに足をふみいれると、

「おおっ」

庄治のうしろの東西さんが、子供のような歓声をあげた。

最近まで日本人が住んでいたとは思われぬ大理石の床、豪華なシャンデリア、淡いグリーンで塗られた木の板壁《いたかべ》。もっとも、その歓声は、内装に対するものではなかったかもしれない。広大な部屋のまんなかにぽつんとテーブルを置いてひとりで食事をとっている白人将校の、その食事に対する歓声かもしれなかった。

分厚いビフテキに、白アスパラガスが山のように添えられている。

「うらやましいか?」

ハリーが庄治に小声で聞く。庄治が、

「ああ」

と言うと、ハリーはにやりと笑って、

「俺もだ。じゃあな」

出て行ってしまった。のこされたのは庄治と東西さんのみ。庄治はさっそく、

「あ、あの、少佐、これまで連絡をしなかったことを謝罪したいが……」

しどろもどろだったのは、かならずしも英語でしゃべったせいばかりではなかった。ファイファー少佐はかちゃんとナイフとフォークを置くや、立ちあがり、

「すまなかった。ショージ」

日本ふうにぎこちなくお辞儀《じぎ》までしてみせた。

「え、え?」

「タカの命をまもれなかった。護衛をつけておくべきだった」

(ああ)

庄治はほっとした。恐れることはなかったのだ。案ずるより産むが易《やす》し、というような平凡な文句が頭に浮かんだ。少佐は頭をあげると、庄治のうしろへ目をやって、

「彼は?」

「同業者の東西さんだ。俺から頼んで来てもらった。長いつきあいだ」

「英語を解するか?」

「少し」

「同席はこのましくない。君にとって重要な人物であることは理解するが、ショージ、これから私と君とでしなければならない微妙な話が第三者に洩《も》れることに対して、君はもう少し神経質でなければならない」

「密談はしたくない」

と、庄治はただちに言い返した。

「こっちの身にもなってくれ。仕事の現場でとつぜんハリーに声をかけられ、連れ去られた。あしたから同業者にどんな不本意なうわさをながされるか知れたものではないのだ。敗戦国民の気持ちも察してくれ。俺にも自衛の権利がある」

「なるほど」

「それにこの東西さんは、神保町のリーダーだ。俺より商売歴がながいし、芳松のこともよく知っている。むしろ協力してもらうほうが今後の調査の進展のために有益だと思う」

そう言いつつ、庄治はわれながら、

(強引かな)

後悔した。ファイファー少佐は、弾薬の検品でもするような目で東西さんを一瞥《いちべつ》してから、

「口のかたい男なのだな?」

庄治へ念を押した。庄治は強くうなずいて、

「この上なく」

「今後、協力者は？」

「ふやさない。東西さんと俺だけだ」

「よろしい」

少佐はつかつかと歩み寄り、東西さんへ手をさしだして、

「参謀長付参謀第二部、特殊測量課長ジョン・C・ファイファー少佐だ。安心したまえ、神保町のリーダー君。GHQは君らの業界へ商業的干渉《かんしょう》をおこなう気はない」

「は、はあ」

東西さんはおずおずと手を出し、握手した。少佐はさっと手をはなして、

「着席したまえ、ふたりとも。私とおなじ夕食をふるまうことはできないが、パンとバターくらいは提供しよう」

椅子にすわり、ふたたびナイフとフォークで肉を切りはじめた。

古書店主ふたりはテーブルの反対側へまわり、横にならんで着席する。少佐はまったく音を立てずに肉をかみながら、

「で、ショージ。どうだった？　やはりヨシマツを殺したのはタカだったか？」

「ちがう、と思う」

「根拠は？」

「青森からの汽車のなかで」

と、庄治は、タカとの会話の内容を告げた。

タカは芳松を殺したどころか、むしろ犯人をみずから探し出そうとしていたこと。犯人は望月不欠なる男らしいこと。望月は芳松が死ぬ直前、大量に本の注文を出しており、その注文品がそのまま芳松を殺した凶器になったと思われること。

「ふむ」

ファイファー少佐は、惜しげもなくビールでのどを鳴らしている。グラスが汗をかいているあたり、よほど冷やしてあるのだろう。グラスを置いて、口をぬぐって、

「日本人にも、そういう気のつよい女がいるのか。ひとりで犯人に立ち向かおうという」

「実際、彼女は行動した。芳松の死後、品川の旅館に滞在していたとき、芳松の客をひとりひとり訪ねてまわろうとしたんだ。どこかで望月にぶちあたると思ったのだろう。もっとも、そのときはまだ子供もいっしょだったから思うにまかせなかったようだが」

「タカ自身の供述なのだな？」

「そうだ」

「嘘をついている可能性は？」

「ないだろう。証拠もある。芳松の注文帳だ。望月不欠からの注文内容がちゃんと書きとめられている」

「タカが注文帳を持っていたのか？」

「いや、写しを」

「写し？　君はその注文帳を……」

「見ていない。俺は写しを見た」

「ショージ」

ファイファー少佐はあからさまに不審の念を顔に浮かべて、

「それは証拠にならない。タカが偽造した可能性がある」

「可能性はあるが、能力はない。もともと古本屋の仕事など何ひとつ知らない、しろうと同然の女なのだ。それに彼女の立場になってみれば、五所川原で俺と出くわしたのは寝耳に水、まったく予期しないことだった。あらかじめメモを偽造する時間も必要もなかった。写しにしたのは、単なる持ち運びの利便のためだろう」

「原本を、君は確認すべきだな」

「そうしよう。東西さん」

と、庄治は横の席のほうを向いた。東西さんは目をまるくして、

「はあ」

口を半びらきにするばかり。目の前に置かれたバターつきのトーストには気づきもしないようだった。

（むりもない）

庄治は申し訳なく思いつつ、これまでの経緯を簡潔に日本語で説明してから、

「芳松の家の鍵、預かってませんか?」

「え?」

「おタカさんはみんなに黙って家を出たが、それ以前に葬式を出している。世話をしたのは東西さんだ。ひょっとしたら家の鍵も」

東西さんはつかのま宙へ視線をおよがし、

「あ……そうか。そうだった。たしかに預かったよ」

「それじゃあ、白木屋の即売会が終わったあとで結構ですから、ちょっと芳松の家に入らせてくれませんか。注文帳が見たいんです」

「いいよ、もちろん。しかしさ、琴岡さん」

「何です?」

「そこまでする必要があるのかなあ、正直なところさ。おタカさんも死んじゃったし、子供たちも五所川原でいちおう食べていけるんだろ? いまさら芳松さんが死んだ事情を蒸し返したとこで何にもならない。そんなことをする暇があったら、こんな難儀な時代なんだ、本業に精を出すべきなんじゃないか。それが芳松さんへの供養でもある」

遠慮がちだが、しっかりとした口調だった。

「それはまあ、そうなんだが……」

庄治が苦笑いしたのと、ファイファー少佐が、

「英語で話してくれないか?」

口をはさんだのが同時だった。庄治がいまの話を聞かせると、少佐はにこりともせず、

「申し訳ないが、えー、ああ、ミスタ・トーザイ。われわれにはヨシマツの死に関心をもたざるを得ない理由があるのだ。ヨシマツはソ連のスパイだと疑われるふしがある」

東西さんは、椅子から落ちんばかりに仰天《ぎょうてん》して、

「ス、スパイ」

「その可能性はない」

と、こんどは庄治が口をはさんだ。

「ファイファー少佐、それが俺の結論だ。なるほど芳松はしばしばタカに『共産主義者の客がいる』などと言っていたようだが、それが事実だとしても客は客、店は店。古本屋はいちいち客の思想に感化されたりはしないものだ」

「だが、ショージ……」

「聞いてくれ。それに実際のところ、その客も——望月不欠も——ほんとうにアカだったのか俺は疑わしいと思う。望月はおのれの正体をかくすため、芳松への殺意をかくすため、いわば共産主義をかくれ蓑《みの》にしただけだったんじゃないか」

「それでは、何のために四百冊もの注文をしたのだ?」

「芳松殺しの凶器とするため。『古本屋ならあり得る』と誰もが思うような自然の事故をよそおうため」

「君の意見は尊重するが」

と、ファイファー少佐はあまり尊重していないような口調で、

「動機の問題はどうなるのだ？　思想上の対立とか、スパイ仲間の仲間われとかでなかったとしたら、そのモチヅキはなんでヨシマツを殺したのか。ヨシマツは人の殺意を買うような人間ではなかったのだろう？」

「わからない《アイ・ドント・ノウ》」

庄治があっさり肩をすくめたので、会話はふっと絶えてしまった。それがいちばんわからない。ファイファー少佐は、もはや話は終わったと判断したのだろう。きゅうにいそがしくナイフとフォークを使いだして、

「今夜はありがとう、ショージ。呼びつけてすまなかった。はやく家族のもとへ帰ってやれ。ミスタ・トーザイも気をつけてな。言うまでもないが、いまここで聞いたことは口外しないこと」

親切そのものの口調だった。庄治はふと、

（アメリカ人は「家族」がよほど好きなんだな）

あたたかなものを感じたけれども、体の動きはべつだった。がたんと音を立てて起立して、

「それは、こまる」

ホールに響きわたる声で言ったのだった。

「こまる？」

少佐は手をとめ、眉をひそめた。庄治はにわかに目を伏せ、父親へ悪事を告白する男の子の

ように口ごもりつつ、

「や、約束があるはずだ」

「約束？」

「俺の妻子にハーシーズを……それに野菜の缶詰など、トラックでハリーに運ばせると」

「言ったのか、この私が？」

少佐が自分の高い鼻を指さす。庄治は顔をあげて、

「たしかに。前回」

——おいおい。そりゃ冗談だ。

というような顔を少佐はした。あきれている。庄治はかさねて、

「まもってもらわなければ、こまる」

哀願口調にならないよう気をつけたつもりだったが、なったかもしれぬ。少なくとも、われながら毅然たる抗議にはほど遠い口調だった。

（浩一。正伸。行雄。よし子）

四人の子供は、もう二日ものあいだ水しか口にしていなかった。

米のめしも、野菜も、魚も……醬油《しょうゆ》一滴すら摂取していなかった。四人とも胸のあばらがくっきり浮き出している。ふだんはけんかばかりしている四人が、ゆうべなど、おたがい手を出さず、口も出さず、ならんで畳にあおむけになったまま大きな瞳《ひとみ》をぼんやりと天井へ向けるばかりだったのだ。

いまこの瞬間も、さぞかし庄治の帰りを待っているだろう。白木屋での売り上げで何か買ってきてくれることを動物的にもとめているだろう。いまや庄治の財布には一枚の紙幣すら、一枚の硬貨すら入ってはいないのだ。

「よほど困窮しているのか、ショージ」

少佐は、いたましげな顔になった。庄治は首肯《しゅこう》しなかったが、少佐はかさねて、

「日本では、古本はそんなに儲からないのか」

「いや、それは」

と手刀《てがたな》をさしだし、割って入ったのは東西さんだった。

神保町の名誉にかかわるとでも思ったのか、たどたどしい英語で業界事情を説明した。古書と古典籍はちがうこと。それはオールド・ブックとアンティークのちがいであること。古書のほうは他のあらゆる生活用品等と同様ずっと値段が上昇しているし、それにもかかわらず売れているが、古典籍のほうはさっぱりであること。そうして庄治は、現在のところ、日本で唯一の古典籍専門の業者であること。

この説明は、ファイファー少佐の興味を刺激したらしい。テーブルに身をのりだして、

「なんで古典籍は不人気なのだ。高すぎるのか?」

「それは」

東西さんは、ちらりと庄治へ目をくれてから、

「それは逆です。値段はさがりつづけている。これはものの喩《たと》えでも何でもありませんが、あ

たしたちはいま、ヤミ市で伏見や灘の酒を買うよりもはるかに低い価格によって、六百年前の天皇の自筆本を買うことができるのです。理由はやはり、戦前の華族や財閥家がのきなみ没落したことが大きかった。彼らの蔵書は市場にあふれ、しかし買い手はついていない」

「戦後には戦後の金もちがいるだろう」

「彼らは古書までは買いますが、古典籍には手を出しません」

「どうして?」

「うーん。そこまで文化的に成熟した人々ではない、とでも言いましょうか……」

東西さんは、助けをもとめる目で庄治を見た。庄治は簡潔に、

「要するに、日本人が、日本文化を嫌いになったのだ」

告げたとたん、庄治の胸に火がついた。

(そうだ。結局はそれなんだ。金のあるなしの問題じゃない)

まるで口から火山弾がほとばしるように、怨念《おんねん》のこもった言葉がほとばしった。

「嫌いになったというよりは、自信をなくしたのだ。しょせんアメリカのほうが上なんだ、西洋文明のほうが上なんだと、自分で自分をあきらめてしまった。それはそうだろう。さきの戦争で雨のように爆弾をそそがれ、原子爆弾まで二個も落とされ、市民も軍人もめちゃくちゃに殺されたあげく天皇陛下ごと列島全土を征服されてしまったのだからな。これからはアメリカの時代だ。日本の時代は終わったんだ。そんなふうに下を向いてしまっている日本人たちが、どうしていまさら『源氏物語』なんか勉強する? どうして日本の歴史に敬意をはらう?」

言いながら、なみだが落ちた。薄いグリーンのテーブルクロスにぽたぽたと抹茶色《まっちゃいろ》のしみがひろがった。不適切な発言であることはじゅうぶん承知していたけれども、九年前、晴れて一本立したころは、こんな日が来るとは、

(想像もしなかった)

これは何の因果なのか。自分はこんな目に遭うだけのどんな悪いことをしたというのか。庄治は口をつぐみ、シャツの袖で目をこすって、

「……すまない」

「ショージ」

少佐はちょっと考えてから、まだ突っ立ったままの庄治を見あげて、

「私が買い取ろう」

「え?」

庄治は、時間がとまった。

まばたきを繰り返すしかできなかった。ファイファー少佐は、

「むろんGHQの事業ではない。私個人の金で買う。きょうのシロキヤでの売れのこりは?

何冊だ?」

「三十巻。これはタイトルの数が三十という意味で、本そのものは百冊以上ある」

「総額は?」

「一万と、八千円少々」

「アメリカ人に売るのは嫌か?」

「あ、いや」

思わず東西さんのほうを見た。聞き取れなかったようだ。鳩《はと》のように面食らった目をしつつ、庄治と少佐を交互に見るばかり。

少佐はようやく白い歯を見せて、

「もっとも、きょうは部下が金庫を閉めた。私の金もそこにあるのだ。商品はあした持って来てくれ。日本円の現金で全額支払う。君はもうシロキヤへ行く必要はない。家族の飢餓《きが》を心配する必要もない。そのかわり、ヨシマツの調査に集中してくれ」

「いい話じゃないか、琴岡さん」

東西さんが口をはさんだ。ほっとしたような顔になって、

「このご時世じゃあ、そういうこともあるだろうさ。落花書房《らっか》さんなんか店先でじゃんじゃん浮世絵をアメリカ人に売ってるよ。みやげものになるんだってさ。鳥道軒さんへはあたしからも言っておくから」

いうなれば、頭領のお墨つきを得た恰好。

庄治ははじめ東西さんへ、その次にファイファー少佐へ、

「ありがとう。ありがとう」

頭をさげた。首の皮がつながった、と大げさでなく思った。庄治のきょうの売り上げは、東西さんのそれを瞬時に抜いて断然トップになった。

# 6 真相

庄治は、三《み》たび熱海の晩晴草堂に来た。例によって縁側にすわるや否や、

「おみやげです」

風呂敷づつみを、蘇峰のひざへ風呂敷ごと載せる。蘇峰は和服を身につけていて、ずっしりと衣《きぬ》ずれの音が立った。蘇峰が、

「本か？」

と尋ねたのは、かたちが長方形、大きさが半紙本ほどだったからだろう。庄治は歌うように、

「いいえ」

と言いつつ、蘇峰のひざへ手をのばし、風呂敷のむすび目をほどいた。なかには竹皮のつつみ。竹皮をむくと、あらわれたのは鮮烈な黄色の卵焼きだった。

蘇峰は両手を宙に浮かして、

「ほう。これは……」

「十個、使いました」

庄治は両の手のひらを蘇峰に向け、すべての指をひろげてみせた。

「市川《いちかわ》の農家の鶏の生んだやつを、ヤミ市で。たっぷり砂糖を入れました。酒もあります」

腰にぶらさげた水筒をとり、ふたをあけ、蘇峰の鼻先へつきだした。蘇峰は酒を飲まない。顔をしかめて横を向く。

「失礼しました」

庄治はふたを閉めると、

「ついつい、うれしくて。汽車のなかでも客が鼻をひくつかせてましたよ。子供たちも目方がふえてる」

「ヤミ市さまさまだな」

「何でもありますよ。たばこからブリキくずから。……古新聞まで」

「読むのか？」

「まさか。かまどの焚きつけ用ですよ」

「固い客がついたようだ」

「ファイファー少佐です」

庄治は、この一か月の経験をうちあけた。白木屋での即売会に参加したが一冊も売れなかったこと。その晩、岩崎邸に行ったところファイファー少佐がすべて買うと申し出たこと。翌日の朝さっそく白木屋ですべての陳列品をひっさらって見せに行ったら、ファイファー少佐が、その姿がよほど意外だったのだろう、

「ワンダフル。これが本なのか。仮綴じの小冊子《パンフレット》ではないのか。これを所有することは、ペル

シア猫を愛玩《あいがん》するような快楽があるであろう」

などと絶讃したこと。

少佐はただちに部下へ金庫をあけるよう命じた。予告どおり全額を現金で支払ってくれたばかりか、

「こういうものを、ショージ、君はまだまだストックしているのか」

庄治がうなずくと、

「三日後にまた来てくれ。さらに高価なものも見せてもらおう」

自宅兼事務所には「さらに高価なもの」が山ほどある。庄治はめぼしいものを選《よ》り、三日後に披露《ひろう》した。即決即金。ふだんは目録販売という、入金にむやみと手数《てかず》のかかる商法にこだわっている庄治にとってはうれしいという以前に、

——生きられる。

という動物的な安堵《あんど》がまず身にせまるのである。

「がまんした甲斐がありましたよ。蘇峰先生」

そう言った庄治の声は、われながら気恥ずかしいほど浮き浮きしていた。蘇峰は鼻を鳴らし、横を向いて、

「で、きょうの用事は？」

庄治はただちに居ずまいを正して、

「九条家の家職を紹介してください。先生」

「言っただろう。あれは立声堂に取り次いだ」

「まだまだ出物はあるはずです、というより、これから真の上物が出るはず。それを扱わせてください」

「アメ公に、安く売るのか」

蘇峰は、露骨にいやな顔をした。戦争中はアメリカ人を鬼畜《きちく》と呼び、国民を鼓舞して聖戦完遂をとなえた上さらに敗戦後も「大東亜戦争は自衛のためのやむを得ざる戦争であった、裁かれるべきはむしろ連合国である」という主旨の供述書を堂々と東京裁判の法廷へ提出したほどの蘇峰である。よほど虫酸《むしず》が走ったのだろうか。

あるいは庄治の態度が癪《しゃく》にさわったからでもあるだろうか。庄治は首をふって、

「少佐の目的は、もちろん優秀なコレクションの構築にはありません。日本文化を学ぶことにもない。俺もそこは見ていますす」

「目的は何だ」

「投資ですよ」

庄治は、説明した。いま古典籍の価格は下落している。底の底まで落ちている。しかしほかのあらゆる物価はすさまじい上昇をつづけているのだから、

——いずれ、もちなおす。

という予想は当然あり得る。ちかぢか巨利が得られるかもしれないのだ。敗戦という虚脱を経ておらず、余剰資金があり、先入観なしに数字のみで判断できるアメリカ人ならではの純粋

な経済行為だろう。

「さすが資本主義の国はちがいますな。軍人もしっかり小遣いを稼ぐ」

「その小遣い稼ぎに、琴岡君、君はすすんで加担している」

蘇峰の口調は、なかば抗議するようだった。庄治の口調もおのずから強くなる。

「俺は先生のような学者じゃない。商人です。もっとも、学者だとしても、こいつはそんなに悪い話じゃない。岩崎邸に置いておけば盗難や火災の心配はありませんから」

庄治は、ことばに力をこめた。

何しろ戦後の東京は治安が極度にわるいのである。世間には殺人や強盗や放火や強姦《ごうかん》が新聞種《だね》にもならぬほど横行しているし、その犯人が——強姦はべつとして——七、八歳の子供であることもめずらしくなかった。

白木屋の即売会がまいにち四時半で終了したのも現金を夜もちあるくことを避けるためだった。庄治自身、商品をおさめる事務所の窓は雨戸を終日しめている。

そういう社会情勢をかんがえると、貴重な本の仮寓《かぐう》先として岩崎邸は最適なのだ。米兵が銃をかまえて護衛しているGHQの総本山のひとつへ何かしようなどという命知らずは、過激なアナーキストのなかにもないだろう。

庄治がそう説明すると、

「ああ、そうか」

蘇峰は、庄治のほうを見た。目の色があかるく、孫の無事を聞いたおじいちゃんのような顔になっている。

（やはり、本がお好きなのだ）

　庄治はほっとして、語調をやわらげ、

「少佐はいずれアメリカに帰ります。十年後か二十年後かわかりませんが、まさか帰化はしないでしょう。そのとき吐き出すと俺は見ています。ずいぶん高価になっているかもしれませんが、それはそれでいい。そのぶん俺はまたコミッションが取れる。先生にも割り戻ししますよ」

「そのころは生きてはおらん」

　顔をしかめつつも、卵焼きのつつみを両手に載せ、よっこいしょと立ちあがって、

「紹介状は書いてやろう」

「ありがとうございます」

「蘇峰から九条家への直筆書簡だ。それはそれで値が上がるかな。ふっふっふ」

　ふくみ笑いしつつ、奥へさがった。

　足どりは、軽かった。割り戻しの話がよほどうれしかった、のではないだろう。戦前の文筆活動がＧＨＱによって忌避《きひ》され、戦犯容疑者と認定され、いまはあらゆる公職に就《つ》くことを禁じられているこの老人にとっては、たかが紹介状一通でも何かしら社会的機能を果たした気分になるのではないか。いくつになっても、人間には、誰かの役に立つという実感ほど心の栄養になるものはないのである。

（社会、か）

庄治は、庭を見た。雑木林《ぞうきばやし》ふうにしつらえられた木々のうち、櫟《くぬぎ》の枝にすずめが一羽とまっている。すずめではない。体つきこそ同様ながら、よく見ると体の色はみどりに近く、くちばしは明るい桃色である。

かわらひわだった。雄だろうか。近眼とは縁のなさそうな丸い目で遠くを見つめつつ、ときおり風で枝がゆれても足をふんばって耐えている。孤独なようにも見えるけれども、ここは東京ではない。自然ゆたかな熱海である。鳥には鳥の社会があって、そこから彼はしばし逃避しているのかもしれなかった。

「待たせた」

蘇峰が、ふたたび出てきた。

立ったまま、りっぱな巻紙をさしだす。庄治は立ちあがり、両手で拝受して、

「ありがとうございます」

そのまま書類鞄《かばん》に入れた。文面をたしかめるのは失礼にあたる。縁側にのこされていた風呂敷もたたんで鞄におさめてしまうと、

「では先生、きょうはこれで」

「もう行くのか」

蘇峰は、露骨にさみしそうな目をした。庄治はつとめて明朗に、

「芳松の件をしらべなければ。もともと少佐が俺の品物を買ったのは、投資以前に、俺をそっ

ち へ集中させたかったのです」

「そうか」

「では」

「追い剝《は》ぎに遭うなよ」

「気をつけます」

†

庄治は東京へもどるや、

（何だか、少佐の手下みたいだな）

苦笑いしつつ、猿楽町の芳松の倉庫へ行った。何日か前、東西さんから、

「とりこわすことにしたよ」

と告げられていたからだ。タカの死後、そこは空き家となっている。雨の夜など、浮浪者が軒先へ木くずを集めて火をたくので、

――どうにかしてくれ。

まわりの住民がたびたび東西さんへ苦情をもちこんでいたのだという。東西さんは仕事のあいまに五所川原へ電報を打ち、生家の了解をもらった上、解体工事の手配をしたのだとか。

解体工事は、十月一日の予定。

あさってである。その前に、

（もういっぺん見ておきたい）

もっとも、夜に来るのは正直こわい。庄治自身ここで銃剣の男におそわれた記憶はどうしても消えないいし、いまも芳松殺しの犯人は大手をふって世間を闊歩《かっぽ》しているのだ。蘇峰のもとを早々に辞したのは、日暮れ前に来たいという理由も大きかったのである。時刻は午後五時、どうやら間に合ったかという時間だった。

入口は、南側。

庄治はとびらの前に立って、

「ちっ」

舌打ちした。

鍵がなく、なかに入れない。さっき東西さんに借りようと店に行ったら外出していて、彼の妻も、店員たちも、鍵のしまってある場所を知らなかった。

（あした、また来よう）

とも思ったが、あしたはあしたで雨がふるかもしれない。せめて外観でもというような気になって、庄治は、なかば機械的に建物の周囲をまわりはじめた。

建物は、ふるい。

普請《ふしん》は大正だそうだから、築二十年強。北側には保険会社の社員だか誰だかの家が隣接しているが、ほかは三方が道に面しており、外壁の様子がよくわかった。

外壁は、木の板。

もともとは何かの色に塗っていたらしいが、いまは色がすっかり落ちて朽《く》ちた木目《もくめ》をさらしている。庄治はときおり手でざらざらと撫《な》でてみたり、コンコンと指のふしで叩いたりした。知らない者が見たら空き巣の下見だと思われるかもしれない。

しばらくして、庄治はふたたび玄関の前に立って、

「……かえるか」

つぶやいた。

収穫は何もなかった。しいて言うなら西側のガラス窓から内部をうかがい得たことくらいか。もともとは窓の前にも本箱がならんでいたのだが、解体工事の準備のため、東西さんが撤去《てっきょ》させたのだろう。内部はがらんとしていて何もなく、そこで芳松やタカが死んだことを思い出させるものはなかった。

ため息をつき、南へまわった。

南から、東側の道へ出た。自宅へ向かうべく建物に背を向けた刹那、

(お?)

視界のすみに、星がながれた。

ふりかえった。

星はなかった。二、三歩先で建物の外壁がのっぺりと視線を阻《はば》んでいるだけ。東側だから日もささず、影がわだかまり、なかば黒壁のごとく周囲の風景にとけこんでいる。

庄治は、ちょっと首をかしげた。そのとき視界がうごいて、

「あ」

黒壁のなかに、またたく光を見つけたのだった。

近づいてみると、庄治の頭上数センチの高さに穴があいている。直径七、八ミリほどの真円で、円周の縁《ふち》が角立《つのだ》っている。あきらかに虫食いなどの穴ではなく、ドリルか何かで人工的にあけられたものだった。建物のむこうの窓から水平にさしこんだ強烈な西日が屋内を貫通して穴から出て、

(星になったか)

ためしに、指をあててみる。

光線が消え、爪の血管がすきとおった。ちょっと信じがたい美しさだった。指をはなすと穴がふたたび光線をはなつ。またふさぐ。何度かくりかえしつつ考えるうち、庄治は、

「……こいつは、つまり」

背骨に強烈な寒気《さむけ》を感じた。或る可能性に思い至ったからだった。

壁のむこうは書庫のはずだった。この建物はもともと部屋がひとつしかないのである。窓をふさぐ本箱がすべて撤去されたからこそ日光が貫通し、こちらへ届いた。偶然の条件がかさなってようやく庄治の瞳孔《どうこう》へさしこんだ一縷《いちる》のかがやき。

(しかも)

庄治の業界には、

――二冊目は早い。

という諺《ことわざ》めいた言いまわしがある。

長年誰も見たことがなく「まぼろしの本」と呼ばれていたものが一冊ぽんと市場に出るや、急に二冊目、三冊目があらわれる現象。誰かが隠していたわけではなく、神仏の功徳《くどく》のように見えるが、合理的に考えるなら、みんながその姿かたちを認識したことで次の発見がしやすくなるのだろう。その「二冊目は早い」が、このとき庄治の身にも起きた。対象は、本ではなかった。

庄治はうしろへ三歩さがり、壁面全体を見わたした。

おなじ高さの左右にひとつずつ、それぞれ一メートルくらい離れたところに穴があった。左右のそれは、日光の向きの具合だろう、ほとんど光を通していなかったが、いちど認識した庄治の目には洗ったようにはっきりしていた。東側の壁には、ぜんぶで穴が三つあったのである。

庄治は、北へまわった。

北どなりには会社員氏の家があるが、体を横にすれば隙間に入れる。壁に目をこらせば、庄治の脳裡《のうり》には、

(穴が、ふたつ。東の壁とおなじ高さ)

西へ抜け、西の壁を見る。

ガラス窓がある。穴はそのさらに上にあった。背のびして手をのばさなければ届かないよう

な不自然な位置に、左、中央、右と穴が三つ。やはり一メートルずつ離れている。庄治はそれから南へまわり、やはり穴がひとつあることを確かめてから、西へもどり、あらためて窓から室内を見た。

がらんとしている。目を閉じた。そこに芳松やタカの死体があったころのありさまを思い出せば、本箱の数は、

(東西にそれぞれ三本。北側に二本。南側に一本)

穴は、本箱の位置に応じて穿《うが》たれているのだ。

それが何を意味するのか、庄治には、すでにひとつ案がある。

「おそらく……」

目をあけ、つぶやいたとき、背後から、

「おーい」

庄治を呼ぶ声がした。ふりかえると、

「ああ、東西さん」

東西さんは、このごろまた少し太ったらしい。背丈こそ庄治には及ばないが、目方は庄治の一・五人前にはなったのではないか。洋書のあきないは、依然として、

(好調だな)

男というのは太るべきだ、体重はそのまま男の甲斐性の量なのだというのは日本では神代以来の価値観であり、今後も永遠に変わらないだろう。庄治は引け目を感じざるを得なかった。

東西さんは、威圧的なところがない。

庄治の前で立ちどまり、両ひざに手をついてはあはあ息をきらしつつ、

「すまないことをした、琴岡さん。鍵を取りに店に来たんだってね。ないんだ」

「え?」

「おととい解体工事の連中にわたしちまったんだよ。下準備につかいたいって言われたんでさ」

東西さんは手をひざから離し、申し訳なさそうな顔をしつつも庄治の横へまわり、右腕で庄治の肩を抱いて、

「さあさ、琴岡《かざむ》さん。もう日が暮れるよ。夜歩きは堅気《かたぎ》のすることじゃない。近ごろは琴岡さんも商売の風向きがいいようだし、家にかえれば刺身《さしみ》で一杯やれるじゃないか」

倉庫から離れるべく一歩をふみだした。庄治は、

「いや」

「焼き魚でもじゅうぶんさね」

「なら」

「え?」

「なら東西さん、あんたはどうして来たんです?」

庄治は立ちどまると、肩の手を払い、東西さんに向き合った。内心、

(わかっちまった)

舌打ちしたいような気持ちだった。東西さんは、

「どうしてって……」

「どっちみち俺はこの建物へは入れないんだ。わざわざ言いに来るほどの義理はない」

「それはもちろん、無駄足ふませちゃったしね。お詫《わ》びを言いたくて……」

「その程度のことで？」

「どういう意味かなぁ」

「ほんとうは、俺をここから追い払いたかったんじゃありませんか？　壁の穴を見つける前に、一刻もはやく」

「壁の穴？」

あどけないような目をして首をひねる東西さん。庄治は苦笑いした。あたりを見まわし、誰もいないことをたしかめてから、

「壁の穴は東に三つ、北にふたつ、西に三つ、南にひとつありました。書庫内の本箱の数と一致する。芳松はやはり事故で死んだんじゃない、誰かに殺されたんですよ」

庄治は説明した。つまり犯人はあらかじめ建物に穴をあけておき、ゴム製のチューブのようなものをさしこんだのである。チューブの先には、さしあたり、風船が装着されたとしておこう。戸外から手押しポンプか何かで空気をどんどん送りこめば風船がふくらみ、本箱をうしろから押す。

そうして本箱というのは一旦《いったん》かたむいたら踏ん張りのじつにきかない什器なのである。九本の本箱はどっと内側へたおれこんだ。『日本経済大典』全五十四巻、『国訳漢文大成』全八十八

巻……鈍器そのものの本といっしょに、芳松の上へ。

もっとも、実際たおれたままだったのは三本だけだが。あとはいったん傾いたあと、もとの直立状態にもどったのだろう。

「いかにも古本屋にありそうな『事故死』が、こうしてひとつ出来あがるって寸法ですよ、東西さん。うまいことかんがえやがった」

庄治が道へつばを吐く。東西書店主人・柿川一蔵は、ようやく仏頂面《ぶっちょうづら》になって、

「……あたしがやったと？」

「そうは言わない。犯人は望月不欠だ」

「望月不欠？」

「しらばっくれる必要はありませんよ。芳松を殺した本を注文した男。あんたはその協力者だ。すじがね入りの共産主義者だそうだから、空気を入れるポンプ押しにもシンパを駆り出したのかもしれない」

「鍵をよこさなかった程度のことで、そこまで言われなきゃならんのかね？」

声が、だみ声になった。庄治は無表情のまま、

「じつを言うと」

悪行《あくぎょう》を指摘するというよりは、まるで誰かを淡々と説得しているような口調で、

「俺があんたを疑うのは、きょうに始まったことじゃない。もう三週間も前からだ。白木屋の売り上げがトップだったでしょう」

「トップはあんただ」

「ファイファー少佐の申し出があったからだ。あのときは自分のことで精一杯だったから気づかなかったが、よく考えれば、あんたは洋書専門の商《あきな》いだ。白木屋でそこまで売れるはずがないいんですよ」

世の中は、なるほど洋書がブームである。

英会話入門のたぐいも人気があって、東西書店の屋台骨をささえている。しかしそれはあくまでも神保町の店での話であって、古本には——新刊書もおなじだが——本来、土地柄というものがある。神保町で売れるものが他でも売れるとはかぎらないのだ。

神保町の客には、むかしから専門性の高い人が多い。

学者だったり、図書館員だったり、マニアックなコレクターだったりする。浄瑠璃《じょうるり》の太夫《たゆう》がわざわざ床本《ゆかほん》をもとめに来るようなこともある。そういう場所だからこそ洋書という一部の人しか興味をもたないような高度な本が時流に乗じて売れるのである。

が。

白木屋のある日本橋は、サラリーマンの根城《ねじろ》なのだ。世のため家族のため会社づとめをしている男たちが夜のわずかな慰安のため、ないし勉強のために本を買うような土地。だからこそ即売会でも店の主人と客のあいだに、

「ああ、○○さん、ご存命でいらっしゃいましたか」

「君も生きてたか」

「会社はご無事で？」

「ビルディングが鉄筋コンクリートだからね。焼けなかったよ。いっそ焼けちまったら気がせいせいしたんだがね」

というような会話が成立した。

そういうところでは洋書は売れない。値の安い英会話入門なら売れるけれども、トップを張るほどの売り上げは出ない。出るのはやはり、

「……和書でしょう。それも経済書や思想書のような少し知的なもの。ちがいますか、東西さん」

「何が言いたい？」

「あんたが白木屋で売ったのは、芳松を殺した本だって言いたいんだ。望月不欠が発注した『世界思想関係学術書』四百冊内外。凶器を処分したわけさ。本来ならば芳松にかわって不欠にとどけるべき本なんだから、それを売るには、不欠とちゃんと口裏を合わせなきゃ」

「見たのかね、売り場を」

「見た」

庄治は即答した。ほんとうはもちろん、

（見るわけないさ）

即売会での古書店主は、通常、店をはなれることはあり得ないのだ。特にあの日はたいへんな人出で、ほかの何よりも万引きが気になる情況だった。ちょっと便所へ行くときすら庄治は

デパートの店員にかわりの店番をたのんだくらいだったのである。

庄治の返事を聞くや、東西さんは、表情を変えた。

自分の家が焼けるのをまのあたりにしたような、恐怖にみちた目の色をした。つぎの瞬間には平静をよそおって、

「いや、店番してたはずだ」

「俺の店があまりにも売れなかったのはご存じでしょう？　さすがの俺もがっかりしましたよ。会場中をぶらぶらしても、いまのご時世、古典籍というのは、盗んでさえもらえんのですな」

庄治のうそが勝《か》った。

東西さんは、唇をふるわせた。

肩をふるわせ、ひざをふるわせ、それをごまかすためか足をむやみと道にすりつけた。ざりっ、ざりっと音が立つ。庄治はいっそう声を大きくして、

「さだめし苦労したでしょうな、凶器の処分には。芳松の死の現場を見た同業者は俺だけだから要するに俺の目につかなければいいわけだが、これが案外むつかしい。市会に出しても、神保町の店頭に出しても気づかれる可能性がある。そこへ行くと白木屋っていうのは恰好の場でした。日本橋だから飛ぶように売れるに決まっている上、俺は即売会には手を出しませんから」

「いや、そいつは」

つぶやきつつ、靴のつま先でぐるぐる四角を描きはじめる東西さん。

「ところがここに予想外のことが起こった。俺がきゅうに出店したんです、鳥道軒にたのみこんでね。開催直前だったから東西さんは品物の入れかえもできなかった。もっともまあ売り場は遠いし、会場は客でごった返す。だいじょうぶだろうと踏んだのが計算ちがいでしたね、東西さん」

「……まさか、見ていたとは」

「東西さんは、会場にはいませんでしたね」

あてずっぽうで断言すると、東西さんは、

「ああ」

「店の若いのに交替で店番させてたんだ」

「それも見ていたか」

「見てません」

庄治があっさり答えると、東西さんは少しの間《ま》ののち、

「え？」

庄治は照れ笑いのような顔を見せて、

「おっしゃるとおり。店主は持ち場をはなれません。三週間も前から疑ってたなんて嘘八百でさ」

東西さんは目をいっぱいに見ひらいたが、つぎの瞬間、ため息をついた。地面にもとどくかと思われるほど深い深いため息だった。

# 東京創元社の オススメ国内ミステリ

## 大人と子どもの狭間で揺れ動く 少年少女のささやかな日常の謎

川澄浩平

### 探偵は教室にいない

第28回 鮎川哲也賞 受賞作

ISBN 978-4-488-44921-6 定価 704円
創元推理文庫

中学生の少女・真史と、幼馴染みで学校に通わない少年・歩。彼女たちが日々の中で出会う、４つの謎。札幌を舞台に贈る青春ミステリ。

川澄浩平

### 探偵は友人ではない

シリーズ第2弾 文庫化

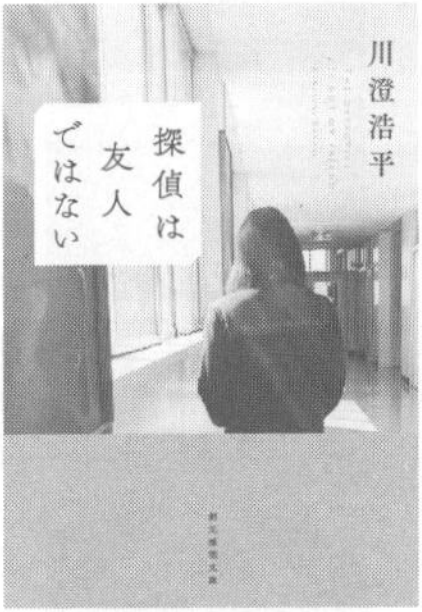


ISBN 978-4-488-44922-3 定価 748円
創元推理文庫

わたしが奇妙な謎に遭遇すると、幼馴染みの歩がいつも解決してくれる。でも、ふたりの関係は依頼人と探偵でしかないの？　それとも……。

（価格は消費税10%込の総額表示です）

東京創元社 〒162-0814 東京都新宿区新小川町1-5
http://www.tsogen.co.jp/ TEL03-3268-8231 FAX03-3268-8230

日本ミステリ界の“レジェンド”が贈る、
ミステリランキング3冠達成の大人気シリーズ

# 〈昭和ミステリ〉三部作

**辻 真先**

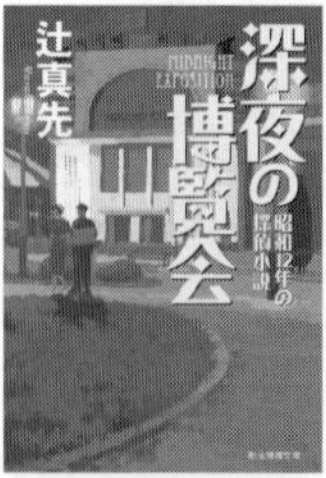


## 深夜の博覧会

**昭和12年の探偵小説**

シリーズ第1作

ISBN 978-4-488-40516-8
定価 990円　創元推理文庫

博覧会の開催中に起こった不可思議な殺人事件。若き日の那珂一兵がたどり着いた、驚異の真相とは？　博覧会をその目で見た著者だから描けた長編推理。

## たかが殺人じゃないか

**昭和24年の推理小説**

シリーズ第2作

ISBN 978-4-488-02810-7
定価 2,420円　四六判上製

GHQの指導のもと共学の高校三年生になった少年少女たちが巻き込まれた不可解な連続殺人事件。著者自らの経験を存分に描いた本格推理。

## 馬鹿みたいな話！

**昭和36年のミステリ**

シリーズ最新刊

ISBN 978-4-488-02871-8
定価 2,090円　四六判上製

生放送中のドラマ撮影現場で主演女優が殺害された!?　テレビ草創期を知る著者だから描けた本格ミステリ。ミステリ作家デビュー50周年記念出版。

「……人がわるいな、琴岡さん」

「誰ですか」

「え?」

「望月不欠とは誰ですか。なぜあんたは彼の手伝いをしたんだ。芳松を死なせたのはどういう……」

庄治が一歩つめよったとき、表通りのほうから、

「ヤア」

甲高い声が聞こえた。

庄治はそちらへ首を向けた。いつもの迷彩服、いつものラッキーストライク。ハリー軍曹がくちゃくちゃガムをかみながら庄治たちのほうへ歩いてくる。ほかにも同様の白人が四人いるところを見ると、私用ではなく公用の途中らしい。夕陽はほとんど沈んでおり、その表情はわからないが、

「ショージと、ミスタ・トーザイじゃないか。日本じゃあ井戸端《いどばた》会議ってのは女がするって聞いたが、どうやら最近は男女平等になったようだな」

英語で陽気に言うあたり、おそらく笑っているのだろう。庄治は、

「ハリー……」

「お前が襲撃された場所だからな、ここは。あれから毎晩パトロールしてるんだ」

「ハリー」

庄治は、この米兵に駆け寄った。われながら子供が親に駆け寄るようだった。

「ハリー。ハリー。東西さんが自供した。望月不欠の協力者だ。芳松殺しにも一枚かんでる」

必死でうったえつつ、脳裡にはファイファー少佐の顔が浮かんでいた。

（調査が、進んだ）

これであの親身な経済的支援に報いられる。そういう安堵が胸のなかで爆発した。ハリーは突っ立ったまま、目をまるくして、

「ミスタ・トーザイが？」

「ああ、そうだ」

「他言したか？」

「俺もいま知ったばかりなのだ。東西さんとの会話のなかから」

「それはよかった」

ハリーの胸は、分厚かった。

分厚い胸にくいこむよう茶色い革《かわ》のベルトがななめがけに掛けられている。ベルトの先の腰にはホルダーが装着され、黒いピストルがおさめられている。

抜いた。

東西さんのこめかみに銃口をつきつけ、ほかの四人へ目くばせをした。

と思うと、その銃口をゆっくりと庄治のほうへ向けなおす。かちゃかちゃと細かく左右にふりながら、

「さすがはファイファー少佐の見こんだ男だ。よく気づいた」

（何だ）

意味がわからない。庄治はただ目の前の黒い小さな穴を見つめるのみ。おもちゃにしか見えない。そこから何が飛び出すのか、庄治はほんとうにわからなかった。ハリーは指をしっかりと引き金にかけて、

「どうやら俺たちは真《しん》の友人となる日が来たようだ。妻や子供にはかわいそうだが、このまま連行させてもらうぜ」

「あー……誰を？」

「お前をだ、ショージ」

庄治は、東西さんのほうを見た。

東西さんは、うつむいている。顔の様子はわからないが、何かひどく矮小《わいしょう》な男になったような感じだった。

「東西さん」

呼びかけると、うつむいたまま、

「すまない、琴岡さん」

声をしぼったが、庄治はどうして謝られるのか見当もつかず、東西さんと銃口をかわるがわる見つめたが、結局はやっぱり銃口を見た。

銃口は、時間のながれを変える。

見つめていると一秒が十年に感じられる。股間《こかん》にあたたかみをおぼえたのは、若干の不随意《ふずいい》的《てき》な漏脱《ろうだつ》があったものか。数百年が経過した。

「安心しろ、ショージ」

ハリーは銃口をゆらし、ピストルをホルダーにたたきこんだ。仲間のひとりに何か告げる。告げられたほうの兵士はリュックをおろし、大根ほどの大きさの小型無線通信装置をとりだした。

長剣のようなアンテナをひっぱり出し、何やら英語でしゃべりたてる。そのあいだもハリーは、庄治へ、

「安心しろって、ショージ。そんな顔するな。わすれちまったのか、俺はお前の命の恩人なんだぜ。撃つわけないだろ。将来はどうかわからんがな。撃たれたほうがましだったと思うかもしれん」

体を横に向け、口笛ふきつつ歩きだした。通信機の兵士がアンテナをおろし、庄治へあごをしゃくってみせる。

――ついて行け。

という意味なのだろう。庄治は東西さんを見た。東西さんは、

――仕方ないんだ。

とでも言いたげな飼い犬のまなざしで庄治を見あげる。

（話にならん）

庄治はため息をつき、とぼとぼとハリーの背中を追いはじめた。逃げ出せば、こんどこそ心臓にトンネルを掘られるにちがいない。

東西さんが、右にならぶ。

まわりを四人の米兵がとりかこんでいる。かこみかたは緊密ではないし、彼らは彼らで世間ばなしに興じているから、よそ目には強制連行とは見えないにちがいない。実際、庄治は一ツ橋《ばし》からお濠《ほり》ぞいの道へ出て、丸《まる》の内《うち》に入ったが、そこを行き交う背広姿の日本人サラリーマンはまったく奇異の目を向けなかった。むろん、米兵によけいな因縁をつけられたくないという人生の安全策をとった故でもあるだろうが。

†

丸の内を抜け、馬場《ばば》先門《さきもん》から皇居前広場へ入った。

玉砂利をざくざくと踏んで楠公像《なんこうぞう》の前に立つ。ガソリン臭がした。左前方へ目をやると、お濠にかかる祝田橋《いわいだばし》の上を幌《ほろ》つきのジープが二台、相《あい》前後してわたってくる。

庄治たちの前にとまる。二台から迷彩服の米兵が五人おりてきた。

「ぜんぶで十人か。大仰なことだ」

庄治がつぶやいたとき、十一人目が、うしろのジープの後部座席から胸をそらして地に立った。

ファイファー少佐だった。彼だけが白いシャツに綿のズボンという軽装をしていて、なぜか琥珀色《こはくいろ》のサングラスをかけている。あたりはもう薄暗いのに。

「教えてくれ、ショージ」

サングラスをとり、庄治の前に立って、

「こいつは日本人なのか。西洋人なのか」

楠公像をふりあおいだ。台座だけでも四メートルの高さがあるので、その上の銅製の騎馬像は、ほとんど天空を覆っている。庄治はすらすらと、

「楠木正成《まさしげ》、六百年前の日本の軍人。後醍醐《ごだいご》天皇のために絶望的な戦いの地にあえて出征し、玉砕《ぎょくさい》した。その活躍を記した古典的な物語『太平記』は、『洞院公定《とういんきんさだ》日記』によれば作者は小島法師《こじまほうし》。異本は全国に、まあ五十前後というところだな。永正《えいしょう》二年（一五〇五）の写本をはじめ、古活字本、整版本《せいはんぼん》もつたわっている」

「在庫は？」

「四、五種。このご時世だ、さがせば十や二十はあっというまに出てくる」

「この像は、私には西洋人にしか見えないが」

「どういう意味だ」

「虚心に見ろ」

ファイファー少佐は親指を立て、その指をちょいちょいと像へ向けた。庄治はしばし見あげて、

「……ふむ」

理解した。純粋な視覚の対象としては、それはたしかに、西洋美術そのものだった。日本の在来種にはあり得ない筋肉質すぎる馬。それにまたがる楠木正成のあまりにも彫りの深い顔。というより、それ以前の話として、いままさに暴れ出さんとする馬をかろうじて片手の手綱《たづな》で制しているというダイナミックな、スポーツ写真のような姿そのものが典型的な写実主義のたまものなのだ。まさしく西洋的手法の典型だろう。これまで日本軍神の代表とされ、五銭札の肖像にもなり、皇国の象徴とあがめられて都心の一等地を占めてきたこの像は、表現的実質においては、極端なまでに非日本的だったのだ。

「日本人は、おもしろいな」

おもしろくもなさそうに少佐はつづけた。

「君たちは『鬼畜米英』などと叫んで私たちの真珠湾《パールハーバー》を急襲しておきながら、心の底では、金髪碧眼《きんぱつへきがん》の白人になりたかったのだ。日本精神など、てんから信じていなかったのだ。私はそのことがよくわかった」

庄治は、苦笑いした。

「金髪碧眼の少佐殿」

腕をのばし、少佐の胸をトンと手で突いて、

「あんたたちは、美術談議をするために俺をここに連れて来たのかね？」

冗談のつもりだったが、ファイファー少佐は、動作が速かった。

庄治の手首をわしづかみにして、もう片方の手でサングラスを胸ポケットにおさめると、

「勘ちがいするな」

庄治の腕をひねりあげ、ぱっと放した。庄治は顔をゆがめた。ほんの一瞬のことだったのに、骨まで曲げられたように手首がはげしく疼《うず》いている。

庄治は手首をおさえ、まわりを見た。

屈強な兵士たちが見おろしている。なるほど勘ちがいだった。これまでファイファー少佐とは何度か顔を合わせてハーシーズや野菜の缶詰をもらったり、大量の古典籍を買い取ってもらったりしてきたが、

(こっちは、敗戦国民だった)

いまの日本では、人権は外国人にしかないのである。庄治ひとりの命など、ここで銃殺されたところで、あすのラジオニュースにもなりはしない。庄治は、うなだれた。

「君をここに連行したのは、美術談議のためではない。ハリー軍曹から連絡が入ったためだ。君がどうやら猿楽町の倉庫においで発見してはならないものを発見したようだとな。ミスタ・トーザイ」

「は、はい」

「君がショージに告白したのか?」

「とんでもない!」

東西さんは背をまるめ、顔の前に右手を立てて左右にふった。幇間《ほうかん》のようなしぐささだった。

少佐はいっそう冷酷な口調で、

「安心しろ、ミスタ・トーザイ。私は君をうたがっていない。ショージが賢すぎるのだ。ショージ」

「何だ」

「君はいつ察したのだ、タカを殺したのが私たちだと」

（おいおい）

庄治は顔をあげ、呆然とした。

何が何だかわからないが、とりあえず、ハリーが何か大きな誤解をしていることはわかった。

——ショージが、タカ殺しの真相に気づいた。

と思いこんで少佐に通報し、少佐はここで落ちあうよう指示を返したのだ。いつものように岩崎邸に来させることをしなかったのは、事が事だけに、ＧＨＱの組織内部をもはばかる必要があったのだろうか。夕暮れどきの皇居前広場は、なるほど密室ではないけれども、あたりに人影がない。密談には恰好の場なのだ。

（やはりタカは、自殺ではなかった）

庄治はそう思いつつ、少佐へ薄笑いしてみせて、

「いつ察したかだと？　それはもう、かなり早い時期からさ」

意味ありげに、意味のない返答をした。

少佐は、無表情。

庄治は、

（ばれたか）

心が焦《じ》れた。一歩ふみこんで、

「どうやって殺した」

「いまさら聞くのか？」

聞き返されてどきりとしたが、

「念のためだ。麻ひもで首をしめて、息絶えてから梁に……いや、本箱の上にわたした角材に、つるしたんだな」

「そのとおり」

あっさり正解。庄治は拍子ぬけして、

「なぜ殺した？」

「彼女が、岩崎邸に来たからだ。ビリヤードに使うボールを二個もってな」

「はあ？」

「ただのボールではない」

少佐は顔の半分を夕闇にうずめつつ、淡々とことばをつづける。

「私がビリヤードを好むことは知っているだろう、ショージ。おそらく彼女は、彼女の夫がかつて撞球室から盗んで行ったものを遺品のなかに見つけたのだ」

庄治は、どういう顔をしたらいいかわからなかった。意味不明もはなはだしい。なるほどそれは良質の象牙《ぞうげ》製なのだろう、質《しち》に入れれば少しの金にはなるのだろう。しかしそんなささやかなものを芳松がわざわざ銃殺の危険をおかしてまで失敬しに行くとは思えないし、ましてやそれを返しに来たことがタカの死ぬ理由になるというのは、この昭和二十一年という特異な時代相をどんなに考慮したところで庄治の頭脳には理解不可能としか言いようがなかった。

もちろん、

(聞き返すわけにはいかん)

庄治は、二度うなずいただけだった。ファイファー少佐は、

「だから私は、ハリーに命じた。ハリー」

「はい」

「あとは説明しろ」

「承知しました」

ハリーは少佐に敬礼して、それから庄治に向きなおった。それからのハリーの説明によれば、彼は、

――タカを殺せ。

という少佐からの命を受け、ただちに神保町の東西書店に電話を入れたという。

「ミスタ・トーザイ。よく聞けよ。あの女やもめを猿楽町の倉庫へおびき出せ。どんな理由をつけてもいい」

東西さんは電話を切ると、ハリーの命令を実行した。すなわちタカの家に行き、

——望月不欠から電話が来た。いますぐ会いたいそうだ。

まっ赤なうそ。単なる誘い文句にすぎなかったが、タカはこのとき水火《すいか》も辞さぬ覚悟である。青森からの汽車のなかで「夫の死の謎を解く」と庄治へ凛々《りんりん》と宣言してからわずか五日目のこと。即座に、

「わかりました、東西さん」

しかしタカが東西さんに連れられて猿楽町の倉庫へ行くと、そこにいたのは、見たこともない屈強の米兵だった。

——誰ですか、あなたは。

と聞くだけの時間の余裕が、タカにあったかどうか。おそらくなかっただろう。ハリーも名乗らなかっただろう。数分後には東西さんが近所の交番へかけこんで、

「たいへんだ。首くくりですぜ、あの倉庫で」

これで殺人処理は終わり、それを自殺に見せる偽装処理は終わったのである。タカは夫を亡くした直後。縊死《いし》の理由はじゅうぶんある。刑事がそれを疑いもしなかったことは、庄治自身、つぶさに見たとおりだった。

「あの女、意外と手こずらせたなあ」

ハリーはそう言うと、楠公像の台座にもたれた。ゆうべのポーカーの勝負でも思い出してい

るような顔で、

「左右の手に例のボールをにぎりこんで殴ってくるなんざ、ちょっと喧嘩《けんか》上手だよ。もちろん彼女をあおむけにして、馬乗りになって首になにしたら、手がだらりとして、コロリところがり出したがね。いうなりゃ俺の戦利品さ。ファイファー少佐にねがい出て、私物とすることも許可してもらった」

「ふむ、ふむ」

無表情で聞きつつ、庄治は内心、

(ということは)

ファイファー少佐をそっとにらんだ。鉄面皮《てつめんぴ》にもほどがある。少佐はみずから部下にタカ殺しを命じておきながら、後日、庄治に対しては、

——タカの命をまもれなかった。護衛をつけておくべきだった。

などとしゃあしゃあと言ったばかりかお辞儀までしてみせたのだ。こういう人間をいっときでも信用した自分自身が、

(甘かった)

もっとも、それはそれとして、ほかにもいろいろ腑《ふ》に落ちたことがある。今月上旬、日本橋の白木屋で即売会をやったときハリーが庄治を呼び出しに来たが、あのときハリーはごりごりと少佐ばりにビリヤードの球をもてあそんでいた。あれは戦利品の味をたのしんでいたのだ。それ以前には、クレーターの問題がある。タカが死んだ現場の本の背にはクレーターにも似

た円形のくぼみが点々としていたが、してみると、あれはタカがハリーを殴ろうとして殴りそこねた球の痕《あと》にほかならなかったのだ。

タカは、古本屋の女房だった。その女房の生涯最後の抵抗は、ひっそりと古本の上に余光《よこう》をのこしていたのだ。

（あの本は、安本ばかりだった）

ふと思い出したとき、庄治ははっとして、

「それも、あんたか」

東西さんへ向きなおった。

東西さんは、もはや庄治と目を合わせる気力もないらしい。力なく足もとの玉砂利を見つめて、

「何が？」

「あそこの本を入れかえたのが。俺はこの目で見たが、本箱はぴしっとした感じだった。ほとんど安本だったにもかかわらずな。あれは絶対くろうとの仕事だ。つめこんだのは東西さんだ」

「……」

「かんがえてみれば、それも当然の話さな」

庄治の舌は、なめらかだった。

「あんたはそもそも芳松が死んだとき、芳松を殺した堅牢な四百冊内外をぜんぶ引っさらった男なんだからな。からっぽの本箱は、うめる必要がある。いずれ警察の目をあざむくために。

やつらの目には学術書も三文小説もおなじだ」

「……ああ、そうだ」

「そしてその四百冊内外を白木屋で売り払ったのは、もちろん証拠隠滅のためだったろう。猿楽町の倉庫の解体工事を急いでいるのもおなじ目的。だがそれにしても、ひとつわからん。タカがよく売り払うことをゆるしたもんだ。あの四百冊内外も、ひょっとしたら芳松殺しの犯人をつきとめる証拠になるかもしれんのに。どう言ってだました？」

「だましてないよ」

東西さんは、心棒のまがったやじろべえのように頭部を不安定にゆらしつつ、

「彼女があたしに『売ってくれ』って」

「ばかな」

「ほんとうだ。彼女はそら、芳松を殺したのは望月不欠だって思いこんでたろう。その望月をおびき出すため、白木屋で大々的に陳列してほしいって。あたしはそれにしたがっただけだ。たしかに証拠隠滅になったが、それはたまたま。結果論だよ」

「倉庫の解体は？」

「それはみとめる」

「証拠隠滅の意図があったと？」

「ああ」

「いつからだ」

「え？」

「いつからＧＨＱとぐるだった。芳松もそうだ」

芳松、という名前を口に出した刹那、庄治は、わけのわからない衝動に心を灼《や》かれた。

気がつけば、

「あっ」

東西さんの胸ぐらをつかんでいる。東西さんはぐんにゃりと頭をうしろへ垂れ、抵抗しなかった。庄治はその耳へむりやり顔をちかづけて、

「あんたも、芳松も、俺にないしょで前から何度も岩崎邸に出入りしてたんだ。そうなんだろ？　そうでなきゃ芳松はビリヤードの球なんか盗み出せるはずがない」

東西さんは、無反応。頬を張ろうと思えば十発でも二十発でも張れるだろうが、しかし庄治は、

（よせ）

我に返り、手をはなした。

激情を、みずから冷やした。まわりを見れば米兵がかこみを狭めている。

（日本人どうしが喧嘩している場合じゃない）

東西さんは、へたりと膝をついてしまった。

玉砂利の上に正座している。庄治は立ったまま胸ポケットからたばこの箱をとりだし、一本を口にくわえて、

「すみません、東西さん。……のぼせちまった」

手をさしのべ、東西さんを立たせた。

マッチでたばこに火をつけようとしたが、口から離して箱にもどし、胸ポケットにもどした。宮城《きゅうじょう》の目の前である。喫煙は不敬にあたるのではないか。

東西さんは立ったまま、

「……計画に」

うつむきつつ、口をひらいた。庄治は、

「えっ？　いま何て？」

「計画に、加担したんだ」

うつむいたまま、視線をファイファー少佐のほうへ泳がせた。

気のよわい小学生が先生を見る目だった。ファイファー少佐は一歩ふみだして、またちょっと楠公像を見あげてから、

「私が話そう、ショージ。少し長くなる。たばこなら遠慮するな」

まじめな口調だった。

†

ショージ。

君はそもそも、GHQがどういう組織か知ってるかね。

GHQというのはGeneral Headquatersの略であり、総司令部という意味だ。それじゃあ何の総司令部かというと、ここではSupreme Commander for the Allied Powersつまり連合国最高司令官付の総司令部なのだな。その最高司令官とはわがアメリカ合衆国出身の南西太平洋方面連合軍総司令官ダグラス・マッカーサー元帥《げんすい》であり、いまは第一生命館という日比谷にあるビルの六階で日々執務しておられるなどということは、日本の新聞にも書いてあるにちがいないな。いまさら言うまでもないだろう。

要するに私が言いたいのは、いまの日本の政治の中心が、

——皇居にはない。

ということだ。

官邸にもないし、国会議事堂にも大蔵省にもない。あの日比谷のちっぽけなビルにある。あそこが占領本部なのだ。そうしてGHQが接収して使用している岩崎邸や、帝国ホテルや、全国各地のオフィスビルなども、いわば支部といったところか。職員数はぜんぶで六千くらいかな。すごい数だろう。ヨーロッパの小国なら二つも三つも支配できる規模だ。地方によっては、多少、アメリカ以外の出身者もまじっているようだが、ここでは無視し得る存在だ。

本来は、軍事組織だ。

私ことジョン・C・ファイファー少佐も、参謀長付参謀第二部、特殊測量課長の職にある、れっきとした軍人である。ああ、そうだったな、初対面のとき言ったんだったな。戦時中には

沖縄に向けて出撃した戦艦大和《やまと》の航路を予想し、みごと撃沈にむすびつけた実績がある。いばるほどの実績ではない。GHQとは、基本的に、そんな連中のあつまりなのだ。

とはいえGHQの責務とは、単なる軍事占領だけではない。そのほかにもうひとつ、日本および日本国民の、

「矯正《きょうせい》」

という大きな大きな責務がある。

君たちを正気《しょうき》に返らせ、正しい道をあゆみ出すよう教え諭し、二度と世界に迷惑をかけないよう良識と分別《ふんべつ》をさずけるという遠大かつ喫緊《きっきん》の責務がな。

そのためには軍事的発想は必要ない、とまでは言わないが、戦争はもう終わったのだ。それよりも民政的というか、より文化的な側面からのアプローチが必要だろう。イソップ物語の「北風と太陽」ではないけれども、私たちは暴力でやっつけるよりもむしろ学習環境をととのえることで日本人を更生させることを望んでいるのだ。

そこで私は、ひとつの計画を実行することにした。

日本および日本国民のための、善意にみちた、ほとんど奉仕的な計画だと自認している。我ながら賞讃すべき計画だが、さてその名前は……名づけようと思ったこともないから当惑するが、そうだな、さしあたり、

「ダスト・クリーナー計画」

とでもしておこうか。

知っているか、ダスト・クリーナー。或る種の部品や食品の工場には、衛生環境をたもったため、粉塵《ふんじん》をあつめて場外へいっきに排出する巨大な機械がある。その機械の名前なのだ。……そうか、日本にもあるか。除塵装置というのか。さすがは機械ずき、清潔ずきの国民だな。どうせイギリスあたりの工業機械をまねしたのだろうが、ま、まねもいちおう才能だよ。できないよりははるかにいい。とにかく私たちはこの計画にしたがって、日本をクリーンにする。あらゆるダストを排出してやる。そのことに惜しみなく力をそそごうと日夜努力しているのだ。

え？

具体的な内容だって？

ふっふ、名前のとおりじゃないか、ショージ。

まだわからんのか。

これだけ時間をあたえてもまだ察しがつかんとは、しょせん日本人は黄色い猿《さる》だな。どうしようもない下等動物だよ。いいか、ダストというのはこの場合、ただひとつのものを指し示すのだ。それはすなわち戦前の君たちを肥満的な軍拡《ぐんかく》へと駆り立てたもの。非人道的な大陸侵略へと駆り立てたもの。そうしてあの卑怯《ひきよう》きわまる真珠湾攻撃をおこなわせた上、悪いのは自分自身だとまったく悟らせることをしなかった最大の原因であるところのもの。邪悪な粉塵。不潔な黴菌《ばいきん》。

そう。

歴史だ。

君たちが「国史」と呼ぶあのくそくだらない、嘘といつわりで塗りかためた、科学精神のかけらもない過去の物語。あれがすべての原点なのだ。それを除塵装置《ダスト・クリーナー》でそっくり国外へ排出してやろうというのだから、どうだね、これほど善意にみちた計画がほかに存在し得るかね？

思えば、日本の近代は、歴史の操作からはじまった。というより、その捏造《ねつぞう》からはじまった。徳川将軍がたおれて天皇の朝廷に政権がころがりこんだとき、朝廷は、京都という一地方の神社のようなものにすぎなかった。

全国統治などおぼつかないし、ましてや中央集権など夢のなかの夢。そこで彼らがまずしたことは何か。その中心である天皇を、実質以上に大きく見せることだった。

つまり神話と直結させたのだ。太陽神アマテラスオオミカミの曾孫《ひまご》の曾孫の曾孫の……が明治天皇であるという万世一系《ばんせいいっけい》の血統の強調。そもそもアマテラスは日本創造の神ではないのだから――それは彼女の親であるイザナミとイザナギであろう――、ほんとうはこの時点ですでに現在の日本を支配する根拠にならないのだが、とにかくも朝廷はそういうフィクションを金《きん》看板《かんばん》にして、ほどなく東京へひっこした。

東京では、明治時代がはじまった。憲法や国会や官僚組織などという舞台装置をいちおうそろえて政権の体裁をととのえた。日清戦争にも勝利した。しかしやはりフィクションという軟弱な地盤の上に法理学的な統治システムが乗っかっているという権威の構造そのものは変わらない。

いや、変わらないどころか、むしろますますそのフィクションは強調されるばかりだった。

時代が大正に入り、昭和に入ると、天皇はほとんど神になった。議員は選挙を経《へ》なければ議員になれず、官僚は試験に合格しなければ官僚になれない近代的政権のなかで、ただひとり、天皇だけは、まるで古代の族長のごとく生まれながらにして死ぬまで君主でありつづけたのだ。国民の信仰をあつめつづけたのだ。それはイギリスの王《キング》より、ロシアの皇帝《ツァーリ》より、はるかに宗教的でしかも実質的な権力だった。

こんな不条理な権威が、どうして成立したのだろう。

——歴史の故だ。

この結論は、どこからどう見ても正しいだろう。歴史こそが唯一無二。ほとんど天皇そのものの存在理由にひとしいのだ。

逆に言うなら、日本には、そういう不条理をゆるすだけの豊富な歴史があるということだ。万世一系かどうかは別として、とにかく千四百年前、いまだ首都が奈良にあったころにはもう天皇という国家首長が存在したことは科学的に見て確実だからだ。

その後、首都は京都へ、鎌倉《かまくら》へ、東京へと移ったけれども、天皇位そのものは変わらず存在しつづけた。じつに八十数代にわたって後継者は絶えることがなかったのだ。

これは一驚《いっきょう》に値する。ドイツのハノーファー家も、オーストリアのハプスブルク家でさえ、これほど長大な歴史はもたなかったのだ。或る意味、世界一のファミリーだろう。ちなみに言う、わがアメリカには王朝そのものが存在しない。そもそも古代や中世が存在しない。日本とは正反対の国家なのだ。

もちろんこれは、天皇およびその家族のみの功績ではない。

国民全体の功績でもある。というより、国民全体によって必死でまもられつづけたからこそ天皇位はこんにち存在し得るのだ。なかには有名な者もあるであろう。ちかくは西郷隆盛《さいごうたかもり》や木戸《きど》孝允《たかよし》のごとき維新の志士。やや時代をさかのぼれば、ほら、あそこで馬に乗っている楠木正成。さらにはフビライ時代の蒙古帝国の襲来を二度までも撃退した鎌倉武士たち。

このほかにも、その時代その時代でたくさんの国民が必死ではたらいている。命を落とした者も無数にいる。あの世界に冠たる千四百年の皇統は、こういう国民の努力ないし献身によって危うく成立しているというのは公平に見てまちがいないだろう。天皇は、国民のおかげで天皇でいられるのだ。

そして日本国民は、そのことをじつは知っている。

自分たちあっての天皇だと、口には出さないがみんな心の奥底で信じている。彼らが――君たちが――天皇をあがめたてまつり、ほんものの神に対するがごとく礼拝《らいはい》し叩頭《こうとう》しているのは、天皇を崇拝しているのではない。天皇を成立せしめた自分自身を崇拝しているのだ。

或る意味、究極のナルシシズムだろう。

自国の歴史に自信がありすぎる、と言いかえてもいいかもしれない。しかもそのナルシシズムは、明治、大正、昭和と世を経るうち、国家そのものの発展とともに肥大化した。

豚のように太りつづけた。誇大妄想、自己陶酔。そうしてそれが飽和状態をこえたとき、君たちは、とうとう常軌を逸してしまったのだ。

その何よりの証拠が、あの「特攻隊」だ。

戦争末期のどうしようもないときに君たちが採用した自爆戦法。私たちの空母や戦艦へあるいは戦闘機を、あるいはグライダーを、あるいは高速ボートを突っ込ませては搭乗員もろとも爆砕させるという信じがたい国民虐待。あれをはじめてまのあたりにしたとき、私たちは彼らを、

——憎むべき敵兵。

とは思えなかった。同情を禁じ得なかった。彼らのほとんどは家にかえれば母親のつくった料理をもりもり食べていたであろう少年兵にすぎなかったのだ、アメリカのそれとおなじように。

日本国民は、この愚行に、

「神風《かみかぜ》」

という名をつけた。

アマテラスや現天皇のおもかげを帯びた、美しいといえばあまりに美しいことば。それがじつは鎌倉時代の武士たちがフビライ軍を撃退したときたまたま吹き荒れた台風の詩語だと知ったとき、

——日本人は、恐ろしい。

私は、心底そう思ったものだった。歴史が豊富とはこういうことなのかとつくづく思い知らされたよ。君たちにとっては同胞を無駄な死におもむかせるなどマッチを擦《す》るよりかんたんな

のだ。

いくらでも歴史に取材できるのだから。いくらでも歴史を言いわけにできるのだから。その取材ないし言いわけによって圧倒的な抑圧をあたえられたからこそ、少年たちは、破滅から逃げることができなかった。あるいは、破滅なんかこわくないと信じることが可能だった。歴史の利用による自己奮起、自己陶酔こそが君たちの精神力の根源なのだ。

君たちが有色人種にもかかわらずイタリアやドイツよりも長いこと戦うことができたのも、やはり歴史の故だった。イタリアやドイツが統一国家としてはたかだか七、八十年の時間しかもっていないのに対し、日本は千四百年。赤んぼうと大人どころの差ではないわけだ。さだめし自尊心の差もすさまじかったろう。伝統ある名家に生まれたごとき自尊心。しかも日本には、くりかえすがアマテラスがいる。権力の源泉たるフィクションがある。いくらムッソリーニが恥を知らない大ぼら吹きでも、自分自身が、

――ローマ神話の最高神ユピテルの直接の子孫だ。

などとは決して言えなかったし、ましてやヒトラーは自分をなぞらえるべきドイツ神話そのものを持っていなかった。原子爆弾を二発も落とされるまでギブ・アップしなかった精神力はここに起因する。すべては歴史に由来するのだ。

その日本および日本国民を、いま私たちは更生させようとしている。

正しい市民にしようとしている。結論はおのずから明らかだろう。そう、君たちの更生のためには、君たちから歴史を奪わなければならないのだ。

歴史とそれを源泉とする肥大化した自尊心のあるかぎり、君たちは永遠に反省しない。目をさまさない。だから歴史を奪うのだ。それこそが真の武装解除なのだ。これをせずして上《うわ》っ面《つら》だけの軍事占領をつづけたところで成果はとぼしいし、君たちのためにもならない。世界の平和にも寄与しないだろう。

すなわちこれは、地球全体の正義である。私はそれを職務とすることにこの上ないよろこびを感じる。命を賭《と》すに値するであろう。

どうした、ショージ。

不満そうだな。

無理するな。はっきり顔に書いてあるよ。ジョージ・ワシントンの大統領就任以来たかだか百五十年しか統一国家としての歴史をもたぬアメリカ人ごときが何を言うか。たった一ぺん戦争に勝ったくらいで勘ちがいするな。そう言いたいのかな。正義の味方面《づら》するなと憤慨《ふんがい》しているのかもしれない。

いやいや、あるいは嘲笑《ちょうしょう》しているのか。歴史を知らないアメリカ人が「歴史を奪う」などとうそぶいたところで何ができるか。だいいち具体的には何をする気なのか。やれるものならやってみろ、何ができるかとね。

しかしショージ、君はもう、その計画に加担しているのだよ。

そこにいるミスタ・トーザイとともにな。わかるか？　君は商品を私に売った。『源氏物語』を、『延喜式《えんぎしき》』を、『武道伝来記』を、『伊勢物語』を、『江戸大絵図』を、毛利元就《もうりもとなり》の連署状を、

『どちりな　きりしたん』を、そのほか各種の古写経や古活字版や古文書を、ほとんどボランティアのような安い値段で私の所有に帰せしめた。ほどなく日本最高の貴族家である九条家からも蔵出しをさせて超一級の珍本を提供してくれるという。それなのだよ。それが私たちの計画なのだ。

私たちはこれから全力で日本の原典をあつめるだろう。神話、詩、散文、仏典、絵巻物、歴史書、手稿本《しゅこうぼん》……むろん時代も多岐《たき》にわたる。奈良時代、平安時代、鎌倉時代、室町時代、安土桃山時代、江戸時代。さしあたり近代の大量生産された洋装本には興味はないが、それ以前のいわゆる古典籍や古文書はすべて手に入れることをめざす。日本の古典籍は、古文書は、永遠にアメリカの本となるのだ。

むろん日本には置いておかぬ。すべて本国へ送致する。プリンストンかコロンビアあたりの大学に依託するか、専門の文書館のようなものを新たに設けるか。あるいは複数の州の図書館にわけて保管するのもいいかもしれないが、いずれにしても日本人は、こうなれば自国の歴史の研究がきわめて困難になるにちがいない。史料のなかのほんの一字、一行をたしかめる必要が生じるたび、いちいち渡航許可を申請し、ドルを買い、太平洋を横断しなければならないのだからな。たいへんな労力と金をついやさなければならないのだ。

その上さらに、君たちには難関が待ち受けている。

来ればば見せてやる、わけではないのだ。閲覧《えつらん》の可否はアメリカ人が決める。審査はきびしいぞ。しかるべき資格をもった人間がしかるべき研究目的を示し、しかるべき歴史観を提示しなければ書庫はひらくことがない。本文どころか表紙も題簽も見ることなく、手ぶらで帰国してもらう。ここで言う「しかるべき歴史観」とは、一義的には、むろん従来のそれの正反対ということだ。

いたずらに神話と天皇家をむすびつけることをゆるさないのは当然として、要するに君たちの元気が出るような歴史は書かせない。自己批判にみちあふれた、世界人類へ配慮した、謙虚で科学的で客観的な歴史観のもちぬしでなければ自国文献がおがめないということなのだ。

どうだ、いい案だろう。そのようにして私たちは日本から歴史を奪うのだ。そうしてまったく新しい歴史をあたえてやるのだ。日本人を永久に意気消沈させるために。二度と大それたまねができないように。もちろん日本人は、すでに有朋堂《ゆうほうどう》文庫や岩波文庫等で古典を翻刻している。私たちはそれを承知している。だがそれもいずれ刊行が制限されるだろうし、どちらにしても、翻刻の根拠はわが国にあるのだ。

これでわかったろう、ショージ。

除塵装置《ダスト・クリーナー》とは君なのだよ。君が私たちのために巨大な一個の機械となり、エンジンの出力を全開にして、日本中から古典籍、古文書を吸引するのだ。

そうしてアメリカに排出する。君のような有能な古書店主《ディーラー》が戦争で死ななかったのはほんとうに助かることだった。やはりあれは正しかったな。終戦前、B29による大量爆撃作戦によって東京を焦土《しょうど》と化せしめたさい、私たちの空軍が神保町を対象外としたことは。先見の明《めい》というか、用意周到というか。君はすばらしいアメリカの手先だ。ヨシマツもなかなかよくはたらいたが、君にはおよばない。あれは奇妙な男だったよ。

日本を、ともに無菌室にしようではないか。

快適かつ衛生的きわまる歴史の無菌室。もはや病気など生じようもなく、人々はみな健康で文化的な生活をいとなむことができる。これぞアジアにふさわしい真《しん》の近代国家のありかただ。

君たちはもうあんな失笑に値するものを野外に出さずともいい。あのような西洋人の猿まねをした楠木正成の騎馬像などという滑稽なしろもので天皇を装飾しなくても、堂々と世界人でいられるのだ。ありがたいことではないかね。

ショージよ。

君はもう、あともどりできないぞ。

言っておくが、この計画は、私個人の仕事ではない。連合国最高司令官ダグラス・マッカーサー元帥およびアメリカ大統領ハリー・S・トルーマン了解のもと、私をふくむ数名の高官と十数名の兵士によって綿密に立案され、実行されている公的な事業なのだ。

書籍の購入費も、ほんとうは私の財布から出ているのではない。アメリカ陸軍の機密費から出ている。いまさら君が手を引くことは、全アメリカ軍を、全アメリカ市民を、裏切る行為である。君はもう妻と四人の子供にあたたかい白米を食べさせてやれなくなるのだ。

私という有力な買い手がいなくなり、収入がとだえるという意味ではないぞ。

妻や子供がこの世からいなくなるという意味だ。このことは深刻に受け止めてくれたまえ。

そこにいるハリー軍曹が顔色ひとつ変えることなく約一か月前タカ女史にどんなことをしたか、

わすれたわけではないだろう。心配するな、特別なことはもとめていない。君に期待することはただひとつ、要するに従来どおり有能な古典籍専門の業者であってくれということだ。あしたからまた私を上客として遇《ぐう》してくれ。どんどん商品を見せてくれ。それで私たちは満足し、君は生活の安定を得、日本国は生まれ変わる。すべてが丸くおさまるのだ。

おっと、価格操作はしないでくれよ。市場の評価を無視した不当な高値はこっちのもっとも警戒するところ。GHQがつねに京都、名古屋、大阪等の市価を調査していることは付け加えておこう。私たちは気前のいい客ではあるが、愚かな客ではない。そのことは失念しないほうが君と家族のためだろうな。

さあ、話がながくなった。

すっかり暗くなってしまったな。まだ話したいことはいろいろあるが、それは後日。ミスタ・トーザイに聞くのもいい。ぜひまた近日中に岩崎邸へ来てくれたまえ。来るときは九条家の尤物《ゆうぶつ》をわすれずにな。

おやすみ。君の商売の発展をいのる。

## 7　抵抗軍《レジスタンス》

後日どころではない。アメリカ人たちがジープに乗って行ってしまうと、楠公像の下に立ったまま、

「話してもらおう」

庄治は、東西さんへ冷然と言った。

東京の電気はまだまだ復旧していない。お濠の対岸、日比谷あたりには多少灯光《あかり》があつまっているようだが、さほどの光量もなく、こちら側へはほとんど届かなかった。

いつのまにか、雲がしっとりと垂れこめている。霽《は》れれば月も出るのだろうが。

東西さんは、顔がほぼ闇にぬりつぶされている。

返事の声がしないので、

「最初のところから聞こうか、東西さん。あんたと芳松は、ふたりとも、少佐の言うダスト・クリーナーに加担してたんだな。いつからだ？」

「……戦後、まもなく」

「これはまた少佐も早手まわしだ。ふたり同時に？」

「はじめは、芳松が目をつけられた。芳松があたしを」

「ひっぱり込んだ？」

東西さんはうなずく気配を示して、

「相棒をきめろと言われたんだそうだ。ひとりじゃ心もとなかったんだろう」

「……俺じゃなかった」

「え？」

「芳松は、俺をえらばなかった」

庄治はうつむき、沈思した。事はただ古典籍に関する。それ以外には関係しない。芳松が加勢をたのむ相手としては、専門性からも、仕事をはなれた人間関係からも、庄治がもっとも適当ではないか。

（迷惑がかかる。そう思ったか）

思いやったのと、東西さんが言ったのが同時だった。

「芳松は、はりきってたよ。これであんたを越えられるって」

「越える？」

「あいつはあれで野心家だから。いつまでも風下《かざしも》に立ってるのが嫌だったんだ」

庄治は、絶句した。

かわいい弟だとばかり思ってきたこの五つ年下の同業者が、そこまで、

（思いつめてた）

ふりかえれば、庄治と芳松はたしかに兄弟のようだった。もともと丸善で見習いをしていた芳松がこの業界にとびこんだのは庄治にあこがれたが故のことだし、その後の仕事もそっくり庄治を後追《あと》いしている。神保町では、芳松は、誰もがみとめる小庄治だったのだ。
その小庄治も、しかし三十の声を聞くようになった。

妻をもらい、三人の子供を得て、人間として独立しつつあった。仕事もいよいよ脂《あぶら》がのった。そうなると庄治は目の上のこぶというか、独立をさまたげる最後の壁と見えたのだろう。虫が好くとか好かぬとかの問題ではない。実力ある人間が正当に向上心を発揮すれば、おのずから意識はそうなるのだ。

庄治というこの大きな存在を越えることができたとき、そのとき芳松は真《しん》の自尊心に酔うことができる。神保町一の、ということは日本一の古典籍業者《ディーラー》になれる。しかし現状では、その機会はおそらく死ぬまで来ないにちがいない。

(だから、受けた)

たぶん芳松は、少佐の申し出がうれしかったろう。もちろん逆らったら痛い目に遭うという恐怖心もあったろうが、いっとう根本《こんぽん》のところでは、少佐が自分に、庄治ではなくこの自分に、白羽《しらは》の矢を立ててくれたというのが、

(いちばんの、やる気のもとに)

だとすれば、相棒えらびに際しては庄治をえらぶはずがない。それはそれで正しかったか。東西さんは口がかたい上、神保町の顔役だから少佐への通りはよかっただろう。ふたりはこう

して戦勝国の手下となり、せっせと古典籍を国外流出させはじめたのだ。

「ばかが。芳松」

庄治は、つぶやいた。闇で見えない自分の靴へ、

「私《わたくし》のために大局を見うしないやがって。こんな亡国の計画に」

東西さんは、自分が責められたと思ったのだろう、

「ことわれば妻子に危害がおよぶ。あたしはそう言われたんだ。あの少佐に言われたんだよ。仕方ないじゃないか」

「仕方ないですな」

東西さんはどうでもいい。庄治はただ芳松があわれだった。いまごろはさだめし黄泉《よみ》の国でくやしがっているのではないか。あれほど遠ざけたかった庄治が結局、こうして計画の一員になってしまったのだから。

「ということは」

庄治は、ふと気づいた。顔をあげ、東西さんへ、

「俺を少佐に推薦《すいせん》したのは、もちろんあんたなんでしょうな？」

「もちろん」

「芳松の後釜《あとがま》？」

「ああ」

「ってことは、あの岩崎邸のときは少佐とは百年の知己《ちき》だったんですな。あたかも初対面みた

いに名のったり、握手したりしてたが」

「その前から」

「え？」

「その前から、少佐はあんたに網をかけてたんだ。芳松が死んですぐだと思う。あたしは見てないが、琴岡さん、猿楽町で襲われたんだろ？」

「ああ、あれか」

芳松が死んだ一週間後、庄治はふたたび現場をしらべるべく猿楽町の倉庫へ行った。そこで日本人の男に銃剣で刺されたのだ。

たまたま近隣をパトロール中だったハリー軍曹に助けられ、傷の手当てまでしてもらったが、いまにして思えばそれがもう、

（俺を漁《すなど》る、網だった）

庄治は、二の腕をさすった。たまたまなどではない。ほんとうに早手まわしなことだった。

東西さんは気の毒そうな口ぶりで、

「銃剣の男は、たぶん岩崎邸の庭師だよ。あれで少佐からボーナスをもらった」

「庭師……」

「満州からの引き揚げのとき妻子が川にながされたとか、そんな嘘もこしらえたって」

「おいおい、待ってくれ」

庄治は、にわかに声を大きくした。違和感がある。

（おかしい）

庭師のことではない。違和感のみなもとは、あの猿楽町の倉庫だった。あそこで芳松が死に、タカが死んだ。しかしさっきのハリーの話では、

「あいつはタカを殺したと言ったが、芳松を殺したとは言わなかった。うっかりしていた。俺はすべてGHQの陰謀だと思いこんでしまったが……」

庄治がつぶやくように言うと、

「芳松は、ほんとに事故死だよ」

東西さんは、あっさりと答えた。

「ばかな」

「ほんとだよ。芳松は生前、ちゃんちゃんと少佐のもとに通ってたんだ。少佐には芳松を殺す理由がない」

「だが少佐は、俺には『殺された』と言った。事故じゃない、殺したのはタカじゃないかって。だから俺はわざわざ五所川原くんだりまで……」

「だからそれは、あくまでも琴岡さんを引きこむための作戦さ。あんたは芯がある男だ。まっ正面から脅したところで計画には加担せん。まずは銃剣事件で恩を売って、すかさず芳松の死を調査させて関係をふかめる。ソ連のスパイうんぬんも作り話さ。そうして少しは報酬もやって、その上で加担させようと」

「じゃあ穴は？」

「穴?」

「言っただろう。倉庫の外壁に」

東に三つ、北にふたつ、西に三つ、南にひとつ。それぞれ内部の本箱に正確に対応している穴。東西さんは必死の声で、

「言っただろう。あたしはそんなもの知らない」

「解体を急いだ」

「それはさ、わかるだろ。あたしの身にもなってくれ。……うしろ暗い気持ちにもなる」

「どうだか」

「ほんとだよ。その穴もおおかた解体業者があけたんだろ。仕事のための目印か何か」

「あんたが芳松を殺したんじゃないのか?」

「理由がない!」

金切《かなき》り声が、四周にこだました。

まるでここが山あいの村ででもあるかのような複雑な、余韻《よいん》ゆたかな響きだった。顔がわかれば嘘かどうか見やぶれるかもしれないが、公平に見て、

(殺してない)

庄治の思考は、そちらへかたむいた。もとより解体業者の目印うんぬんは信じるに足りないが、そもそもこの東西書店主・柿川一蔵という小心者に人ひとりを殺すなどという大胆な事業が完遂できるはずがないのである。

（としたら、誰だ）

むろん望月不欠だろう。前後関係から見てまちがいない。しかし依然としてその正体はわからないどころか、しっぽすらつかんでいない状態がつづいている。

「望月不欠とは、誰なんだ？」

聞いてみた。東西さんは衣音《きぬおと》かそけく首をふって、

「それも、ほんとに知らないんだ」

「ダスト・クリーナー計画で使う架空の客の名前とかでは？」

「そんな必要ないよ。少佐は堂々と名前を出してる。さすがに受領書はくれないが、こっちは請求書をちゃんと出すし、宛名は少佐の肩書と名前だ。ゆくゆく古典籍所持の正当性、合法性を主張する根拠となるようにだろう、出金記録も」

「正当性、ね」

庄治は、鼻で笑った。ナポレオンのフランス軍がエジプトで古代の至宝ロゼッタ・ストーンを掠奪《りゃくだつ》したのも公式には「研究のため」だった。勝った者の謳《うた》う正当ほど非正当なものはない。

それはとにかく、

「それじゃあ望月不欠ってのは……」

「芳松の客だよ、純粋に。GHQは関係ない」

東西さんは断言してから、にわかに声音をやわらげて、

「そんなことより、琴岡さんさ」

「何だ？」

「あしたから、どうする」

意味がわからない。

「どういうことかな」

聞き返すと、

「決まってるだろ。あんたはもうGHQの納入業者なんだ」

庄治は、口をつぐんだ。

ようやく思い出したというより、思い出したくなかった。肺にずっしりと砂をつめこまれたような気分になった。

ふかぶかとため息をついて、

「さしあたり、感謝の念を抱くことにするよ。白木屋で売り上げゼロになり、万策つきた俺に救いの手をさしのべてくれた少佐とあんたへさ。おかげで俺はめしが食えた。妻子《つまこ》を栄養失調にせずにすみ、売国奴《ばいこくど》になった」

「そこまで思いつめることないよ。少佐も言ってた。審査に通れば閲覧できるって……」

「そんなわけないだろう」

庄治は、泣きそうになった。こんなお人よしが神保町の顔役なのか。

「ナポレオンがエジプト人にロゼッタ・ストーンを見せてやったか？　エジプト文献を読ませてやったか？　さんざんフランス人に研究させたあげく、戦争に負けてイギリスに投げわたしちまったじゃないか、エジプトには一言《ひとこと》もなしに」

東西さんは、しばしの沈黙ののち、

「……阻止しなければ」

声をふるわせた。

「やっと気づいたか」

「ああ……」

庄治は手をのばし、東西さんの肩と思われる場所をぽんと打って、

「たったふたりの抵抗軍《レジスタンス》だ。いのちを張らなきゃなりませんよ。東西さん、その覚悟があるか？」

「ある」

即答を聞いたとき、雲が霽れた。

にわかに月があらわれた。まるで人魂《ひとだま》のように闇にほわりと浮かんだ東西さんの丸顔は、首がちぢみ、庄治を上目づかいに見ている。いのちを張る覚悟などまったくないことを雄弁にものがたる仔犬の表情にほかならなかった。

†

六日後。

庄治は岩崎邸に行き、ボディ・チェックもなしに正門を抜けた。指示されたとおり撞球室の建物へまわり、なかに入る。

まだ午前中だが、休憩時間か何かなのか、十人以上の軍人がビリヤードに興じている。あちこちの台で1だの6だのの番号のついた象牙の球があるいは緑のラシャの上をころがり、あるいは球どうしぶつかって切れ味のいい音を立てている。階級章を見るに、どうやらみなファイファー少佐と同格程度らしかった。

「おお、ショージ」

ファイファー少佐が、気づいて木の棒をふりあげた。キューという名前らしい。

奥の台に尻をのせ、長い脚を組んでいる。庄治はぴくりと頬をうごかし、

「……」

目をそらした。

「持参したな、ショージ?」

「イエス」

「見せてくれ」

「イエス」

蚊の鳴くような声で言うと、庄治は無人の台をさがし、その前に立った。乱雑にちらばった球をぜんぶ四隅のポケットに落としてしまって、風呂敷づつみを置く。

つつみを、ひらく。

小ぶりの桐箱があらわれる。桐箱の蓋をそっと取り、脇へ置いた。なかには七冊の和本がかさねられている。いちばん上の題簽には、

おうき

庄治は一冊ずつ出してならべた。表紙は薄紫。台のラシャの緑とは最悪の色のとりあわせだが、何しろラシャはやわらかく、貴重な文化財を傷つける心配がないのに庄治はまず安堵した。気がつけば、台のまわりに全員があつまっている。

庄治はひとつ咳払いすると、

「一般に『小右記』と呼ばれる」

彼らの反応をうかがいつつ、英語で説明しはじめた。

「いまから約千年前、平安中期の貴族である藤原実資が書いた日記だ。実資自身が見聞きした約六十年もの出来事がじつにくわしく書いてある。天皇たちの行状はもちろん、食生活や地方政治の実態まで。平安期最高の史料のひとつだろう」

ファイファー少佐は、台をはさんだ向かい側に立っている。口笛をふいて、

「出どころは?」

「九条家」

「贋作《がんさく》やレプリカではないだろうな」

「琴岡玄武堂の仕事だ」

庄治はおのれの右目をゆびさして、

「一パーセントの疑いがあれば、客の目にはふれさせない。常連客でも、一見《いちげん》の客でも」

「値段は？」

「五千円」

即答した。ＧＨＱにとっては駄菓子を買うような値段である。

「ほかの品は？」

庄治はかぶりをふり、

「きょうは、これ一点だ。まずは俺の仕事を見てもらい、そっちの手続きを確認する」

話すあいだも、軍人たちが本をいじっている。ヤアとか何とか歓声をあげつつ、すべりどめの白い粉にまみれた手で表紙をめくる、字をなぞる。なかには本を伏せて持ちあげ、ばさばさと蝶《ちょう》のように上下させるやつもあった。故意なのか無邪気《むじゃき》なのか、おもちゃ同然のあつかいである。

その様子を見ながら、ファイファー少佐は、

「結構」
二、三度うなずく。満足そうな表情だった。
（そりゃ満足さ）

庄治は、冷静に思案した。『小右記』は、日本史のなかでも特に天皇を標的とする少佐の崇

高な義務感にもっともよく訴えるだろう。庄治がこれを最初の品にえらんだのは、むろん偶然ではないのである。

そうしてこの七冊は、正真正銘のほんものだった。贋作でもレプリカでもない。あれから熱海の蘇峰邸に行き、ぜひにと売ってもらった本そのもの。値つけの適正さもふくめ、どこへ出しても恥ずかしくない完璧な取引の申し出だった。

「オーケー、ショージ。これは本邸の事務室にもっていけ。マクドネルという女性事務官へ請求書といっしょにわたし、出金を受けろ」

「承知した」

「次回はもっと持って来い。毎回少なくとも三、四十点はおさめるんだ」

「承知した」

「ん?」

ファイファー少佐は、片目をすがめた。敵に対するような口ぶりで、

「従順だな、ショージ」

「君子《くんし》豹変《ひょうへん》す、ということばが東洋にはある。俺も君子ということだ。かんがえてみれば古い書物は燃えやすいからな。木造住宅ばかりで火事の心配が絶えないこの国よりも、貴国のりっぱな鉄筋コンクリート製ビルディングのなかで眠るほうがいい」

「本音か?」

「ちがう」

庄治はあくまでも無表情のまま、

「本音は、やっぱり文化よりも生活だな。めしを食わねば」

「それも本音ではなかろう?」

ファイファー少佐はまじめな目をして、首をかたむける。ほかの軍人はもう飽きたのか、新聞でも放るように『小右記』を放り、めいめいのゲームの台へもどりはじめた。庄治はひとつ舌打ちして、

「なぜ俺に尾行をつける?」

少佐は手をたたいて喜色をあらわし、

「さすがショージ。気づいていたか。私はそれを確認したかったのだ」

「気づかぬわけがない」

庄治は、憮然《ぶぜん》とした。あの楠公像の下で計画の全貌をあかされた翌日から、庄治は、どことなく背中に違和感をおぼえるようになったのだ。

街を歩いても、外食券食堂でめしを食っても、東海道線の汽車に乗っても。尾行者はときに国民服を着、ときに背広を着ていたけれど、ふたり組の日本人の男であることは毎度おなじのようだった。

「何のための尾行だ」

庄治が問うと、

「君は大事な計画の主演者《プリンシパル》なのだ。きちんと仕入れをしているか、名品をほかの客に売らない

かどうか、監視するのは当然だ」

「嘘をつけ。俺が『きちんと』しているかどうかは持ちこむ本の量と質でわかるだろう。わからなければ東西さんに聞けばいい。尾行の目的はほかにあるんだ」

「ないよ」

少佐は空《そら》っとぼけた。庄治はもう突っ込まなかった。

じつは見当がついている。おそらく少佐の目的は、わざと尾行に気づかせることなのだ。そうして庄治を心理的に圧迫し、この計画以外の行動をさせないようにする。

（人のこころを、知りつくしてやがる）

実際、ふたりの尾行者は、ことさら隠れようとはしていない。ときには庄治のすぐうしろで女の話さえする始末なのだ。

庄治がなおも、

「しかし……」

抗議をつづけようとすると、少佐はにわかに、

「ゲームにもどろう、マーク」

横にいた若い軍人の肩をたたいた。マークが人工的なほど白い歯を見せて、

「そうしよう」

と返事する。ふたりはさっさと行ってしまって、庄治はひとり、とりのこされた。

見おろすと、床に一冊落ちている。

まるで捺印《なついん》されたように靴あとが食いこんで、溝《みぞ》に砂がつまっている。しゃがみこんで手にとり、息をふくと、砂はきれいに払われた。溝もじき元どおりになるだろう。

（よかった）

立ちあがり、ラシャの上に置くと、のこりの六冊がばらばらに放置されている。一冊、また一冊とねんごろに桐箱におさめたが、最後の一冊は、よほど乱暴にひっぱられたのだろう、綴じ糸のところで表紙がざくりと切れていた。

（すまない）

庄治は表紙を手でさすり、本に話しかけた。なみだが目ににじむのがわかった。息子を死刑台へ送る父親のような気持ちだった。

（お前が、死ね）

わが身のふがいなさを罵《のの》りつつ、庄治は撞球室を出た。空はうららと晴れていた。

†

その後、庄治は、せっせと岩崎邸に足をはこんだ。

均《なら》せば一週間に一度ほどだったろうか。そのつど百冊以上をおさめた。百タイトルという意味ではない。一作品が複数冊から成ることも多いため（『小右記』なら七冊）、実際にはタイトル数は二十とか三十にしかならなかった。

もちはこびは、やや不便だった。

元来古典籍というものは薄く軽いものなのだが、それだけに嵩《かさ》が張る。ときに二百冊ちかくも搬入するときなどは東西さんの手を借りざるを得なかった。

「すまんが、ちょいと同道してくれませんかね」

東西さんのほうも、

――琴岡さんに機嫌をそこねられたら、事だから。

などと思ったのかどうか、この小僧同然の仕事をいつも最優先にしてくれた。ときには十五になる自分の息子に手伝わせることもあった。こうした便利を得て、回を経るにつれ、納入冊数は急速にふえたのである。

ファイファー少佐は、いるときもあった。いないときもあった。どちらも手続きはおなじだった。事務室でマクドネル女史に品物を見せ、請求書をわたし、金を受け取る。女史は独自に市価を調査しているらしく、わすれたころに、

「ショージ、あなた」

と値つけの理由を聞いてきたが、そのつど庄治は仕入れの経緯から仕入れ値、利益、その品物の来歴にいたるまで明快に述べたから深刻な値段交渉には発展しなかった。

気がつけば、軽口をたたく間柄になっていた。或るときなど、

「こんどの週末、ショージ、あたしを京都に連れて行ってくれるかしら。金閣寺《きんかくじ》が見たいの。

ホテル代は出してあげるわ」

などと言われたものだから、庄治はまっ赤になって、顔の前で両手をふり、

「あ、いや、こまる」

「残念ね」

日本人の女だったら、この一言で嫁のもらい手がなくなるだろう。冗談かどうかもわからない。こんなところで庄治はかえって国家規模の無力感にさいなまれる。

（敗戦《まけ》るわけだ）

おさめた品は、多岐《たき》にわたる。

まずは九条家売立物《うりたてもの》のこり。徳富蘇峰の仲介をあおいで九条家に伺候《しこう》し、払うものは払ってもらった。すでに立声堂へ行ったぶんもほぼ入手した。やはり買い手がつかなかったのだろう、立声堂みずからが業者の市《いち》へ出したのである。

つぎに、竹柏園文庫。

歌人・国文学者である佐佐木信綱がその生涯をかけて蒐集した厖大かつ名品ぞろいのコレクション。敗戦を機に整理したのを庄治がそっくり受け継いで、精査の上、八割方納入した。

地方出張もした。京都はもちろん大阪、名古屋など出版のふるい歴史をもつ大都市や、あるいは新潟、熊本のごとき一癖あるコレクターの住む街へ。どこも市況は回復しておらず、依然として、珍本佳品《かひん》がおどろくような安値で手に入った。承久《じようきゆう》の乱を起こして鎌倉幕府にやぶれ、佐渡《さど》に配流《はいる》されて死んだ順徳院《じゆんとくいん》の残簡十八枚を手に入れたのはこの新潟出張のときである。

それらを東京で少佐に売った。少佐がことのほかよろこんだのは、名古屋の業者から仕入れた検地帳を見せたときだった。

「検地帳？」

少佐ははじめ、気がなさそうだった。庄治はすらすらと説明した。

「天正《てんしょう》十年（一五八二）ころから豊臣秀吉がおこなった全国規模の土地調査だ」

「土地調査か。イギリス史でいうドゥームズデイ・ブックのようなものか」

いいかげんに言ったのへ、

「そうそう、それだ。あっちのほうが五百年はやいが」

と大きくうなずいてやったら、きゅうに身をのりだして、

「くわしく」

「この帳面は、そのうちの天正十七年（一五八九）、甲斐《かい》国の主要な神社について実施されたものだ。それぞれの神社はこの帳面にもとづいて土地の所有がきまり、格式と収入がきまるので、神道制度の研究には必須の好史料といえるだろう。発給者は伊奈《いな》忠次《ただつぐ》。ここに花押《かおう》がある。当時この地方をおさめていた徳川家康の代官頭だ」

「来歴は？」

少佐は、するどく問うた。いったいにGHQとの取引では、来歴が極端に重視される。価格が適切かどうか見きわめるのに必須の情報だからだろう。庄治はこれもすらすらと、

「明治三十六年（一九〇三）に山梨県の大《おお》地主が売立に出した。売立会の記録には五百円とあ

る。どうやら東京本郷の業者が落札したらしいんだが、それっきり、ゆくえが知れなかった」

「きょうの売り値は?」

「八千四百円」

「よろしい」

ファイファー少佐は、終始、相好《そうごう》をくずしていた。値段の適正もさることながら、アメリカ人というのは、イギリス史のつぼを押されると参ってしまうものらしい。

(単純なもんだ)

そんな日々が、二、三か月つづいた。

相場はいっこうに回復せず、売り値はいっこうに上がらなかった。日本人は、依然として、日本の歴史に見向きもしないのである。

ファイファー少佐の購買意欲はいよいよ上昇するばかり。一回あたりの納入冊数は、このごろは常時、三百をこえている。

†

家庭の食卓は、みるみる色の数がふえた。

毎朝ほっこりと炊かれる米の白。茄子の煮びたしの黒。ほうれんそうのおひたしの緑。ほうじ茶の山吹色《やまぶきいろ》。

いちごジャムの赤はさすがに、

「贅沢だ」

と庄治がゆるさなかったが、それ以外はみな御徒町《おかちまち》あたりのヤミ市で買える。かんたんなものだった。一度、さんまの塩焼きをやったときには、家の外がやかましくなった。妻のしづが気にして、

「やあね、野良猫ども。近所迷惑だわ。東京中から来てるみたい」

或る朝。

庄治がゆっくりと起きると、子供たちは茶碗一杯ずつの牛乳を飲んで学校へ出たところだった。

何となく拍子ぬけな気分で卓袱台に向かい、新聞をひろげる。

新聞は一年前のきょうのもの。やはり御徒町のヤミ市で古新聞がどっさりと藁縄《わらなわ》で十字にしばられて売られていたのを、ふと思いつくところがあり、買い入れたのだ。

十八円と案外高価だったのは、むろん燃料だからだろう。かりにも字である。燃やすにはしのびない。以後、庄司は、前年同月同日の記事を見ることを毎朝のいささか気づまりな日課にしているのだった。この日は、

「ん」

小さな記事が目にとまる。見出しは、

安倍《あべ》文部大臣
「学校教科新設を」

内容はおおよそ以下のとおりだった。いわく、安倍能成《よししげ》文部大臣は昨日夕、記者団に談話を発表した。こんど省内に委員会を設置し、小学校、中学校および高等学校の学制に新しく「社会科」を設けるべく識者の議論をあおぐことにしたという。

「社会科」は新生日本の切り札である。未来をになう生徒たちに民主主義の価値、国際平和のとうとさを理解させる最重要の教科になる。ＧＨＱの意見も聞いた上、なるべく早く実現させたい、うんぬん。

（ばかな）

庄治は、新聞を左右にやぶろうとして思いとどまった。反射的に、

（やつの差し金だ）

ファイファー少佐のにやにや顔が脳裡に浮かぶ。一年間まったく知らなかったのもわれながら間が抜けているが、何しろ生活難の日々だった。致し方ないことなのだ。

ちょうど飯《めし》びつを抱えて入ってきたしづへ、卓袱台を平手でたたきつつ、

「これを読め」

新聞をばさりと手わたした。しづがまだ読んでもいないうちに、

「うつくしいこと言ってやがるが、実際は、こいつは亡国の案だ」

「社会科は、日本人を骨ぬきにするぜ」

「亡国の案？」

まくしたてた。

国語、算数、理科、社会とならべれば一見ご立派なようだけれども、正味のところ、社会というのは寄せあつめ。歴史、地理、政治、経済、時事、修身などが体系的統一もへったくれもなく、ただ「その他大勢」よろしく押しこまれるだけなのだ。

戦前は、日本歴史（国史）が独立していた。国語、算術、理科とならぶ主要教科のひとつだった。それを「その他大勢」に入れるということは、つまり、

「日本人には、日本の歴史を勉強させせないってことだ」

当然、授業時間数は激減する。こんな教育を受けたら日本人は歴史に誇りが持てなくなる。日本人であることの自信をうしなう。新生日本どころのさわぎではない、永遠に地球の負け犬でありつづけるのだ。

「もちろん、文部大臣の発案じゃないさ。ＧＨＱの指図だろう。最後のところで『意見を聞く』とか何とか言ってるのが語るに落ちるというやつだ」

庄治は、顔のほてりがさめなかった。ＧＨＱはどうやらダスト・クリーナー計画に合わせて日本の教育制度そのものをも変えようとしているらしい。あるいは教育制度の変更が先で、そのいわば補強策として古典籍の浄化につとめているのかもしれない。

しづはしかし、新聞を読むと、

「関係ないじゃない」

あっさりと言いはなった。家庭の女そのものの疑問顔で、

「これ、一年前の新聞でしょう？　うちの子供も、学校で……」

庄治はただちに、

「子供の話をしてるんじゃない。俺の話をしてるんだ。この俺が、お前の亭主が、その日本史衰亡の片棒をかついでるんだ。あいつら一年前にもう」

と言い返そうとして、口をつぐんだ。しづには例の計画について何ひとつ打ち明けていない。最近よく本が売れるようになったのはＧＨＱではなく、熱海の徳富蘇峰がふたたび旺盛《おうせい》に買ってくれるのだと説明している。肝油をのみくだすように言葉をのみこんで、

「……そうだな。関係ない」

「何をそんなに怒ってるの？」

「べつに」

「おかしいわ」

（お前も当事者だぞ）

心のなかで大声を出した。当事者というより人質だろう。もしも庄治が不服従の意志を示したら、あるいは商品の納入をやめたら、ファイファー少佐はきっとしづを手にかけるにちがいないのだ。

しづだけではない。浩一も、正伸も、行雄も、よし子も、みな小さな死体になる。彼らは夕

カを殺すことに何らの躊躇をしなかった。殺したあとも平然としている。そうして日本の警察は捜査どころか事件があったことすら認識していないありさまなのだ。もっとも、認識したところで相手がＧＨＱでは見て見ぬふりをするにちがいないが。

（逃がすか）

日ごろから幾度となく思案していることだった。東京圏からかなり離れた田舎へと妻子を逃がせば、アメリカ兵の手はとどきにくい。まずは安心できるだろう。しかしその逃がすというのが、現実には、

（至難のわざだ）

庄治は二杯目のほうじ茶の茶漬けを食いつつ、顔をしかめた。なぜならいま、庄治には、四六時中尾行がついている。妻子といっしょに汽車に乗ったりしたら即座に報告が少佐へ行く。庄治の逆心があかるみに出る。

むろん庄治が送ったりせず、勝手に行かせるという方法もある。しづも汽車くらい乗れるだろう。けれどもこの極度に治安の悪化した社会情況では、その方法は、なるべく取るべきではなかった。女子供と見ればいつ強盗、脅迫、掏摸《すり》、かっぱらいに目をつけられるとも知れず、最悪の場合、五円十円の小金《こがね》のために皆殺しにされる。

（逃がせん）

むろん逃がす必要はないのである。このまま庄治が永遠に、ないし少佐に、

——もういい。

と言われるまでGHQの狗《いぬ》でありつづけるなら、少佐は何もしないのだ。

こうして白飯《しろめし》のおかわりもできる、妻子はまくらを高くして眠れる。このご時世、日々の平穏な生活ほど入手困難なものはないのだから、庄治は、家長としては、こうして牙《きば》を抜いて安眠をむさぼりつづけるのが正解なのだ。

「ごちそうさん」

庄治は三杯目を食べおわると、からんと箸を投げだして、

「それじゃあ、出るか」

よっこらしょと立ちあがった。しづは飯びつを持ちあげて、

「また蘇峰先生のとこ？」

「ああ」

「よく買うのね」

声が若干《じゃっかん》とげとげしい。最近はさすがに違和感があるのだろう。庄治は口笛をふきながら、

「何かの役職に就かれたらしいぜ。新聞社の顧問とか何か」

「ほんと？」

「ああ」

「戦時中あんなに軍部に協力したのに？」

「行ってくる」

仕事場から大きな風呂敷づつみを取ってきて、行商人よろしく背中におぶって玄関を出た。

陽ざしがまぶしい。もう午前九時すぎなので、通りには年寄りか女しかいない。

「ちがう」

歩みつつ、庄治は小声で、

「……安眠じゃない。仮眠だ」

みずからに言いきかせた。牙など抜いていない。ただ隠しているだけ。きたるべき乾坤一擲《けんこんいってき》の勝負のために。日本文化の大逆転のために。

そのためには、時機が要《い》る。

すべての条件がそろう日まで、何日でも、何年でも、

(猫を、かぶる)

行き先は、きょうも岩崎邸である。背後にヒタと男ふたりの気配がした。

†

何十度目かのとき、反応がかすかに変わった。

例のごとく事務室に行き、マクドネル女史のデスクに越後国林泉寺《えちごのくにりんせんじ》旧蔵「大般若経《だいはんにゃきょう》」ほか二十四タイトル百十余冊をふわりと積んで請求書をさしだすと、女史は本を横目で見てから、

「ショージ、あなた」

値つけの理由を聞いてきた。

毎度のことである。だがこのときは、その聞きぶりに小筆一刷《ひとは》きほどの悪意の色がうかがわれたのを庄治は見のがさなかった。しれっとして仕入れの事情を述べ、来歴を述べると、

「わかったわ」

女史はにっこりして、請求どおりの現金を金庫から出し、封筒にも何も入れぬ裸銭《はだかぜに》のまま、

「これで生たまごでも食べなさい」

うんと顔をしかめてみせた。アメリカ人は、たまごを生では食べないらしい。冗談ずきの女史にもどった恰好だけれども、庄治は、

「産む前の鶏《とり》を食うよ」

などと軽口をかえしつつ、金を風呂敷でつつむ手がふるえるのを必死でかくした。

（底が、見えた）

むろんＧＨＱはまだまだ資金が豊富だろう。アメリカ本国にたのんで追送してもらうのも可能かもしれない。だがとにかく、

（やつらの金庫も、無尽蔵《むじんぞう》じゃないんだ）

その推測はファイファー少佐のような帷幕《いばく》の内の政治屋ではなく、お金の出入りの最前線というべき一事務員の反応によって得られただけに、かえって微震計の針のような確かさがある。

数日後、庄治は、べつのところでも微震計を見た。

べつのところとは、駿河台《するがだい》下、東京古書会館での市会だった。

一般客の立ち入りのできぬ業者どうしの入札会。そこで毎週おこなわれる明治古典会という

主として明治以後の古書をあつかう会において、

「お」

会場は、たたみ敷きである。たくさんの洋装の本や叢書《そうしょ》がどさどさと列をなして置かれているなか、庄治はあざやかな青い革装の本のたばの前でひざをついた。二山《ふたやま》にわけて平積みされた上、まとめて麻縄でくくられている。庄治はわずかに顔を赤らめて、

「……有朋堂か」

つぶやきは、周囲をせかせかと行き交う同業者たちには聞こえないようだった。

有朋堂文庫は、和本ではない。明治四十五年から大正四年という短いあいだに集中的に刊行された、読者が手軽に古典にしたしむことを目的とする洋装活字本。判型はいわゆる新書判だが、刊行当時はまだ新書という語はなかったから三六判というべきか。戦争中はこれを背嚢《はいのう》にほうりこんで前線へ向かった学問ずきの兵もあるはずで、逆にいえば、この本は、珍品でも何でもない。

実際、庄治自身、これまで何度もこの市会でまのあたりにしているし、よその店先でバーゲン品になっているのも見たことがある。しかしそれらはたいていの場合、

(端本《はほん》だった)

つまり叢書のなかの一冊ないし数冊にすぎなかった。このように全冊揃《ぞろい》と出会うのは、案外、まれな経験なのだ。

全冊揃はなかなかの迫力だった。第一輯《しゅう》および第二輯それぞれ六十冊に第二輯別冊「総索引

総解題書」一冊をくわえた百二十一冊。庄治は、本のたばに顔を寄せた。

ずらりと横向きにならぶ本の背を見た。内容はじつに多岐にわたる。

詔勅集《しょうちょくしゅう》
源氏物語
七代集
謡曲集《ようきょくしゅう》
親鸞聖人文集《しんらんしょうにん》
名家随筆集
近松《ちかまつ》浄瑠璃集
御伽草子《おとぎぞうし》

などなど。もとより活字本だから、古典籍の読める庄治には、

――初心者向け。

という感じしかしないけれども、そこはそれ、この叢書が刊行を開始した明治四十五年というのは庄治自身のほぼ生まれ年なのだ。

若いころは庄治もやはりこのシリーズの端本で勉強したものだし、全冊を所有することに図書館を私有するようなあこがれを感じたこともある。いまは資金に余裕がある。商売をはなれた純粋ななつかしさから、

（座右に、置くか）

庄治は、札を入れた。

小さな紙に買い値と店名を書きこんで、おりたたんで、本の手前に伏せられたお椀《わん》の下へすべりこませた。ちらりと見たところ、お椀の下には、すでに他店主の入れた札が三つ四つある。

買い値は、上限八百円とした。

(あまいなあ)

手をひっこめつつ、ひとり苦笑いした。敏腕古典籍業者《ディーラー》にあるまじき感傷的な過大評価。当然わが手へ落ちるものと思って開札の声を聞いたところ、開札の声は、

「雪中《せっちゅう》さん」

「えっ」

本郷菊坂下《きくざかした》に店をかまえる雪中書房店主・川上博典《かわかみひろのり》が落札した。庄治は、競《せ》り負けたのである。

むろん、競り負けそのものは日常茶飯《さはんじ》事。べつに不名誉でも何でもないが、しかし庄治は、

(もしや)

感傷をすて、この出来事のもつ意味をかんがえた。おのずからファイファー少佐の顔が思い浮かぶ。閉会後、古書会館の出口で川上をつかまえて、

「いい値をつけたね。有明堂」

負けてくやしいという顔をしてみせた。川上は、五つほど若い。一瞬ながら、

——してやったり。

という感情をかくしもせず、

「琴岡さんも入れましたか」

「まあね」

「うちじゃあ出るんですよ。学生がね」

本郷の業者が「学生」といえば、これはもう東京帝国大学のそれに決まっている。前年からは女子も入学がみとめられたというし、名称も、より民主的な「東京大学」に変わる可能性があるというし、何かと活気づいている様子である。それが古書価にも反映したか。

(あるいは、べつに理由が)

庄治は、おのずから笑みがもれた。川上が眉をひそめて、

「何か?」

「いやいや。ありがとう」

川上とわかれ、ほかの少しの戦利品とともに、庄治は家をめざして歩きはじめた。この日もふたりの尾行がついている。庄治はときおり振り返りつつ、彼らを挑発するみたいに、

「時機《とき》が、来たぜ」

三度つぶやいた。たったひとりの抵抗軍《レジスタンス》が——東西さんも入れればふたりだが——とうとう旗をひるがえし、ファイファー少佐に牙を剝《む》くとき。

無数の戦闘機を撃ち落とされ、無数の軍艦をしずめられ、原爆を落とされ、無条件降伏をのみこまされ、国じゅうを土足でふみあらされた人類史上もっともみじめな敗戦国民がただ一発

の銃弾をも使うことなく、アメリカに、

――降参した。

と言わしめるとき。庄治はおのが胸に手をあて、そっと息をととのえた。

(行こう)

その前に、しかし大きな準備がある。庄治は家にかえるや、書斎に入り、机に封筒を置いてペンを取った。

宛先は、小山《おやま》書店。

ファンレターじゃあるまいし、かんがえてみたら、新刊書の版元に手紙を書くのは生まれてはじめてのことだった。

†

翌日から、庄治は、いっそう足しげく岩崎邸に出向いた。

ただし持参する古典籍はへらした。平均すると一回あたり二十冊ほどか。ファイファー少佐は、

「最近、少ないな」

「来る回数をふやしている」

「質も、やや落ちたようだ」

「マーケットとは原野だ。追い風のときもある。むかい風のときもある」

「もっと見せろ」

「努力する」

こんな会話があった次のときは、言われたとおり、佳什《かじゅう》をたくさん持参した。そのぶん値も張るわけだが、GHQは、ないしマクドネル女史は、あいかわらず現金一括で支払いをした。出ししぶりの影もかたちもない、さっぱりとした取引だった。

庄治のこの行動は、じつのところ、大した意味はない。

要するに時間かせぎというか、あまり毎回おなじように仕事をしても、

（かえって、たくらみを疑われるか）

その程度の配慮だった。たくらみ自体が単純だったからだ。

――値あがりを待つ。

これに尽きた。これまで鰈《かれい》や鮃《ひらめ》よろしく海の底を這《は》っていた古典籍の値段が、釣り針にひっかけられたかのように突如《とつじょ》として上昇する。その日が来るのを待つだけが、煎《せん》じつめれば、庄治の作戦にほかならなかった。

そのきざしは、すでに得ている。

あの有朋堂文庫の競り負けである。あれが想像以上の高値で落ちたという事実は、それ自体はもちろん本郷限定の学生相場にすぎないけれども、庄治の見るところでは、これもまた、

（微震計）

その背後には、国民全体の関心があるにちがいないのだ。惨敗、占領という大事件にいちどは放心した日本人がふたたび意識をとりもどし、自信をとりもどした兆候が。

むろん、まだまだ微震である。激震ではない。激震になるには何かひとつ、

（きっかけが、あれば）

小策を弄《ろう》しつつ岩崎邸にかよううち、庄治は、新聞の一面の下のほうに小さな見出しをみとめた。

国民学校にて

歴史の授業再開さる

例の、御徒町で手に入れた古新聞である。

いつもどおりの朝だった。長男の浩一、次男の正伸、三男の行雄はこの日も卓袱台のどこからどこまでが自分の領土かなどという不毛な理由で口論し、海苔《のり》の佃煮《つくだに》と漬物でそれぞれ白米を三杯おかわりしてから、

「いってきまーす」

「いってきまーす」

「いってきまーす」

と声をかさねて出て行った。行き先は小学校。むかしの国民学校だ。庄治はようやく安堵の

息をついて新聞をひろげ、あらためて記事に目をとおしたのである。

記事のなかみは、簡潔だった。

GHQの命令により、昨年十二月来《らい》禁止されていた国民学校での歴史の授業がふたたびおこなわれることになったという。あたらしい教科書は『くにのあゆみ』という題で、神話ではなく、考古学的事実から叙述がはじまる。皇国史観を完全に排した科学的、合理的歴史教育の時代が来たのである。うんぬん。

「来たぜ、しづ」

庄治は、凪《なぎ》のような口調で告げた。

しづは卓袱台のむかいがわにいる。となりにお行儀よく尻をすえた三歳のよし子へ、にんじんの葉の入った粥をふうふう息でさましつつ一匙《ひと》あたえてやってから、

「来た？」

「うん」

「何が？」

「読んでやる」

庄治はばさりと音を立てて新聞をひろげなおし、見出しと本文を音読した。新聞をたたんで卓袱台に置き、われながら興奮をおさえきれぬ声で、

「内容なんかどうでもいい。俺たち日本人は、とにかく天下晴れて歴史が勉強できるんだ。子供はもう戦前の教科書のあちこちを墨でぬりつぶす必要はないし、おとなは自分の受けた教育

を恥じる必要はない。あたりまえの日本人があたりまえに日本史に関心をもって本を買う、古典を読む。そういう時代がとうとう来たんだ。こいつぁ火がつくぜ」

「一年前の記事でしょう?」

「だからこそ、ありがてえのさ」

火とは、もちろん古書価のことだった。あるいは日本神話と関係がふかい『古事記』や『日本書紀』、ないし本居宣長《もとおりのりなが》『古事記伝』のごとき研究書はかえって値が下がるかもしれないが、それ以外は、

(底を打った)

庄治は、樫《かし》の実が地に落ちたかのような生《なま》な手ごたえを感じている。

教育は、効果があらわれるまでに時間がかかる。子供の心が動かされ、それが大人のそれにおよび、なおかつ古書価に反映されるまでには、

(一年)

というのが、この場合の庄治の予感だった。

根拠はない。長年の経験もまあ根拠といえぬこともないけれども、結局は相場カンだった。あの十二歳にしてすでに身についていた、立声堂の先代・高井嘉吉をすらも驚嘆させた相場カン。

御徒町のヤミ市でわざわざ古新聞をどっさりと買い、それを毎朝、読んでいるのも、その記事にいずれ何かしら追い風のきっかけが見つかると信じていたからだったのである。

そうして、見つけた。

「よし」

庄治はばたりと箸を置き、立ちあがり、

「行ってくる。少佐殿のところへ」

†

ファイファー少佐は、昼食中だった。

芝生の庭をはさんで母屋とむかいあう小さな洋館のダイニング・ホールで、三、四人の同僚とながいテーブルをかこんでいた。スパゲッティというのだろうか、支那そばの麺《めん》に似たものを浅い皿へだらだら広げて、その上にバターの香りのする緑色の汁をかけ、汁ごとフォークで巻き取って口へはこんでいる。紡績機械のように見えた。

庄治はつかつかと入っていって、

「新聞を読んだ。ありがとう」

少佐はフォークの手をとめ、こちらを向いて、

「何に対して？」

「あんたたちが、わが国の未来ある子供たちへ歴史の勉強を許可してくれたことに対して」

「私の担当ではない」

そっけなく言うと、少佐は、同僚たちへ肩をすくめてみせて、

「すでに地理の授業は再開させている。歴史のみ再開しないのは意味をなさない。だいいち一年前の話だ」

「ハハハ」

と、同僚たちは陽気に笑った。どこがおもしろいのか庄治にはわからないが、おそらくは、

（余裕の誇示、か）

どっちみち地理も歴史も、ほかの政治、経済などとともにもうすぐあの「社会科」のうさぎ小屋におしこめられる。いわば三日天下にすぎないのだ。その三日天下でさえ、内容はGHQの意のまま。彼らは歴史から神話をきりはなし、皇国史観を追放することに成功した。もはや日本人と日本史の関係を、

——完全に、支配下に置いた。

そう信じているようだった。さだめし昼めしも旨《うま》かろう。

「きょうの品は？」

少佐が聞き、フォークを皿に突き刺した。くるくると螺旋《ねじ》をひねるように右手をひねる。庄治はわざと卑屈《ひくつ》な調子で、

「感謝のしるしに、特級品を」

「ほう」

「これです」

テーブルの誰もいないところへ行き、風呂敷づつみを置き、結び目をといた。なかには二枚の封筒。そのうちの一枚から出したのは、あずき色の布だった。

布のサイズは菊判ほどで、その上に、つくりかけのジグソーパズルよろしく白い紙片が貼りついている。一片あたりの大きさは概して右上のほうが大きく、左下へ向かうにしたがって小さくなっていた。

そのぶん、数はふえていく。もともとは縦長の長方形の一枚紙だったのが、長年の風化のため、ぼろぼろになったのだ。あずき色の布はもちろん裏打ちである。

「何だ、それは?」

誰かから聞かれると、庄治は、先生に質問された生徒のように明快に、

「役所帳簿の残欠」

「帳簿?」

「奈良時代、日本ではすでに中国ふうの高度な官僚制がととのっていた。ここに『二斗六升』という墨書《ぼくしょ》が見えるが、おそらく米の支給に関するものだろう。一種の給料だったのかもしれん。俺の知るかぎり、日本最古の紙の文献のひとつ」

「奈良時代とは、何年前だ?」

と聞き返したのは、同僚たちに教えろという意味だろう。庄治はうなずいて、

「千二百年。少なくとも」

即答すると、全員、

「アア」

というような呻《うめ》きをあげ、それきり絶句してしまった。

『小右記』よりもはるかに昔なのである。たかだか三百数十年の歴史しかもたないアメリカ人にとっては、それこそ洪積世《こうせきせい》とか沖積世《ちゅうせきせい》とかいう考古学的時代とさほど変わらない感じなのではないか。もっとも、

（人のことは、言えないな）

とも庄治は思う。ほとんどの日本人もあの時代にここまで組織的な書類仕事がおこなわれていたとは知らないし、その残欠がこんにちのこっているとも知らないのだ。庄治はしれっとして、

「値段は聞かないのか？」

「あ、ああ」

「七万円」

「七万！」

少佐はむりやり口中のものを呑みくだしてから、

「わかっているな、ショージ。こっちは市価を調査している。不当な高値は……」

「市価の調査なら、この品に関しては手間をはぶいてやる。前回、世に出たのは、四十九年前の明治三十年（一八九七）七月、興福寺清浄院《こうふくじしょうじょういん》門跡の売立会のときだ。十八円という記録がのこっている。どうだい？　何の参考にもならないだろう」

「む、む」

「そこでこの品を購入されたのが、歌人、国文学者であり、のちに第一回文化勲章を受章することになる佐佐木信綱博士だった。この名前、もちろん聞きおぼえがあるだろうな」

少佐は、ぷいと顔を横に向けた。GHQの仕事をはじめた当初、庄治がさかんに納入したのが佐佐木信綱のコレクション、竹柏園文庫からの出品《でじな》だった。あれも一流品ばかりだったけれども、この日のため、超一流は秘蔵していたのだ。

「この裏打ちも、博士が差配されたものだ。最高の布に最高の糊《のり》、最高の職人をみずから京都でえらばれてね。大切にしろ」

「虎の子の品物《アイテム》、というわけだな」

少佐が苦笑いする。庄治ははっきりと首をふった。こういうとき英語は日本語よりも便利だ。

「アイテムじゃない。アイテムズだ」

「え？」

庄治はテーブルに目を落とし、もう一枚の封筒をかざして、

「竹柏園を軽視するな。さらなる故物《こぶつ》を買ってもらう」

「最古の文献と言ったではないか」

「最古の紙の文献と言ったんだ」

庄治はむぞうさな手つきで封筒へ手を入れ、それを抜いた。たしかグリーンという名前だったか、少佐の右の席の太った男が、

「何だ、それは。ヤキトリの串か？」

「木簡《もっかん》」

庄治はそれを右手ににぎりなおし、突き出してみせた。

ながさ二十五・〇センチ、幅二・八センチという物差しのような木片で、上部の左右にそれぞれ三角の切れこみが入っている。しみついた褐色《かっしょく》のよごれは多いし、木目もごつごつ浮き出ているが、相手に向けた表面《おもてめん》には、

□野王子御□進海鼠□□

のたぶん十一字が墨書されていた。□は、汚れないし白っぽい擦過傷《さっかしょう》のため判読不可能な字。

「こっちも」

庄治は、くるりと裏面を見せた。こちらには、

能登国□□□年

の七文字か。おそらく能登国《のと》で産した海鼠《なまこ》の干物を平城京の「□野王子」に献上した、その荷につけた札だろう。上部の切れこみは、あるいは荷をしばる紐にひっかけるためのものか。

「単なる荷札にすぎないと思うか？」

庄治は左手の人さし指を立て、ちちちと舌打ちしながら左右にふってみせ、

「ちがうなぁ。干し海鼠っていうのは税金なんだぜ。当時としてはもっとも美味で、もっとも長期保存のきくもんだからな。当時の朝廷が、あんたたちの大好きな天皇一家が、どんなふうに全国を支配していたかが具体的にわかる物的証拠にほかならないんだよ。将来、何らかの科学的方法が開発されて不明のところが判読されれば、従来の奈良時代像そのものが変わるかもしれん。日本じゃあ、史料っていうのは、紙製品ばかりじゃないんだ」

ファイファー少佐は、麵を巻くこともわすれて、

「ら、来歴は？」

のどを鳴らした。庄治は冷酷に、

「ない」

「ない？」

「正真正銘のウブ出しだよ。博士に聞いた入手の次第は、こんなふうだ」

庄治は説明した。この木簡はもともと正倉院におさめられていたと思われるが、その後、流出したらしい。最終的にはおなじ奈良にある薬師寺《やくしじ》の高等院《こうとういん》という塔頭《たっちゅう》の宝物庫《ほうもつぐら》におちついたが、これが明治初年にいたり、廃仏毀釈《きしゃく》の荒波をまともにかぶることになった。

廃仏毀釈とは、発作的な仏教弾圧である。

神道、ことに平田《ひらた》国学の支持者が全国でむざんに仏寺を焼き払い、仏像、仏具をぶちこわした。その被害をこうむったのである。たかだか木簡一枚など竈《へっつい》の薪になりかねないところ、

博士があやうく飛びこんで、

――そう見えないが、これはたいへん貴重なものだから。

と破壊者どもを説得し、無償でゆずり受けたという。

「つまりこの木簡は、千二百年以上ものあいだ、ただの一度も値段をつけられたことがない。前回の売立会でうんぬんというような『前回』そのものが存在しないんだ。誰にも文句は言われんだろうな、俺がここで十一万四千円の価値を主張したところで」

「暴利だ！」

少佐は、青い目をひんむいた。庄治はその目をまっすぐ見つめて、

「あんたには買わない自由がある」

少佐はフォークを置き、

「とにかく、よく見せろ」

腰を浮かし、こちらへ足をふみだした。庄治はさっと木簡を封筒のなかへ入れてしまう。

「なぜ見せない」

「手」

庄治は、少佐の右手をゆびさした。

「バターの汁でべっとりだ。国宝級だぞ。石鹼でよくよく洗ってこい」

「あ、ああ」

少佐はきびすを返し、ふらふらとテーブルのむこうがわへ行き、奥のドアから廊下へ消えた。

ふたたびハンカチで手をふきながら入ってくると、こんどは他の連中が部屋を出た。やはり手を洗いに行ったのだ。ふたたび部屋にそろったところで、庄治は、

「来いよ」

全員を左右にあつめた。

彼らに順ぐりに木簡にさわらせた。彼らは生まれたての赤んぼうを抱くようにして両手でこわごわ木簡をもちあげ、胸もとへ引き寄せた。庄治はさばさばと、

「日本には、こんな塵《ダスト》がまだまだあるんだ。竹柏園ののこりも七、八点あるし、ほかにも徳富蘇峰氏の成簣堂文庫、旧朝日新聞社主・上野《うえの》精一《せいいち》氏の上野文庫、元宮内《くない》大臣・渡辺《わたなべ》千秋《ちあき》伯爵の文庫、それはもう凡書なんか一冊もない。ぜんぶ排出しなくちゃなあ」

少佐は、一円も値切らなかった。

二点とも買いあげた。マクドネル女史は躊躇したが、少佐からの伝言を聞くと金庫の扉をあけて、

「戦車が一台買えるわよ」

冗談とも威嚇《いかく》ともつかない口調で言いながら金を出した。

「ありがとう」

翌日から、庄治は毎日おとずれた。それもかならず午前中、少佐が朝めしを食い終わるころ。さすがに木簡はもう在庫がないけれども、ここぞとばかり、視覚的要素の大きいものを連日のごとく投入した。

鎌倉時代写「平家物語絵巻」、文和《ぶんな》三年（一三五四）写「長谷寺《はせでら》縁起絵巻」などの巻子本《かんす》。九鬼《くき》男爵家旧蔵「洛中洛外図屏風《びょうぶ》」や俵屋宗達《たわらやそうたつ》「天橋立図《あまのはしだてず》」などの屏風絵。さらには軸物に仕立てた頂相《ちんそう》、山水画、文人画。額装の書跡。和歌や俳句の短冊《たんじゃく》。

それまで納入したのが文字中心の冊子本ばかりだったことをかんがえると、内容の点でも、形式の点でも、われながらまるで、

（業態を、変えたみたいだな）

値段は、総じて高くなった。もともと市場では、

——字の本よりも、絵の本。

と言われるくらい値段に差があるものなのだ。むろん品物にもよることだが、古典籍の文字は、ことにいわゆる崩し字は、読むのに時間と修練がいる。絵なら一見《いっけん》でわかるからだ。早い話が、字の読めぬ人には「源氏物語」も「平家物語」もおなじだが、絵なら「源氏物語絵巻」と「平家物語絵巻」を見くらべれば違いは明白。光源氏《ひかるげんじ》は歴戦の勇士ではないし、平《たいらの》景清《かげきよ》は女あさりの名人ではないのだ。

当然、アメリカ人にもわかる。

少佐にもわかる。少佐はどの絵を見ても、

「気に入らない」

とは言わなかった。なまじっか内容が察しがつくだけに言いづらかったのだろう。庄治の思うつぼだった。もっとも、値段を聞くと、

「そんなに取るのか」

顔をしかめることはあった。庄治の答はしばしば、

「ウブ出しだぜ」

うそではない。客に人気があるということは、そもそも市場に出にくいのだ。

なぜなら、所有者が手ばなさないのである。敗戦の混乱のあおりを受け、急ぎの金が必要になると、彼らはたいてい字の本から売る。絵の本にウブ出しが多い所以《ゆえん》である。少佐は、日に日に不機嫌になった。

「おはよう」

と庄治が手をあげると、ながい人さし指でこつこつテーブルを鳴らして、

「また来たか」

露骨にいやな顔をする朝もあった。庄治がこの計画に加担してから、もう一年以上が経っている。出費が想定以上なのだろう。あるいはとつぜん、

「まけろ」

と言いだすかもしれないと警戒したが、それを言うときは、少佐はかならず彼らの調査を根拠にした。まっとうな価格交渉の域を出なかったのである。

(それはそうか)

庄治は、ほくそ笑む。そんなことをしたら、この計画のそもそもの見通しが、

——誤りだった。

とみとめることになる。おそらく少佐は、この売買を、もはや少佐と庄治というより、

——アメリカと日本の、決闘だ。

と見ているのだろう。金庫に金がなくなるのが先か、日本に一流の古典籍がなくなるのが先か。

すなわち、国家どうしの文化戦争。であれば少佐はなおさら示威や恐喝《きょうかつ》には出られないのだった。栄光あるアメリカの軍人が、アメリカの顔に泥をぬるわけにはいかないのだ。こういう点、

(俺も、おなじさ)

庄治には、みょうな仲間意識が感じられた。おたがい祖国をせおっているということか。もっとも、少佐が負けてもアメリカ文化はほろびないが、庄治が負けたら、

(日本は)

その日のことは、あまり想像したくない。

†

その後。

戦況は、いよいよ庄治に有利に展開した。

絵の本だけでなく、字の本もいよいよ高値で攻めることができた。少佐が、

「なぜだ」

と問うたら、庄治はこんどは、

「俺だけじゃない。世間の相場が高いんだ」

そう答えることができたのである。

これもまた真実だった。二か月前、古新聞であの国民学校における歴史教育の再開を報じた記事を見たあたりから、古典籍は、にわかに市価が上がりだしたのだ。

それは、顕著な現象だった。

庄治の日常の範囲内でも、都内各所の市会において何でもない品が一割増しになり、二割増しになり、ものによっては五割増しになった。復活した歴史授業からは除外された『古事記』や『日本書紀』の写本、およびその研究書でさえ例外ではなかった。

物価全般があいかわらず激しいインフレ傾向にあることを考慮すれば、この値あがりは、今後しばらくつづくだろう。

(やはり、一年)

すなわち庄治は、結果として、最高のタイミングで勝負をしかけたことになる。あの新聞記事を見て、

――ラストスパート。

とばかり虎の子をくりだした自分自身をほめてやりたい気がしたが、それも結局は、庄治ひとりの手柄ではない。

（日本人みんなが）

そのことを、庄治はみとめないわけにはいかなかった。

「……みんなが、日本の歴史を信じはじめた。ああ」

庄治は、暗闇のなかで声をもらした。

胸が熱い。うっかりすると呼吸困難になりそうだった。

ふりかえれば、

（白木屋だった）

あの即売会でまったく客に来てもらえず、心のなかでおなじ日本人を呪いに呪った数日間こそが海の底だったのだ。

底の下には、もう底はない。あのときは桃山時代の光悦本『方丈記』が五千円でも売れなかったが、その後、やはり雁皮紙《がんぴし》に雲母《きら》刷りという同程度の本を入手したところ、それは三日前、じつに一万四千円という高値でファイファー少佐へおさめることができた。相場の援護射撃がなければ、こうまで強気には、

「……出られなかったさ」

そのときの少佐の顔を思い出して庄治がうっそりと笑ったとき、玄関のほうで、
ぴしっ
という音がした。

小さいけれども、鞭《むち》をたたきつけるような音。夜中の二時にしてはむやみと鋭いが、音はふ

たたび鳴ることなく、世界は静謐《せいひつ》をとりもどす。

(気のせいか)

庄治はいま、暗い天井をながめている。

自宅の寝間《ねま》であおむけになっている。ふだんめしを食ったり新聞を読んだりする茶の間のとなり、六畳の部屋だった。まな板のように堅く平たい枕の上で、頭を左へころがして、

「浩一」

「行雄」

返事なし。右へころがして、

「正伸」

「よし子。……しづ」

やはり返事はなかった。

室内は闇で、何も見えない。

いまごろ幸福な夢の世界をとびまわっているのかもしれなかった。彼らはみな庄治の仕事を知らなかった。しづにだけは得意先がGHQであることを告げたけれども、そのこと自体、

——他言《たごん》無用だ。

ときつく念を押していたし、まして彼らの恐るべき計画や、それに対する庄治の乾坤一擲の大勝負やについては何ひとつ告白していなかった。話したら、

(心配させる)

庄治は、たったひとりで戦っているのだ。

「わかるか?」

庄治は、また左へ頭を向けた。

「なあ、わかるか、お前たち。お父さんは偉いんだぜ」

おどけ声が、漆黒《しっこく》の空間へ吸収される。庄治は苦笑いして、ごくごく小声で、

「少佐は、このままですますかな」

つぶやいたとたん、また玄関のほうで音がした。

ぴしっ
ぴしっ
玄関の内か外かわからない。しかしたしかに、これまで約十年ここに住んで一度も耳にしたことのない種類の音である。音そのものに害意がある。

(やつら)

庄治は、首すじが冷えた。

## 8　太《だ》宰《ざい》治《おさむ》

暗闇のなかで耳をすますと、音はしかし、玄関からではない。おそらく玄関とつづきになっている、北側の、

（壁か）

庄治はふとんの上で中腰になり、そちらを注視した。ぴしっという音がひとつ立ったび、壁がふるえ、家全体がきしむ気がする。

壁のむこうは、寒風ふきぬける路地である。そこで誰かが何かをしている。何度目かの音とともに、

こつり

と壁が悲鳴をあげ、砂の落ちるような音がした。

ほぼ目の高さに、星がひとつあらわれた。

ほんものの星なら五等星くらいの、ぽっちりとした、あらかじめ記憶のなかに存在しなければ気づきようもない黄色い点だった。

（穴）

庄治は、眉をひそめた。猿楽町の芳松の倉庫。すでに解体され、この世から消されてしまったあの建物の壁には、東に三つ、北にふたつ、西に三つ、南にひとつのそれがあった。芳松の命をうばった極小のきざし。それがふたたび庄治の目の前にある。

ぴしっ、ぴしっの正体がようやくわかった。たぶん戸外の賊《ぞく》が、細釘《ほそくぎ》のようなものを打ちこんでいたのだ。金槌をふるったのか、それとも特殊な銃か何かをもちいたのかはわからないが、穴の色が黄色なのは、これはもちろん、月光が洩れ込んでいるのにちがいなかった。

ただし、ここには本箱はない。

もともと二本あったのだが、芳松の死ののち、しづが、

——夜中に地震でもあって、子供の上にたおれたら。

と言いだしたので、かたづけた。だいぶん前のことなのだが、賊はそれを知らないのだ。だから庄治に対しても、こうして芳松とおなじ処刑方法を、

(えらんでいる)

穴から、細い金属管がさしこまれて来た。

と同時に、壁のむこうで、こんこんという音が立ちはじめた。近所迷惑にはならぬほどの、しかし存在感ある機械音。壁のこちらがわ、金属管の先からはしゅうしゅうと湯の沸《わ》くような高鳴りがしはじめる。

(ちがう)

庄治は、思いなおした。本箱などを使う気はない。賊はいま、芳松とはべつの方法で自分を

殺そうとしている。

どんな方法で？

庄治はわずかに首をかしげた。その拍子《ひょうし》に、

「うっ」

くしゃみを二度した。みょうな臭いがする。無数の毬《いが》を散らしたような強烈な刺激の奥に、甘やかな、ほとんどとろりと形容したい何かがあった。どこか人を童心にみちびくような蠱惑《こわく》的《てき》なそれの正体は……。

「ガソリンだ」

庄治は、全身に鳥肌が立った。壁の外ではなおも機械音。こんこん。こんこん。コンプレッサーをそなえた噴霧機《ふんむき》のようなものか。金属管を通じて送りこまれているそれは、室内で気化しているのにちがいない。庄治は、氷を押しつけられたように頬がつめたくなった。

ふりかえり、

「しづ！　子供たち！　起きろ！」

さけぶや否や、ふとんを飛びこえた。

賊とは反対のほうへ跳躍したことになる。雨戸を蹴やぶると、視界がにわかに広がった。せまい庭の植えこみや、垣根や、しめった土の色までが月あかりでわかる。庄治はその土へとびおりて、塀《へい》をのぼり、となりの家の庭へおりた。

左へまがり、門から通りへ出る。

通りを少し北へ行き、路地を左へ入れば、そこでは賊が、ないし賊たちが、ガソリンの霧を送りこむ作業に熱中しているはずだった。そいつらの顔を、

（おがんでやろう）

足をふみだしたとき。

ぱん。

紙風船の割れる音がした。ふりあおぐと、庄治の家の上空は、そこだけ月よりも明るくなっている。家そのものは屋根くらいしか見えないけれども、その屋根が、ちらちらと炎の舌を敷いていた。壁に火をつけたか、あるいはガソリンが静電気か何かで発火したか。

賊の目的は、これだった。

庄治を圧死させるのではなく、焼死させること。火災という不慮の事故により家族もろともこの世から消してしまうこと。ついでに高価な古典籍も、現金もみんな灰にしてしまうこと。あるいはこちらが主目的かもしれない。この時代、商店主は、銀行への預金など泥棒に金をあずけるようなものなので、みな売上げを札束のかたちで手もとに抱えているのである。

となれば、賊の正体は、もちろんファイファー少佐の手の者だろう。

おそらく三、四人で一組をなしていて、なかにはあの快男児、ハリー軍曹もいることだろう。彼らこそは庄治を殺す目的も、手段も、自信も、度胸も、みな持ち合わせている唯一の存在なのである。

家のなかからは、悲鳴は聞こえない。

子供があばれたり、駆けたりするような物音もしない。ただ静かに火が爆《は》ぜるだけだった。庄治はきびすを返し、近所中にひびけと、

「火事だっ」

とさけんでから、南へむかって走りだした。近所から、

「きゃっ」

という女の悲鳴や、

「琴岡さんとこっ」

という男の怒号が湧きはじめる。賊たちは、もう撤兵しているにちがいなかった。庄治は走りつつ、

(どこへ行こうか)

反射的に、東西さんの顔が思い浮かんだ。がしかしファイファー少佐はもちろん彼へも手を打っているはずだから、事によると、そちらの賊と出くわすかもしれぬ。

おどろきと混乱のあげく心臓をふいに撃ちぬかれる可能性をかんがえると、身を寄せるのは、べつの場所であるべきだった。

「よし」

駿河台下へ出て、お茶《ちや》の水《みず》への坂をのぼりはじめた。

夢中でのぼると、東大赤門《あかもん》前へつづく通りに出る。しかし赤門までは行かず、手前で左へ折れた。入り組んだ、しかし山の手らしい落ち着きのある本郷の家なみに踏みこんで、本妙寺坂《ほんみようじざか》

という小さな坂をおりた半ばのところに雪中書房の店がある。店の戸は閉まっているが、幸いにも、戸のすきまから電灯のあかりが洩れていた。本の仕分けでもしているのだろう。

とんとんと指のふしで戸を打って、

「雪中さん。俺だ」

しばらくして、声だけが、

「琴岡さん？」

「ああ」

ほんのわずか戸がひらき、雪中書房店主・川上博典が顔を出した。とたんに、目を見ひらいたのは、庄治が寝間着を着ていたからにちがいない。庄治は、

「どうしたんです」

「泊めてくれ」

「それは構いませんがね。何があったんです？　奥さんと喧嘩でも……」

「もういないよ。それより」

庄治は、目もとがゆるむのを抑えられなかった。われながら浮き浮きした声で、

「大反撃だ」

「え？」

「やっこさん、とうとう弱みを見せやがった。もう金がつづかない。俺に手を出すしか方法がなくなっちまったんだ」

雪中さんは、ぽかんとしている。庄治はその両肩をつかんで、

「一生に一度の機会だぜ。いっしょにやろう」

そう言うと、右の手のひらで顔の汗をぬぐった。

汗ではない。つんと来る臭気、さらりとした粘り気。ガソリンだった。その臭気はながく鼻にのこったが、いまの庄治にはどんな銘酒よりも、どんな高価な香水よりもすがすがしかった。

強い風が吹きすぎるときゅうに寒さを思い出し、大きなくしゃみをひとつした。

†

翌日の午後。

庄治は、岩崎邸へひとりで行った。

いつものとおり撞球室のビリヤード台へどさりと古典籍のビルを二棟《ふたむね》建てて、

「買ってくれ」

室内には、ほかに誰もなし。ファイファー少佐は、棒を呑んだようになり、

「ショージ。君は……」

庄治はビリヤード台のすみに尻をのせ、わざと砕けた口ぶりで、

「ご覧のとおり。焼け焦《こ》げひとつない」

「……」

「ああ、少佐、ゆうべのことかい？　安心しろ、こっちは気にしてないよ。あんたは最大のお得意様だ。たかだか家の壁に穴をあけられ、放火され、殺されそうになった程度のことで付き合いをやめたりはしないさ。なあ」

　少佐はうしろの台へよりかかり、

「……なぜだ」

「何だい？」

　腕時計をちらりと見て、

「なぜ来た、まだ十二時間ほどしか経っていないのに。岩崎邸《ここ》で殺害されるとは思わなかったのか？」

「朝のうちに、寄寓先《きぐうさき》へ神保町のめぼしい店主をあつめて依頼したんだ。俺はこれからＧＨＱへ行く。行ったら神保町《ここ》へかえってくる。来なかったら殺されたから新聞に投書してくれってな。そうして少佐、あんたなら、それくらいのことは予想する」

「だから怖れて手を出さないと？　楽観主義者だな。どんな投書をされようが、私たちは記事の差し止めを命令できる」

「俺ひとりの生死なら新聞社も沈黙するだろう。たかだか一古書店主だ。が、あのダスト・クリーナー計画は？」

「告げたのか」

　庄治はふっと笑ってみせて、

「たのもしかったね」

けさのことを思い出した。市会へ出かける雪中さんへ、

――めぼしい店主へ、声をかけてくれ。琴岡がここで話をしたいって。

と依頼して、十四、五人に来てもらって、すべてを告白したのだった。ＧＨＱのおそるべき計画のこと。自分がそれに加担したこと。国宝級の珍本をつぎつぎと売るという国賊なみの罪をおかしてきたが、それは時機の到来を待つ雌伏《しふく》作戦だったこと。これからは自分ひとりの力では無理だから、みんなの力を借りたいこと。

――日本はアメリカに負けたけれど、神保町は勝とうじゃないか。

庄治がそう話を終えると、みんな目の色を変えて、

――よし、わかった。

とか、

――あんたが生きて出てこなかったら、あたしらが立つ。

などと、くちぐちに言ってくれた。ただひとり不満そうな顔をしたのは雪中さんだった。

――どうした？

と、やはりそこへ来ていた東西さんが問うと、雪中さんは、

――神保町だけじゃない。古本屋は、本郷《ここ》にもありますぜ。

「というわけさ」

庄治はそう言い、ふたたびファイファー少佐に笑ってみせた。

たとえ記事が出なくても、古書店主たちが連名で声明を出せば、世間はじかに反応し得る。もはや日本人には歴史があるのだ。みずから護《まも》るべき、みずから学ぶべき自国の歴史が。もしかしたら共産党あたりも協力してくれるかもしれぬ。

少佐は、沈黙した。

何度かうつむき、首をひねった。しばらくののち顔をあげて、古典籍の山を手でなでて、

「これは、なぜ焼けなかった。君の家は、倉庫やオフィスを兼ねるはずだが」

「避難させた」

「どのようにして？」

「ソーリー。社外秘だ」

庄治はきっぱりと告げたが、少佐はなお、

「だいぶん前から、私たちは君を監視していた。本箱はとにかく、本を持ち出した形跡はなかったが」

と首をひねるので、庄治は苦笑して、

「ひとつだけヒントをやろう。その方法を、俺は、あんたたちに教わったんだ」

「私たち？」

「そう。アメリカの軍人さんにさ」

（かんたんだよ）

と、庄治は胸のなかで答えている。在庫のなかでも特に貴重なものは一斗《いっと》缶《かん》につめこんで、

寝間の床下にうめていたのだ。

ふりかえればこの数日間、庄治は毎晩、寝間のあかりを消した。寝入ったように見せかけて、たたみを外し、床板を外し、シャベル一本でひたすら土をかき出して深い穴を掘ったわけだ。

東京に住む成年男子なら、誰もが手なれた肉体労働だった。戦時中、空襲が激しかったころは、灯火管制のもと、貴重書どころか何十人もの人間が入れる防空壕まで急造したのだ。それはもちろんたったひとりの仕事ではなく、数人ないし十数人での共同作業だったわけだが、基本はひとりでも変わらない。最後に土を盛ってしまえば、地上の火事は、地下には何の影響もおよぼさなかった。もっとも、もしも家にしづや子供たちがいたとしたら、こんな作業もできなかったわけだが。

ファイファー少佐は、ため息をついて、

「それでは、妻子も？」

「イエス」

庄治はうなずいて、

「避難させた」

「どのようにして？」

「社外秘」

庄治はやはり応じなかったが、じつを言うと、こちらはもちろん床下へかくしたのではない。業界外の男の力を借りた。

(ありがとうよ、素封家の末っ子)

津島修治にほかならなかった。もう一年以上も前になるが、タカを追って芳松の実家がある青森の五所川原へと汽車ではるばる出向いたとき、駅前で出くわしたあのきざな男。

むやみやたらと庄治にちかづこうとしたのは、たぶん、東京のにおいがなつかしかったのだろう。最近、東京へまいもどり、ふたたび文士としての活動をはじめたということは本人からの手紙で知っていた。本ももう出したという。新刊本に興味のない庄治は、

——筆名は、太宰治といいます。

のくだりを読んではじめて文士としての彼を知ったのだった。それでも、

(九州じみた名前だな。東北人のくせに)

それ以上のことは思わなかった。

それが、このさい、

(使える)

と判断したのは、妻子の落とし先として、

(五所川原がいい)

あそこなら芳松の実家があるし、食べものにこまらないことは庄治が自分の目で見ている。茄子もあるし鶏もある。

何より東京から遠く、GHQの目がとどかない。そう思いあたったのだ。

とはいえ、庄治みずから連れて行くわけにはいかない。妻子だけで行かせるのも悪目立ちす

る上、治安の面からも心配だ。いわば護衛役と案内役を兼ねた壮年の男がひとり入用なので、それで庄治は、書斎の机の横の壁にかけた状差しへ手をつっこんだわけだ。

太宰治からの手紙は、そこにあった。

あらためて文面を読んだ。九州くさい筆名だとはもう思わなかったが、かんじんの所《ところ》番地がどこにもない。単なる書きわすれか、あるいは住まいが一定していないのか。

こういうとき、古本屋は手なれている。家を出て、新刊書をあつかう東京堂書店へ歩いて行って、顔なじみの鈴本《すずもと》さんという店員へ、

「太宰治をくれ」

鈴本さんは、

「めずらしいですね、琴岡さんが」

などと揶揄しつつも『津軽』一冊を出してくれた。奥付を見ると、昭和十九（一九四四）年十一月刊。

「戦後のがいいな。新しいほうがいいんだ」

「うーん。『お伽草子』『パンドラの匣』『薄明』と、矢継早に出してますがね。みんな売り切れで……」

「流行作家なのか？」

「たいへんなもんです。琴岡さん、知らずに買う気だったんですか？」

結局『津軽』を購入した。書斎の机に向かって座り、ペンを取り、奥付を見た。版元は小山

書店という、戦前から徳田秋声《とくだしゅうせい》『縮図』など、良心的な文芸書を出しつづけている出版社だった。

もちろん、住所が書いてある。庄治はそこを宛先にして、ただし宛名は「太宰治様」として手紙を書いた。

ファンレターじゃあるまいし、とわれながら少しおかしかったが、文面はそれどころではない。

——至急、会いたい。

太宰は、わざわざ家まで来てくれた。

いまは北多摩《きたたま》郡三鷹町に住んでいるのだという。書斎へ通すと、へらへらと笑いつつ、

「ここが店をもたない古本屋、琴岡玄武堂の大本営かあ」

だの、

「ああ、『金槐和歌集《きんかいわかしゅう》』もありますねえ」

だのと感嘆してみせる。その感嘆ぶりが大げさすぎるように見えたのは、そういう社交性のもちぬしなのか、あるいは昼間から酒でも飲んでいるのか。もっとも、鼻腔《びこう》をひくひくさせてみても、酒のにおいはしなかったが。

庄治は立ったまま、ずばりと、

「妻と子を、東京から逃がしたい」

太宰は、勘がいい。へらへら顔のまま、しかし声をしぼって、

「五所川原へ？」

「あんたなら、現地で顔がきく」

「疎開《そかい》の時代は、もう終わりましたが？」

きざな反論のしかたではある。庄治は唇を舌でしめらせて、

「……理由は、言えん」

「わかりました。いつ？」

「いますぐ」

と庄治もあっさり言うと、太宰は、甘えるような目になって、

「理由は言えん、か。いますぐ、か。うんうん。そういうことは、誰にもあります。うん、うん」

庄治は急いでいる。文士の自己満足につきあっているひまはない。しづを呼んで、

「この人といっしょに、子供をつれて、五所川原へ行ってくれ」

「はい」

即答だった。庄治がさらに、

「東京へ来るな。俺がいいと言うまで」

と命令をかさねても、何ひとつ聞き返すことなく、

「はい」

しづはもう、

（わかっている）

すでに芳松とタカが死んでいる上、ここのところ庄治も何か特殊な仕事をしている。身の危険が、

――せまっている。

と。しづは一瞬、まぶしそうに目をほそめると、

「お元気で」

それだけ言って、くるりと体の向きを変えた。

部屋を出ようとした。旅じたくを始めるつもりなのだろう。庄治はその背中へ、

「しづ」

しづは、足をとめた。

一瞬ののち、ふりかえった。

庄治の視線はほとんど交通事故のようにして妻の顔と衝突する。いつのまに、目の下に、まるで仔猫が爪でひっかいたような、

（こんなに、しわが）

単なる年月のせいにすぎない。そう思いたかった。胸にとつぜん猛火が生じた。アメリカ人なら、あるいはヨーロッパの紳士なら、ここで立ったまま妻を抱きしめるのだろう。明快なことばで愛をつたえ、あるいは謝罪の意を表明して、ともに未来に目を向ける契機づくりをするのだろう。ましてやこれは、ひょっとしたら、

（永《なが》の、わかれか）

庄治は、しかし日本人だった。うつむいて、まるで自分の胸へ言うように、

「……達者でな」

「お元気で」

また他人行儀に言われたことが、庄治には、のちのちまでも心臓に刺さって抜けない棘《とげ》のようになった。しづが部屋を出てしまうと、ふたたび太宰へ、

「そうそう、あんたもふくめて、全員ぶんの汽車代を」

机の引出しをあけようとした。そこには廃棄品を流用した桐箱があり、少しまとまった現金が入っているのだ。

「いりませんよ」

がしかし、太宰は庄治の手首をつかんで、

流行作家の顔で、すらすらと、

「ぜんぶ私がもちます。お子さんたちが車内で食べるバナナのぶんまでね」

バナナは高級品である。庄治は、

「ありがとう。が……なぜ？」

「これでも、意気に感じてるんです。琴岡玄武堂主人ともあろう人が、私ごときを信用して、だいじな奥さんをあずけてくれる。いろんな女とくっついては別れ、別れてはくっつき、情死未遂まで二度もしでかしたパビナール中毒の三文文士をね」

庄治はすっとんきょうな声で、

「じょ、情死？　パビナール？」

「何だ、知らなかったのか」

太宰は、鼻を鳴らした。ちょっと失望したようだった。

とにかくも、時間がない。

庄治はひとり家を出て、仕入れにまわった。尾行の目をひきつけるためだった。しづと太宰は小学校へ行き、四人の子供をひきとって、そのまま上野駅へ行く手筈《てはず》である。翌日の夜、太宰から電報が来た。

ニモツトドケタ　ハソンナシ

荷物とどけた、破損なし。

（よし）

荷物は当面、安全だろう。まああの芳松の母親にいろいろと息子の死に関することを聞かれる心苦しさはあるだろうが、しづは知るかぎりのことを、ただしいくらか表現はやわらげて、伝えればいい話だった。

こうして庄治には、懸念すべき命はなくなった。

死ぬなら、自分ひとりで、

（死ねる）

そうして市価ははっきりと上昇に転じたというわけで、庄治はあの攻勢に出たのだった。奈良時代の役所帳簿の残欠七万円也。やはり奈良時代のウブ出し、能登国木簡十一万四千円也。だから敵からの逆襲も、もちろん予想ずみ。あの猛火のなか、誰もいない部屋へ向かって、

「しづ！　子供たち！　起きろ！」

などと叫んだ演技はわれながら映画俳優なみだったような気さえする。当然、ダスト・クリーナー計画についてももう口をとざす理由はないので、すすんで神保町の店主たちへ白状したのだった。

以上が、事の次第である。

「そんなわけで、まあ、いろいろあったのさ」

と言うと、庄治は、ビリヤード台から尻を落とした。

あたかもまだ映画のスクリーンの上にいるみたいに、右手を腰にあててみせて、

「少佐殿、よろしいかな。もうすぐ神保町のおもだった業者《ディーラー》がみんなここへ押しかけるぜ、俺が死のうが死ぬまいがな。それはそうだろう。ただいま値あがり中のものを、それにふさわしい値段で買ってくれる善良なお客をどこの誰がほうっておくかね。あんたの故国《くに》でも、商人《ディーラー》のやりかたはおなじだろう？」

「シ、ショージ……」

「あらためて、手はじめに」

右手を腰から離し、ビリヤード台にそそり立っている二棟の古典籍のビルを指さして、

「買ってもらおう。繰り返すが手はじめにすぎん。日本にはまだまだ稀書珍本がたくさんあるんだ」

「うるさい！」

ファイファー少佐は、腰を浮かした。

足を横にずらした。ビリヤード台をまわって庄治のほうへ来て、二、三発ぶん殴ろうとでもしたのだろうか。

がしかし、足はそれきり、うごかなかった。少佐はどさりと音を立てて、ふたたび椅子に尻を落とした。

緑のラシャの上に両肘《ひじ》を立て、頭をかかえる。鷲鼻《わしばな》が下を向いた。庄治はその金髪のゆたかな頭頂へ、

「あんたたちは戦争中、何万発、何十万発っていう爆弾をあちこちの街へふらせてくれた。こんどは、こっちがふらせる番だ……文化の爆弾をな。ぜんぶ受けとめてもらうぜ、占領者さん？」

（勝った）

庄治の胸に、はじめて灯がともったとき、少佐は、

「負けた」

頭をもたげた。

鷲鼻を、ふたたび庄治につきつけた。

その青い目は、あたかも生き餌《いえ》を前にした毒蛇《どくじゃ》のごとく硬質の光でつるりとしている。敗者のそれではない。

「な、何だ」

「負けたよ、ショージ」

少佐は椅子にすわったまま、右手と左手で、それぞれ古典籍を押し出して、

「わるいが、これは持ち帰ってくれ。資金がつきる。ダスト・クリーナー計画は失敗だ。みじめな気分にさいなまれつつ、これからは売ろう」

「え？」

「聞こえなかったか、優秀な商人《ディーラー》よ。私は売ると言ったのだ。これまで君から買い入れた、すべての、君の言う爆弾をな」

（まさか）

庄治は、目の前の風景が消えた。少佐はまばたきもせず、古典籍をさらに押し出して、

「金がないとは言わせんぞ。お前のことだ、あの火災事故に遭っても、これとともに札束も一斗缶に入れて埋めていたのだろう？」

庄治は、舌がしびれたようになった。

唇は少しひらくが、声が出ない。少佐の言うのは単純で、要するに、

――ショージ、買いもどせ。

というにすぎないのだが、その金額はもはや、売りわたし時のそれとは天と地ほどもちがう。

早い話が、はじめに五千円で売った『小右記』をいま買いもどすなら、市況に照らせば六千円、いや七千円は出さなければならない。小さな差額に見えるけれども、これが何十件、何百件となると厖大になるし、

——七千円？　もっと上げろ。

などと要求されれば、これを拒むのはむつかしい。ことにウブ出しの品はそうだし、だいいち相場はこれから急上昇する。ほんとうに急激な上昇だろう。五割どころか十割、十五割増しも当たり前になる。これはもう、従来があまりにも低すぎたことをかんがえると、まずまちがいないところで、売り手が圧倒的に有利なのだ。

当然、少佐は、

（要求する）

買いもどしを始めたら、庄治はまたたくまに現金が底をつく。なけなしの預金も涸渇《こかつ》して、琴岡玄武堂は、

（破産する）

「どうする、ショージ」

少佐はにやにやしながら脚を組んで、

「仕方がないのだ。資金を回収しなければ、私もマクドネル君にしかられるからな。君ひとりの手におえないなら、仲間たちの力を借りたらどうだ？　ミスタ・トーザイをはじめとする、

有能きわまる、信頼するに値《あたい》する神保町の仲間たちの力をな」

(くそっ)

庄治は、唇をかんだ。

なるほど彼らの資金を合わせれば、少佐の「蔵書」はじゅうぶん吸収できる。

それは彼らの資金というより、神保町そのものの資金なのだ。ただしそれはあくまでも数字の上の話であって、実際は不可能。彼らはほとんど尻ごみするにちがいないのだ。

売りなら多少しくじっても大きな傷にはならないが、それが買いなら路頭にまよう。出て行った金は永遠にもどらないのである。

そうして彼らのほとんどは古典籍の専門家ではないのである。

さっき朝のあつまりで彼らが庄治を支持したのは、売るだけなら、彼らにとっては身の危険が、

――少ない。

という事情もあったのである。いくら庄治でも、そこまで彼らに、

――人生を、賭けてくれ。

とは言うことができない。

(……やはり、俺ひとりで)

庄治は、惑乱している。ついうっかり、

「少佐」

「何だ」

「わかると思うが……俺の手もちは、そこまでじゃない。いちどきに買える情況にはない。日《ひ》数《かず》をかけて少しずつ買いたい。そのつど品物をべつの客へ売り、その金でまた、あんたから……」

「オーケー」

少佐がふくみ笑いしたので、庄治はようやく気がついて、

「あっ。いや、撤回する。撤回だ。なるべく短期間で」

指のふしで、自分のひたいを小突《こづ》いた。当たり前ではないか。日数をかければかけるほど値は上がる。買い取りは困難になる。こんな自転車操業はただ破局をはやめる役にしか立たぬ。

「わかっている、わかっている。君の理想は『いちどきに』なのだろう、ショージ。私もそうだ。あんな汚い、虫食いの跡だらけの紙のたばなど、もう一瞬も見たくない。東京はさむい。焚火であたたまろうかな」

「おいおい」

と、庄治は、ほとんど懇願の口調である。せっかく妻子の人質の枷《かせ》がはずれたのに、まだ庄治は、文化の人質をとられている。

「とにかく待ってくれ、少佐。金はつくる。焼くなよ。たのむ」

およぐようにして岩崎邸を出た。

## 9　文化の爆弾

庄治には、自宅はない。

灰になってしまっている。雪中さんのところに行った。

「どうだった？」

と問われ、庄治はけわしい顔になり、

「神保町の店主全員、あつまってもらう。今夜だ。ひとりのこらず」

雪中さんは目をまるくして、

「おいおい、琴岡さん。みんな夜には夜の仕事があるんだ。帳簿つけや在庫の移動、なかには店をしめない人も……」

「全員だ。あるじ本人がかならず来てくれ。場所は会館だ。時間がない。いまから一軒ずつ訪ねてまわり、告げ知らせる」

「間に合うかね」

雪中さんは、壁の時計へ目を走らせた。午後四時をすぎている。庄治はけわしい顔のまま、

「東西さんに従業員をありったけ出させる。文句は言わせん」

その日、午後十一時半。

駿河台下の東京古書会館内、いつも市会のひらかれる二階の広間には、百人をこえる古書店主があつまった。

ふつうならとても収容しきれる人数ではないが、庄治がおがむようにして、

「一畳三人。一畳三人」

と言ってまわったので、参加者はほんとうに肩をちぢめ、ひざをくっつけ、たたみ一枚の上でそれぞれ満員列車さながらの密着劇をくりひろげた。気温はもとより冬そのものだが、みな上着をぬいでシャツ一枚になっている。もとより火鉢などという紙の大敵はこの建物にはないのである。

庄治はいちばん奥に立ち、ざっと彼らの顔を見わたして、

(いない顔は、ない)

もっとも神保町というのはふしぎなところで、これまで二十年以上もそこの空気を呑吐《どんと》している庄治ですら顔も見たことのない古書店主はざらにいる。とりあつかう本の分野がちがうのだろうが、それを勘定に入れてもなおこの場には、少なくとも八、九割の店のあるじは来ているのではないか。みな庄治とGHQとの関係を知っていて、いまこそ業界の未来がきまることを知っているのだ。

むろん庄治には、いちいち出席をとる時間はない。手を二度たたいて注目をうながすや、

「じつはGHQのファイファー少佐が、これまで俺が売ったすべての本を……」

単刀直入に言おうとしたら、それ以上にあけすけに、

「買えってんだろ」

誰かが口をはさんだ。と同時に、

「やると思ったさ」

「まあアメさんとしちゃあ、当然の手筋さな」

などと、凡戦の棋譜《きふ》でも読んでいるようなささやきが湧く。おどろく者は誰もいない。庄治は唖然《あぜん》として、

「じゃあ、みんな……」

「買おうかね」

「そうさね」

気軽でありすぎる応答。庄治はかえって怒りにとらわれ、

「わかってるのか、あんたたち。暮らしを賭けろって言ってるんだぞ」

これには最前列の中央を占めた立声堂の現主人・高井嘉一郎が、神保町代表というような押し出しのつよい声で、

「日本人が、日本の歴史を買いもどす。それだけの話じゃないか」

あっさり言い返したので、庄治は口をつぐんでしまった。

ほかを見まわした。全員、志士の顔でうなずいている。場がきゅうに静まったので、うしろのほうの東西さんの、

「買ったら買ったで、また別の客へさばけばいいのさ。さらに高い値で」

というつぶやきが広間のすみずみを満たし、爆笑をさそった。

全員、狂ったように笑っている。志士が商人に、

――もどった。

といえるのかどうか。もとよりその「さらに高い値で」「さば」くことには何らの保証もないのである。

早い話が、庄治自身にしたところで、たとえば熱海の徳富蘇峰へ品物をもちこんでも当座しのぎになるかどうか。いまの蘇峰にはそこまでの購買力はないだろう。うかうかするうちに資金繰りのほうがショートする。

ほかの店主も、同様である。爆笑はつづく。みな是《ぜ》が非でも目の前の何かから気をそらしたいにちがいない。

この世には、鎮火しない激情はない。ようやく静かになりかけたところへ、庄治はむりやり割って入るように、

「よし、わかった」

苦笑して、われながら照れくさく一礼してから、

「全員全店の総力を以て全書目を買い取る。ファイファー少佐の書庫には一冊の古典籍ものこさない。もっともまあ、みんなそろって現金かかえて岩崎邸へ押し寄せるわけにもいかないだろう。俺が代理人になる。この点に関して了解を得たい」

「具体的には、どのように？」

誰かが問う。庄治は、

「そのことだ」

うなずいてみせると、足もとに置いた鞄から紙束をとりだし、ばさばさと音を立てつつ右へ左へとかざしてみせて、

「俺がこれまでにＧＨＱに売った書目の一覧だ。やつらの蔵書目録ということになる。本来ならば一点一点についてこの広間で競りにかけるところだが、現物がないし時間がない。一日おくれれば一日ぶん値が上がっちまうんだ。今夜のうちに競りなしで値をきめて、あすの朝、俺がひとりで出向くことにしたい」

「われわれの買い値は、どうする」

嘉一郎が聞く。庄治は紙束を手わたした。嘉一郎はそれを一瞥するや、

「『延喜式』八千円、『どちりな　きりしたん』二万五千円……これは琴岡君の字だな？」

「ええ」

「つまり君はこう言いたいわけだ。現物も見ず、ただ君がここに記した書名、成立年代、ごくかんたんな解説のみによって君の言うとおりの値を吐き出せと」

「信じてください」

とだけ、庄治は応じた。

ほかに何を言うことがあるだろう。嘉一郎はふかぶかと息をついて、

「私の父がこの光景を見たら、何と言うかな」

「嘉一郎さん……」

庄治は、さすがに胸がつまった。嘉一郎の父・高井嘉吉こそは立声堂の前主人。母親とともに長岡から上京したばかりの十二歳の庄治にあっさりと住みこみの奉公をゆるしたばかりか、こころよく独立もみとめてくれた。

彼がなければ、いまごろ庄治はどこで何をしていただろう。おなじ神保町ではたらくにしても、ここまで才をのばすことは、

（できたか）

嘉一郎はきゅうに顔をしかめて、

「で、代理人さん」

「はい」

「ひとつ聞きたいことがある。この取り引きに関しては、君自身は、われわれから何パーセント手数料をとるのかね？」

もとより冗談口だったけれども、庄治がつい腰をまげ、

「そ、そんな気はありません。俺もみんなと……」

まじめに弁解しだしたため、全員が笑い、それが作業のきっかけになった。

作業とは、買い手をきめる作業だった。嘉一郎が庄治に書類をかえす。庄治が声をはりあげ、一点ずつ書名その他と値段をしめす。手をあげた者の名前を書きこむ。買い手はとんとんと決

まっていったが、しかしそれも五百七十点目くらいまでで、それ以降は、

「どうした。誰かいないか。もう眠っちまったのか」

挑発しても、反応がにぶい。六百点目にさしかかるころになると、

「たのむ。たのむ」

懇願しても、空気は解氷しなくなった。みんな精いっぱいの金を吐き出したのだ。庄治は書類をめくり、先のほうを見る。

（まだまだ、三百点も）

全体の三割がのこっているのだ。二本の脚で立っている、その力がぬけそうだった。左手ににぎった紙束がずっしりと鉄のように感じられる。

その場が、しんとした。

——どうした、ショージ。そこまでかね。

頭蓋の内部で、ファイファー少佐の高笑いがこだました。われながら奇妙なことに、くやしさよりも、

（すげえな）

畏怖《いふ》の念がきざす。

ほとんど尊敬だったかもしれない。なぜならここにいる店主たちは、全員、出し惜《お》しみなどしていないのである。

庄治はそのことが肌でわかるし、数字でわかる。ということは、神保町は力を出しつくした

のだ。これ以上はおくびのひとつも出ないのだ。

そこまでしてもなお勝てぬだけの力をファイファー少佐は、ないしアメリカ人はそなえている。それは経済力であることはもちろん、企画力であり、情報収集力であり、決断力であり、行動の速力であり……。

「もう、よそう」

ぽつりと言ったのは、雪中さんだった。

前から三列目の、庄治から見て右のほう。ひたいに玉の汗を浮かべているのは緊張のせいか、それとも部屋にこもる温気《うんき》のせいか。庄治が、

「いや、しかし……」

ことばをにごすと、

「そうじゃない。白旗をあげるって意味じゃない。われわれにはまだ援軍があるじゃないか。古本屋ってのは何も神保町にしか存在しないわけじゃない」

「そうか」

庄治は、指を鳴らした。神保町はまた全国の人脈の中心地でもある。ここにいる連中はみなそれぞれ懇意にしている地方の店主が四人や五人、ないし十人や二十人、きっといるので、そっちへも事情をうちあけて出馬してもらえばいい。雪中さんは鼻をひょいと天井に向けて、

「挙国一致さ」

「みんな、どうだ」

庄治が言うと、全員、何度もうなずいた。

書類がきゅうに軽くなった。庄治はそれを手の甲でぱんと叩いて、

「それじゃあ、今夜はこれで終わりだ。あとは空欄《くうらん》のままにしとこう。とにかくあすは、これで行く。みんな現金をもってきてくれ。万が一にもまちがいがあっちゃならないから、従業員にゆだねたりせず、かならずみんな自身が来てくれ」

「おう」

「くれぐれも、追い剝ぎに遭わぬよう」

「あんたもな」

全員、さっと立ちあがった。

足早に、列をなして部屋を出た。誰もあくびをしていないのは、これから寝る前に金をかぞえておく気なのだろう。最後のひとりの背中を見おくると、庄治はその場にあぐらをかいた。大の字になった。もとより、かえる家はない。そのままいびきをかきはじめた。

†

翌朝、おなじ広間にふたたび集合した。前の晩に来た者はすべて来た。そうして庄治の用意した木製のみかん箱へ、

「高牧《たかまき》書房、『篁《たかむら》物語』と『新撰犬筑波集』二点、計四万二千円」

などと申告しつつ、積木のように整然と札束をつめこんでいく。硬貨はない。もともとそのように庄治が値をつけているからだった。

庄治はみかん箱のかたわらに立ち、例の一覧と照らし合わせる仕事をしたが、全員、ただの十円もまちがえず、ごまかさず、値切るそぶりも見せなかった。生活苦の哀訴《あいそ》もしなかった。それにしてもみな一晩でよく現金が、

(出せたものだ)

庄治はこの奇跡にしみじみとしたが、そこはそれ、銀行預金などというものを誰ひとり信用していない時世の混乱がさいわいしたというところか。

もっとも、ただ一店、

「東西書店」

と名乗って札束をつめこみはじめたのは、あるじの柿川一蔵ではない。八代《やしろ》君という大陸から復員したばかりの、まだ三十にもならぬ店員だった。

「来ないのか。東西さんは」

と、どこかから怪訝《かいが》の声があがったけれども、庄治はそちらへ、

「例外だ」

「例外?」

「いま岩崎邸に行ってもらってるのさ、ファイファー少佐へあらかじめ買い取り書目を伝え、なおかつ『自動車をよこせ』と伝えるためにな。東京は治安がわるすぎる。いくら何でも俺ひ

た。


とり、この箱かかえて歩いて行くような危険はおかせない」

そう言ったとき、屋外で、警笛《ホーン》の音《ね》が湧いた。ぶうという珍妙な音だった。庄治はガラス窓へ走り寄り、窓をあけて下を見た。玄関をあたかも通せんぼするかのごとく、一台の、砂色のトラックがとまっている。

後部の荷台には幌はなかった。排気口から黄金色《おうごんいろ》の液体をぼたぼた垂らしているのはガソリンだろう。甘やかな、しかし強烈にすっぱい刺激臭が二階の庄治のところまで這い上がってきた。


運転席も、屋根がない。

白人兵士がひとりだけ。こっちを見あげ、いつもの雑草色のヘルメットを指でくいと上にずらして、

「ご伝言のとおり、かぼちゃの馬車でむかえに来たぜ。黄色い顔のシンデレラ姫」

ハリー軍曹だった。けたたましい笑いを庄治は無視して、

「東西さんは?」

「大豪邸《マナー・ハウス》に置いてきたよ。うちの王子様といっしょに、姫のお越しを、首をながくして待ってるぜ」

「こっちの仕事はもう少しかかる。そこで時間をつぶしていてくれ」

ひややかに言うと、ハリーはむっとして、

「はやくしろよ。十二時の鐘《かね》が鳴っちまう」

「努力する」

庄治は窓をしめ、ふたたび集金作業をつづけた。

二十五分後にようやく全員のぶんが終わると、みかん箱は、ぜんぶで十一個になった。庄治はそのへんをさがして小型の洋装本をあつめ、みかん箱の隙間につめこんだ。それから上部にも重しがわりに本をならべた。帯封など巻かれていない札束がひらひら散ったりしないよう保護したわけだった。

箱に木蓋をかぶせ、釘をうちこんで固定する。文化の爆弾の完成である。庄治はよっこらしょという掛け声とともに両手でもちあげ、階段をおり、トラックの荷台へなかば放りこむようにした。存外軽い。

十数人の店主仲間がついてくる。庄治は、

「じゃあな」

とだけ言って荷台にのぼり、みんなへ敬礼しようとしたら、トラックはいきなり乱暴なエンジン音とともに前へ発進した。

排気口から、家一軒の大きさの黒煙が放たれる。仲間がちりぢりになる。トラックは意味もなく蛇行《だこう》したり、加速と減速をくりかえしたりした。待たされた復讐なのだろう。荷台にはほかに荷がないので、そのつど箱がずるずると前後左右へ走りまわるのには狼狽した。万が一、うしろへ落ちて木蓋がはずれでもしたら、まだまだ食糧難にあえいでいる東京市民へふんだんに援助をしてやることになる。回収は不可能。

「ばかやろう、ハリー、静かにやれ！」

被占領国民にふさわしくない罵詈雑言《ばりぞうごん》をあびせたら、エンジン音とともに、

「また原爆を落としてやる！」

さらに占領国民にふさわしくない反撃をされた。庄治は箱にしがみついた。

これなら歩くほうがましだった。なかばうつぶせの姿勢のまま、ふと車が停止した拍子に首を上に向ける。冬の空はどこまでも高く、ところどころに小さな銀色の雲をちらしていた。車はふたたび発進した。

†

岩崎邸に着くと、ダイニング・ホールに直行した。はじめて来たときとおなじ大理石の床、豪華なシャンデリア、淡いグリーンで塗られた木の板壁が、いまはもう自分の家の調度にすら思える。

自分の家がないからかもしれない。庄治は靴をはいたまま、テーブルの向こうのファイファー少佐へ、

「来たぜ」

少佐のうしろには、東西さんが突っ立っている。自分の家どころか座敷牢にぶちこまれたような顔をしていたけれども、庄治をみとめるや、みるみる目じりが垂れたのは、彼なりに人質

の役を果たしたつもりだったのだろう。

庄治のあとには、入室者がつづく。ハリーをはじめ、アメリカ兵たちが続々とみかん箱をはこび入れようとしたが、少佐は手をひとふりして、

「私はいい。マクドネル女史のオフィスに持って行け」

その手をそのまま左へのばした。部屋のすみに積んである、あきらかに弾薬運搬用とおぼしき鉄製の、まっくろに塗られた箱を指さして、

「売る本はもう、あのなかに入れさせてある。十六箱だ。トラックに積むのは君らふたりでしろ。トラックはハリーに運転させる。中身をたしかめるかね?」

「いいや」

「なぜだ?」

「あんたも中身をたしかめなかった。偽札かもしれんのに」

庄治はそう言い、背後のアメリカ兵たちを手で示した。少佐はふふんと白い歯を見せて、

「フェアな交渉だ」

「同意する」

うなずいた。この期《ご》におよんで奇妙な話だと庄治も思うが、店主と客は、究極的には、こうして信頼し合うしかないのである。道徳ではない。騎士道ないし武士道でもない。この文明における単なる効率の問題なのだろう。少佐はなおも薄笑いのまま、

「のこりの本は?」

「全国の同業者に檄《げき》を飛ばした。金ができる日は遠くない」

「結構。グッバイ」

取引終了。

あっさりしたものだった。あとは本をもちかえり、神保町の店主へくばるだけ。神保町の店主はこんどは仲介業者となって名古屋、大阪、京都、新潟、札幌《さっぽろ》、福岡……いたるところの古本屋からの申しこみを受け、代金をもらう。その代金を庄治がまたあつめて、岩崎邸に行き、本にかえて分配するのだから、ここでの庄治は、つまり仲介業者の仲介業者ということになる。結果が出るのは、一か月もかからなかった。

庄治が五度目に行ったところで買いきった。岩崎邸の「蔵書」はゼロになったのである。その五度目に、

「おめでとう、ショージ。すべてが終わったな」

ファイファー少佐にそう言われて、庄治は、

「ああ」

うまく返事ができなかった。少佐はみょうに親切な口調で、

「妻子は呼び戻したらどうだ？　ミスタ・トーザイから聞いたよ。有名な作家の護衛をつけて、あの長い名前の場所へおくったのだろう。ゴ、ゴショ……」

「五所川原」

「長い名前だ」

苦笑いしたのを見て、庄治はつい、くすりとした。この人と最初に会ったときも、

(こんな話を)

そのとき少佐はたしか、ビリヤード台の上に腰をおろしつつ、

――故殺だ。

と断言したのではなかったか。芳松は不慮の事故で死んだのではない。誰かに故意に殺されたのだと。

そうしてその誰かとは妻のタカの可能性があるから、タカが五所川原の実家へ行ったのなら、ショージよ、あとを追ってくれと。……結局、庄治がこんな友をうらぎるような依頼に応じたのは、庄治もやはり、正直なところ、おなじように見当をつけていたのだった。

そのタカも、ハリーに殺された。ハリーはまるで何ごともなかったかのように庄治のためにトラックを運転しているわけだけれども。

(罪は、どうなる)

庄治はふと、そのことを思った。ハリーには日本の殺人罪は適用されないのか。されないだろう。いまの東京では、いや日本では、アメリカ兵はみな治外法権をみとめられているにひとしい。

ましてやGHQの高度な機密に関わる兵士なら。ハリーはいずれ大手をふって本国へかえるだろう、あの二個のビリヤードの球をむしろ慶賀《けいが》すべき記憶のしるしとして家族に披露するだろう。いま五所川原にいるはずの彼女の子供たちは、父をうしない、母をうしない、そうして

何らの補償もあたえられない。東京駅の階段にあふれるほどいる靴みがきの子供たちのように。

（これもまた、戦災孤児か）

　思いが至ったとき、

（あれ？）

　庄治は、眉をひそめた。

　頭脳にきしりを聞いた気がしたのだ。かゆみを感じたほどだった。何かおかしい。いまの自分の思考の川には、何かしら、小岩のような障害物があった。

　いったい何なのか。内心、首をかしげつつ、

「なあ、少佐」

「何だ」

「ちょっと思い出したいんだが、少佐はあのとき……俺とはじめて会ったとき、俺に告げたように記憶するのだが。芳松とタカが、えー……ソ連のスパイだと」

「告げていない」

「え？」

「スパイの疑いがあるとは告げた。断定はしていない」

「ああ、そうか」

　庄治は視線を中空に向け、なおも思考をたどりなおしつつ、

「それならそれでいい。いまにして思えば、あれも結局、嘘だったのだな。わざわざ国家級の

問題をもちだして俺の不安をあおり、五所川原へ行く気にさせる……」

「嘘とは少々不本意な語だが、口実という意味なら、そのとおりだ」

「つまり芳松は、ほんとうは、ソ連のスパイではない？」

「知らんよ」

少佐は鼻で笑ったが、その目はしかし、庄治の真意をうかがうよう横にらみになり、

「ほんとうは彼が何なのか、私が知るすべはない。少なくとも、私はスパイとは認識しなかった」

「じゃ、じゃあ……」

と庄治は、ようやくあの川の小岩の正体をはっきりと、

（見さだめた）

そう胸を高鳴らせつつ、

「じゃあ結局、芳松は誰に殺されたんだ？ あんたたちは『タカを殺した』とは言った。俺はそれを宮城の楠公像の下で聞いた。しかし『芳松を殺した』とは言わなかった。ハリーも、東西さんも」

「事故死だろう」

きまっているではないか、という顔を少佐はして、

「私たちが殺したと言いたいのか？ 私たちにはその理由はない。彼はダスト・クリーナー計画のじつに忠実な手下だったのだからな。じつのところ彼の妻も殺す必要はなかった。私たち

とヨシマツの関係に気づいて岩崎邸《ここ》におしかけ、泣き、わめき、知り合いの共産主義者にすべて打ち明けるなどと言ったりしなければ」

「共産主義者？」

「十中八九、虚勢だったろう。だが私たちには無視し得なかった」

「いやちがう。虚勢じゃない。彼女にはほんとうに共産主義者の知人がいたんだ。望月不欠。正真正銘のソ連のスパイ。芳松を殺した大量の本の注文ぬし。生前の芳松はたびたびその名を……」

「モチヅキ・フケツ？　誰だねそれは」

と聞き返したときの少佐の青い目は、ほとんど少年のそれである。ジュラ紀とか白亜紀とかの生きものの名をはじめて聞いた少年のように単純で、清潔で、好奇心のほか何ひとつ込められているものがない。庄治は、

「言ったじゃないか。タカは芳松の注文帳を」

「ああ、思い出した。注文ぬしだ。けれどもショージ、君が見たのは原本ではなく、たしか写しだったのだろう？　私は最初から気にもとめて……」

みなまで聞かぬうち、庄治は、

（まさか）

愕然《がくぜん》として、つぎの刹那、

「わかった」

つぶやいた。

そこにしか筋道のたどりつく先はなかった。芳松はあいつに殺されたのだ。

あるいは、こいつに。ハリー軍曹でもなく、望月不欠でもなく、妻のタカでもなく、やっぱり本のあつかいに慣れた人間に。まさかこんな大事《おおごと》になるとは、芳松自身、思いもしなかったにちがいないのだ。

庄治は、

「グッバイ」

少佐へ告げると、足もとの弾薬運搬箱の把手をつかみ、きびすを返して駆けだした。

# 10　望月不欠

駿河台下の古書会館へもどり、二階の広間へ行き、ファイファー少佐から引き取った古典籍をのこらず店主にふりわけてしまうと、庄治のやることはなくなってしまう。日本のための仕事は終わった。これからはふたたび琴岡玄武堂主人として、自分のために、家族のために、本の売り買いをはじめるのだ。

「じゃあ」

と手をちょっとあげたのは、立声堂主人・高井嘉一郎だった。

興奮のゆりもどしが来たのだろう、みょうに照れくさそうなしぐさだった。それを機に、ほかの五人も、

「じゃあ」

「じゃあ」

部屋を出て行こうとする。たまたま東西さん、雪中さん、鳥道軒のごとき今回の件にかかわりのふかい面々がそろっていたので、

「ちょっと、いいかな」

立ったまま、彼らの背中へ呼びかけた。嘉一郎が足をとめ、ふりかえり、

「まだ何か、GHQが?」

「いや、芳松のことを」

「ほう」

「芳松の死は、あれは事故死じゃない。それを告げておこうと思って」

こと芳松に関するかぎり、庄治のことばには、深刻なまでの説得力がある。全員こちらへ体を向けた。雪中さんが、

「それじゃあ、三輪さん……」

つぶやいたのと、東西さんが、

「あたしじゃない」

金切り声をあげたのが同時だった。

こんな唐突な声明が、かえって全員の視線をあつめてしまう。東西さんは顔をまっ赤にして、拳闘士のような身がまえになり、

「あたしじゃない。芳松はむしろ仲間だったじゃないか。GHQの計画を知る者どうし……」

「安心してくれ。犯人はべつだ」

庄治はしずかに首をふり、両手をズボンのポケットにつっこんだ。嘉一郎が、

「この町の誰かかね?」

と問うたのは、いかにも戦前から神保町総代を以て任じるこの人らしい感じだった。庄治は

うなずき、

「ええ」

「誰だね」

「俺です」

庄治はうつむき、ぽつりと告げた。

「芳松殺しの犯人は、俺です。琴岡玄武堂主人こと琴岡庄治」

とたんに東西さんは目をかがやかせて、

「そうだろうと思っていたよ、琴岡さん。あんたの仕業だとあたしは最初から思ってたんだ。あんたは本のあつかいに慣れてるし、いつも芳松といっしょだった。本の整理を手伝うとか何とか言って、油断させといて……」

「俺じゃない」

庄治は苦笑して、

「最後まで聞いてください。芳松を殺したのは、芳松だ。つまりあれは……」

「自殺かね？」

嘉一郎さんが目を見ひらく。庄治はそちらへも首をふり、

「事故死です」

「わけがわからん」

「簡潔でした」

庄治はせせらぎに笹舟《ささぶね》をのせるように、

「順を追って、考えればね。芳松はやっぱり、やっぱり……見あげたやつだ」

しずかに、話しはじめた。

†

ほんとうに簡潔だったんですよ、あいつのしたことは。

要するに倉庫の本箱へたんまりと本を入れて、それらのまんなかに立ち、自分の上へあびせたんだ。

具体的にはまず、四周の本箱のすべてに本を立てる。

もちろん本の背がこちらを向くよう立てるわけですが、そのさいは、いちばん奥まで差し込むことはしない。棚板の手前のぎりぎりのところ。

半分くらい、はみ出させて、落ちるか落ちないかの状態にする。そうして芳松はそのうちの一本、おそらく入口の横の本箱に、ぱっと抱きついたんです。

まるで子供が母親にそうするようにね。それから即座に体をはなし、大の字になれば、本箱ははずみでどさどさと本の雨をふらせるでしょう。

ふらせれば、何しろ「マッチ箱」と陰口をたたかれるほどの安普請です。床がゆれ、壁がゆれ、ほかの本箱もいっせいに本を落とす。なかには棚板にひっかかって本箱そのものまで倒れる場合もあるでしょう。俺が見たのは三本でした。芳松はつまり、これで圧死することができるわけです。

正確には、圧死したように見せることができるわけです。本はあらかじめ重いもの、分厚いもの、装訂の堅牢なものをえらんであるから、見た目のそれらしさもじゅうぶんだし、しかししょせん本だから死ぬことはない。芳松は、そう見くびってたんだ。

とにかく芳松は「死体」となり、あとはただ、第一発見者を待つのみ。第一発見者は、期待したとおりタカでした。翌朝というのは案外おそかったが、とにかく彼女は、その光景を見ておどろいたでしょう。何度も夫に呼びかけたでしょう。返事はない。ふつうなら地震もないのに本箱がこうも盛大に倒れるなどはあり得ないんだが、彼女はそこで、反射的に、前の晩、芳松が家で酒を飲んだことを思い出したんだ。

その酔いでとろとろ眠っちまったこともね。むろんこれも芳松の周到な準備のひとつだったわけですが、おかげでタカはもう、この時点では、事故以外の可能性には思いがおよばなかった。当然、本箱や本をすぐに夫の顔から、体から、取《と》り除《の》けようと思ったでしょう。

実際、やってみようとはしたでしょう。でも何しろ自分ひとりの細腕じゃあ、あんまり時間がかかりすぎる。そこで彼女はいったんその場をはなれ、俺の家へと駆けだして、四つ辻でたまたま俺の妻のしづと出くわしたのでした。しづは俺に注進し、俺もいっしょに倉庫へ行き……この件は、すべてそこからはじまったんです。

ええ、そうですね。芳松はこの時点では生きていたはずだった。

何しろ単純なやり口ですし、それが芳松のもくろみだった。俺が来てすっかり本箱や本をどかしてしまえば、顔があらわれ、体があらわれ、化けの皮がはがれちまう。死んだのと生きてるのとじゃあ肌の色がぜんぜん違うってことは、俺にかぎらず、この戦争でみんな嫌っていうほど知ってますからね。そこで芳松はどうする気だったか。

想像ですが、抜け出す気だったんじゃないかと。

つまりタカが自分を発見し、俺をつれて来るまでの二十分か三十分のあいだに本の下から這い出して、ゆくえをくらます。麦わら帽子でも深くかぶり、東京か上野あたりから電車にのる。そうして縁もゆかりもない駅でおり、駅前旅館あたりへ偽名で泊まりつづけるんです。一か月か二か月か。五年か十年か。本人もわからなかったでしょうが、とにかく金はあるわけです。そのかわりと言っちゃあ何だが、猿楽町の倉庫には、或るものを置いておく。

これは確かだと思うんです。そのためにこそ芳松はあらかじめ、岩崎邸に行ったとき、撞球室から盗み出していたわけだから。……そうです、或るものとは、ビリヤードの球二個だったんだ。

タカと俺は、そいつを見ることになる。タカはまたしても愕然として、俺に、死体が持ち去られたとうったえるでしょう。俺はこれをどう見るか。

ただちにGHQの存在に思いを馳《は》せるでしょう。きょうびビリヤードなんて高等な趣味に興じる日本人なんかいやしないし、外国人だとしても、あんなに良質の象牙製の球なんか使うのは単なる兵隊じゃない。GHQのかなり上のほう、中枢ちかくの人間が関与している。そんなふうに見るはずです。本箱の裏にあたる部分の壁に小さな穴があいていたのも、もちろん芳松の小細工でしょう。他人のしわざに見せたかったわけだ。

ほどなく俺は、岩崎邸へ呼び出されるでしょう。

ファイファー少佐の前に立たされるでしょう、実際そうなったようにね。少佐はもちろん、

「芳松の仕事を継承しろ。日本から歴史のいっさいを奪い去るダスト・クリーナー計画に加担しろ」

などと最初から言うようなへまはしない。内心その気でいるにしても――ああ、そうですね、東西さんはかねて俺の名を出してたんですね――まずは俺の人物を見さだめなければならない。そこでひとつ仕事を命じる。共産主義です。芳松はソ連のスパイだった、調査の必要がある。だから彼の実家があるという青森の五所川原へ行ってくれないか。留守をあずかる妻や子供にはハーシーズを提供しようじゃないか、うんぬん。

俺は、イエスとこたえるでしょう。

何しろ「死んだ」芳松のためだ。一度くらい実家の様子は見に行くでしょう。スパイうんぬんは関係なしに。しかしそれっきり。その後、少佐に古典籍を売れなどと言われても、性格的に、

「アメリカ人には、売れないよ」

などと痩せ我慢するのではないか。

少なくとも、深入りはしないだろう。芳松はそう推測した。ここは思案のしどころでした。

なぜなら芳松は、俺に、何としても深入りしてほしかったにちがいないからです。

つまり、ダスト・クリーナー計画における自分の後継者になってほしかった。

もともと俺をこえたい、日本一の古典籍業者《ディーラー》になりたいという野心のもと話に乗った仕事だけれども、やればやるほど事の大きさが恐ろしくなった。何しろ日本への、日本人への、裏切りそのものの商いです。だんだん気乗り薄になったような感じが、あいつにはありませんでしたか、東西さん。気がついてやれるとしたら、情況的に、あんたしかいなかったわけなんだが。

そうですか。気づきませんでしたか。それじゃあ芳松は、たったひとりで、或る日とつぜん少佐のもとへ行ったんでしょう。

そうして懇願したんでしょう。もう足を洗わせてくれ、古典籍を買い戻させてくれとね。ひょっとしたら土下座もしたかもしれないが、返事はもちろん、

「いまさら、ゆるさん」

です。

「今後もわれわれの意義ある仕事に加担してもらう。どうしてもやめると言うなら、しかたがない。君はほどなく君の妻と子供たちが冷酷に処置されるのを見ることになる」

ファイファー少佐は、おそろしい男です。やるといったらやる。芳松は立往生しました。

行くも地獄、退《ひ》くも地獄。この期におよんではもう、ダスト・クリーナー計画から抜け出し、なおかつ妻子の命をまもる方法はひとつしかない。芳松はそう思いつめました。その方法がすなわち、自分が死ぬ、いや、死んだふりをするということだったのです。

自分が死ねば、少佐は、かわりの誰かをもとめるだろう。その誰かが俺ならば、仕事の質にはまちがいがない。少佐はひとまず満足して、こっちの妻子は見のがしてくれるだろう。ずいぶん勝手な算段だが、ひょっとしたら芳松は、その上さらに、こんな期待を抱いていたのかもしれません。俺ならば計略をめぐらし、言動をたくみにして、計画そのものを中止させることができるかもしれない。GHQにひとあわ吹かせて、日本の歴史をまもれるかもしれない。そんな期待をね。

ところが。

さっきも言ったとおり、俺はふつうなら深入りしない。アメリカ人にやれと言われたら逆にやらない、そんなあまのじゃくな人間なのです。芳松はみずから「死体」になるだけじゃ足りないと考えた。その前に、もうひとつ、俺の関心を引くための仕掛けをする必要があった。

その仕掛けとは、おわかりですね。

そうです。望月不欠です。八月十二日、つまり芳松の「死」の三日前に大量の注文をしたそんな名前のアカの客なんか、最初から、どこにもいなかった。芳松がこしらえた架空の人物だったんです。

こしらえるのは、おどろくほどかんたんでした。書斎の机のひきだしに注文帳を入れておいて、そこに「世界思想関係学術書（洋装本）四百冊内外」とか「一括納入、一括支払」とか書きこめばいい。自分の「死後」にタカが見つければ、タカはもちろん写しを取る。俺に知らせる。俺は俄然、興味が出る。

そりゃあ出ざるを得ませんよ。何しろ背後に共産主義者がいるとなれば、話は当然、ファイファー少佐が芳松をソ連のスパイと言ったこととむすびつく。

そこに何かあると思う。それでなくとも俺は古本屋です。古本屋というのは、わかるでしょう、もっとも気になるのはお客の素性。この点、俺は、まんまと芳松にしてやられました。架空の人物とは思いもしなかった。

正直に言いましょう。話がかなり進むまで、望月不欠は東西さんだと信じてました。

いやいや、安心してください。いまはちがいますよ。ほんとうです。なるほど東西さんは例の四百冊を売るという証拠隠滅はしたけれども、それはタカに頼まれたから。東西さんの意志ではない。倉庫の解体にしたところで、あくまでもダスト・クリーナー計画が世にあらわれるのを避けたかったにすぎんのでしょう。芳松の「死」の真相をかくす気はなかった。

そりゃあそうです。もともと真相なんか知らなかった。芳松はほかの誰にも相談せず、たったひとりで「事故死」を決意し、しかも実行したんですから。ファイファー少佐が望月不欠を知らなかったのは、けだし当然だったのです。知らずに少佐は、そっちはそっちで、ソ連のスパイをにおわせた。

おそらく偶然ではないでしょう。万が一、事が露見したときは、少佐は芳松を「ソ連のスパイだった」と表明すると前もって申し合わせていたのでしょう。まさかダスト・クリーナー計画の詳細を暴露するわけにはいきませんからね。芳松はつまり、その申し合わせを逆手に取ったわけなんです。

以上が、芳松の思考のみちすじです。

こまかい点ではちがうところもあるでしょうが、大体はこれでしょう。ご存じのとおり俺は、芳松とは、丸善夜学会以来の仲です。若いころから誰より長い時間をともにしてきて、少しはあいつの考えがわかるつもりです。元来がまじめで、思いつめたら心ひとつになっちまう性質《たち》だったが……それにしても思いつめすぎだ。ほんとうに、ほんとうに馬鹿なやつですよ芳松は。本箱をたおして事故死をよそおい、地方へ潜伏して……いずれふたたび俺たちの前に姿をあらわし、すべてを告白する気だったと思いたいが、どうでしょう。一種の錯乱《さくらん》状態だったかもしれん。それほど恐怖がつよかったのです。

あるいは、つよすぎた。

妻子を殺される恐怖。日本の歴史を殺される恐怖。そうして俺をこえられないという絶望。そういう幾重《いくえ》もの感情の故に、準備を周到にしすぎたのかもしれない。実際は、そうです、ほんとうに芳松は死んでしまった。

ほんとうに本の下敷きになってしまった。

くわっと目を見ひらいて。文字どおり一生の不覚というところですが、芳松とすれば、想像以上の衝撃だったのでしょう。たまたま四周から本が、いちどきに、滝のように芳松になだれこんだのではないでしょうか。本というのは想像以上におもかったし、想像以上に固い角が多かった。打ちどころが悪いという面もあったと思います。あばら骨が折れ、内臓をおしつぶした。

つまり芳松は、事故死じゃないが、事故死だったんです。意図せざる自殺、などと言えば少しは恰好をつけてやれるかな。むろん俺にも責任がある。そんな異様な行動へと芳松をみすみす追いつめてしまった琴岡庄治は、どんな方向で考えても、兄貴分の資格はない。芳松は、或る意味、俺が殺したようなものなんですよ。

そうして俺は、さらに悪いことに、芳松の妻をも救い出してやれなかった。

弁解じみた言いかたになるが、彼女があんなに心のつよい人とは思わなかった。芳松も思わなかったはずです。もっとも、最初からそうだったかといえば、それもちがう。こんな事件さえ起こらなかったら、お夕カさんは、ただの妻でありつづけられた。

妻であることに専念し、子供をそだて、年をとり、畳の上で死ぬことができた。そんな気がします。夫の死体をまのあたりにして、五所川原へ行って、子供を置き去りにしたことで心の何かに火がついちまったんだ。彼女は調査を開始した。

夫の死の理由をさぐりはじめた。まったく大した度胸だが、結局は、それが仇《あだ》になりました。ビリヤードの球を持って岩崎邸にのりこんで、少佐の警戒心をそそり、返り討ちに遭ってしまった。少佐はよほど球の紛失が気になっていたのでしょう。数あるGHQの日本教化策のなかでも秘中の秘、陰謀中の陰謀というべきダスト・クリーナー計画が世に露呈する可能性をそこに見ざるを得なかったからです。一基の堤防が決壊する、その最初の小さな穴のようなものですね。

実際、それは芳松がぬすみ出したものなのだから、穴にはちがいなかったのですが。それにしても皮肉な話だ……そもそも芳松がそんなことをしたのは、単なる出来ごころじゃない。それを自分の「事故死」の飾りつけとし、以てタカを助けるという明確な目的があったんです。

二個のビリヤードの球は、もういちど言うが、タカを助けるための道具だった。それが結局はタカの命を奪った上、ごほうびとして、タカを殺した犯人にあたえられたんだから皮肉じゃなくて何でしょう。いまじゃあハリー軍曹のおもちゃです。タカは弱いから殺されたんじゃない、強いから殺されたんだなどと拍手喝采《かっさい》したところで何の供養にもならないが、この期におよんではもう、ほかにどうしようもありません。

まさか彼らを殺し返してやるわけにもいかないんだ。俺の、俺たちの、力はここまで。あとは後世に託すしかない。せめて彼らのダスト・クリーナー計画をご破算にしたことを以て線香のけむりとさせてもらうか。タカには申し訳ないことをした。つくづくそう思いますよ。

いや。

芳松には、そうは思わない。

あいつをねぎらう気はありませんよ。たしかに俺はいま、俺が、彼を殺したようなものだと言いました。それは事実です。が、もとはと言えば、原因は芳松自身にある。俺の態度ははっきりしている。

芳松よ。

お前はやっぱり、未熟だった。

やっぱり俺以下だった。その一事です。せっかく戦前はふたりで大きなこころざしに胸ふくらませ、俺とともに古典籍の専門商、店をもたない古本屋として鳴らすまでになったのに、戦後はがまんできなかった。

古典籍なんか「売れないから」と見かぎって、よく売れる一般洋装本のほうへ鞍《くら》がえしちまった。店もかまえた。いや、それ自体が悪いわけじゃない。つまりは、ふつうの古本屋になったってことだから。悪いわけじゃないんだが、しかし芳松は、戦前は、その普通の古本屋の悪口をさかんに言っていましたから。

──あいつらは本を売っている。俺らは文化財を売っている。そうでしょう庄治さん。

なんて言って。

そんなやつだから、戦後になるとふらふらしだした。

鞍がえ自体を後悔して、俺をこえられないなどと思いはじめて、結局、GHQの口車に乗っちまった。

そうしてやっぱり乗ったこと自体を後悔して、少佐にじかに立ち向かうかわりにあの「事故死を装う」などという小細工に走った。窮余の一策、なんて恰好いいものじゃありません。ただの苦しまぎれ、当座しのぎ、胡麻《ごま》胴乱《どうらん》にすぎないんですよ。

芳松は、つくづく残念だった。

この風景を見せてやりたかった。死人に鞭打ちたくもなりますよ。あともうちょっと、ほんのちょっと我慢してくれれば、俺たちのいま抱えてる大量の在庫がふたたび、日本中のコレクターや、大学教授や、教養ある実業家などの書架へおさまるところが見られたのに。

日本人が本を愛し、古典を愛し、そのことで国そのものを立ちなおらせるところが見られたのに。俺はそう思うんです。ＧＨＱに勝ったのは俺たちじゃない。文字を愛し文字をとうとぶ日本人、日本の歴史そのものなんだ。

# エピローグ

「……と、いうわけさ」

浩一はそう言って息をつくと、小学六年生、満十二歳の玲奈の頭をゆっくりと撫でた。

平成二十六年（二〇一四）一月一日、敗戦から六十九回目の正月をむかえた東京の朝。いや、朝ではない。もう昼ちかくになっている。玲奈も、祖母のきんも、みんな座敷にあつまっている。ずっと浩一の話を聞いていたのだ。

座敷は、がらんとしている。

車座ふうに畳にお尻を落としている三人のまんなかには、玲奈から見て、きれいに縦横に百枚の札がならべられている。浩一の話の前とおなじように。リビングのテレビはとっくに電源が切られているから、家のなかは、ことのほか静かだった。

百枚の札のかたわらには、これまた百枚の札。こちらは読み札。濃い緑色の裏面《うらめん》を上にして、塔のように立っている。結局、かるた取りはやらずじまいだった。

玲奈は、二度トイレに立った以外は、じっと耳をかたむけた。

（つまんない）

とは、思わなかった。

どちらかというと楽しかった。なぜだろう。玲奈はかんがえた。このおじいちゃんがこんなに熱心に物語をしてくれることはこれまでなかったから？ それもある。話が案外うまかったから？ それもある。でもやっぱり、いちばん大きいのは、

（死体かなあ）

どうしてそうなるのかわからないけれど、最初に死体がぽんと出ると、話というのは、二段も三段もおもしろくなるのだ。学校の図書館で読んだエラリー・クイーンや三毛猫ホームズもそうだった。

友達の家で全巻読んだ『名探偵コナン』のコミックスもそうだった。死体は人をめろめろにするのだ。もっとも、ほかの理由ももちろんある。死体が出ようが出まいが、この話は、自分のおじいちゃんのお父さん、つまり血すじを単純に一直線にさかのぼることができる人が主人公……。

「そうだ」

玲奈は、つぶやいた。

思い出したのだ。すわったまま上半身をうしろへねじり、

「あの人？」

指さした先は、座敷の奥。

仏壇の横の天井ちかくの壁にかけられた、白黒の肖像写真だった。年老いた男の人。みじか

い白髪をいただいて、顔がながく、頬骨がゲンコツのように浮いている。
こちらを見おろす目は、ピントが合っていないせいか、こわいのか優しいのかわからなかった。浩一は、

「そうさ。あれが玲奈のひいおじいさん、琴岡庄治さんだ」

「庄治さん……」

「十八年前、アトランタオリンピックの開会式の翌日に亡くなった。八十四歳だったよ。東大へ注文の品を納入するため自転車でしゃかしゃか駿河台の坂をのぼっているとき、脳の血管が切れたかして、ばったり倒れて、それっきりだって。その右の写真、少し若い女の人がしづさん。庄治さんの妻で、おじいちゃんのお母さん」

「あ、そう」

玲奈はあいまいな返事をした。少し若いと言われても、玲奈の目には、おなじ年寄りにしか見えないのである。浩一はつづけて、

「とにかく庄治さんは、こういう次第で、古本屋さんたちといっしょに救ったんだ。日本人が日本の古典をなくしてしまう、その危ないところをね」

「古典って、これでしょ？」

玲奈は浩一のほうへ向きなおると、例の塔から、いちばん上の一枚をつまんでひっくり返した。

三条院、ではなかった、べつの人の歌。どういう理由かはわからないけれど、三条院のふり

がなは三条「ゐん」だったのに、こっちはちがう。

崇徳院《すとくいん》

瀬《せ》を早《はや》み岩《いは》にせかるる瀧川《たきがは》のわれても末《すゑ》に逢《あは》むとぞ思《おも》ふ

「おじいちゃん、ちょっと大げさじゃないかなあ」

玲奈はそう言って、唇をとんがらせると、読み札を伏せ、パタリと元の塔にもどして、

「いくら何でも、全部がなくなる心配はなかったでしょう。古典の本っていっぱいあるもの。『枕草子』も『平家物語』も、芭蕉《ばしょう》とかも。おじいちゃん、庄治さんの手柄をちょっとでも大きく見せようとして……」

「おなじこと言ったよ」

「え？」

「いま玲奈が言ったのと、おなじことをさ。私もね」

浩一はななめ下へ目をそらし、右手を耳のへんにやった。照れかくしらしい。玲奈は、

「おじいちゃんも？」

「ああ、庄治さんにね。事件の五年後くらいかなあ。そうしたら庄治さん……私の父親は苦笑いして、こう言ったよ。いまの日本人はみんな、古典が読めるのは当たり前だと思ってる。水が無料《ただ》で飲めるようなものだって。でも古典は、水とはちがう。水のようにもともと『そこに

ある』ものじゃない。誰かが明確な意志と、知識を以て、それにいくらか偶然の力も借りて、いっしょうけんめい努力しなけりゃあ『そこにある』ことは不可能なんだって」

「……」

「つまり古典は『のこる』ものじゃない、誰かが『のこす』ものなんだ。『枕草子』も『平家物語』も」

「『走れメロス』も」

と玲奈が受けたので、浩一は、まるで珍獣でも発見したかのように目を見ひらいて、

「そうか、玲奈。それもお前には古典なんだね」

「うん」

「作者が誰だか教えてあげよう。何を隠そう太宰治、おじいちゃんたちと電車で青森に……」

「知ってるよ」

「ああ、そうか」

浩一は、きゅうに口をとじた。

うつむいてしまった。何かしら思い出すことがあったのかもしれない。

「さあさ、玲奈ちゃん」

口をはさんだのは、祖母のきん。とりなすように、

「おじいさんの話は、長すぎるんだ。もう終わりだよ。かるた取りしよう」

そういえば、最初はそのつもりだったのだ。玲奈はあわてて、

「お腹すいたよ」

かるた取りどころじゃない。ここまで水の一杯も口にしていないのだ。浩一の話は、たしかに少々長すぎた。

玲奈の目は、ちらりと六畳の次の間を見る。

次の間には座卓がある。その上にはつやつやの黒うるし塗りのお重がいくつか置かれていて、なかには数の子、きんとん、黒豆、ごまめ……玲奈がぜったい入れてくれるよう祖母にたのんだ鶏の唐揚げも、十五、六個、はしっこのお重のすみっこで肩寄せ合っている。

が、きんは、

「まあまあ、玲奈ちゃん。もう少し待ちなよ。お父さんとお母さんが帰るまで」

「ええ!」

「もう少しだよ」

「あと何分?」

玲奈は、なかば腰を浮かした。

(ぺこぺこ)

お腹がきゅっと細くなって、まるで砂時計の首になったような感じ。ほとんど拷問《ごうもん》じゃないか。きんは、こまったように、

「さあねえ……もう来てもいいころだけど」

「どこにいるの?」

「神保町」

とこたえたのは、また浩一だ。とつぜん誇らしげな顔になって、

「何しろ玲奈のお母さん、洋子《ようこ》さんは、いまや古本屋の店主だからねえ。商売事《しょうばいごと》は挨拶がたいせつだって、若いのに、みょうに昔かたぎなんだねえ」

「お父さんは？　お父さんは関係ないじゃない。公務員なんだから」

「たしかに都庁はお休みさ。でも隆《たかし》もね、やっぱり私たちの子だから、っていうより庄治さんの孫だから。洋子さんに『お正月くらい挨拶まわりに付き合ってよ』って言われちゃあ、ことわるわけにはいかないのさ。隆自身はちっとも古本のことはわからないのに」

「おじいちゃんだって、わからないでしょ」

「はっはっは、そのとおりだ。私はむかしから本なんか読まずに、車庫でオートバイの改造ばかりして、大学を出て、家電メーカーに入社して。さだめし庄治さんはがっかりしたろう。弟ふたりも、妹も、息子の隆も……」

などと、またぞろ新しい大長篇がはじまりそうな展開。冗談じゃない。玲奈はあわてて次の間へいざり出て、重箱へ腕をのばした。

「あ、こら」

というきんの声が聞こえないふりをして、鶏の唐揚げを、
ひょい
ひょい

ひょい

三個つづけざまに口へほうりこんで、数度、咀嚼《そしやく》しただけで飲みこんで、お腹がちょっと落ち着いたら、

（日本人だ）

そのことが、とつぜん気になりだした。

お正月にかるた取りして、おせちを食べて、そのあと友達から来た年賀状なんか見たりして。いやいや、お正月でなくてもあたしは、琴岡玲奈は、たしかに日本人だ。

でも、どうなんだろう。

その場合の「日本人」って何なんだろう。日本に生まれて、お父さんとお母さんが日本人で、日本国のパスポートがもらえて、日本に住み、日本の学校にかよって、日本語を読み、日本語を書き……それだけのこと。

努力して手に入れたものじゃない気がするし、そんなに大したものとも思えない。少なくともあの庄治さん、あたしのひいおじいちゃんが、国そのものが負けた直後にもかかわらずああして心の底から信頼して、そのために命まで賭けた相手と、ほんとにおなじ、

（日本人かな）

わからない。

あたしの頭がにぶいんだろうか。大人になったらわかるんだろうか。玲奈は四つ目の唐揚げに手をのばそうとして中途半端なところで止まりつつ、無理難題を押しつけられたような、反

抗し、たいような、しかし少しは元気が出るような不思議な感じがして、やっぱり四つ目をつまんで食べた。

本作の創作にあたり、特に以下の本を参考にしました。

反町茂雄編『紙魚の昔がたり 昭和篇』（一九八七、八木書店）

同　著『一古書肆の思い出（全五巻）』（一九八六―一九九二、平凡社）

## 対談　門井慶喜×岡崎武志

**門井**　我々は関西の京都と大阪を結ぶ京阪《けいはん》電鉄の沿線にゆかりがあります。岡崎さんは今でこそ東京にお住まいですが、ご出身は――。

**岡崎**　枚方《ひらかた》ですね。門井さんは出身は関西と違いますよね。

**門井**　僕はいま寝屋川《ねやがわ》に住んでいるんですけれども、元々は群馬生まれ、栃木育ちです。言ってみれば関東の人間なんですね。それが高校を卒業してから、同志社大学に行きました。

**岡崎**　珍しいですよね、関東から京都の同志社に行くって。

**門井**　周囲でもすくなかったです。ですので大学に通う四年間、僕は京都で下宿をしていました。

**岡崎**　僕は立命館大学出身で、当時広小路《ひろこうじ》に校舎があった最後の世代です。市電に乗れば同志社も近かったし、御所も鴨川《かもがわ》もあってすごくよかった。あそこらへんも、今はちょっと学生街の雰囲気はなくなりましたよね。京都大学と同志社があるくらいかな。

**門井**　僕の下宿が左京《さきょう》区の百万遍《ひゃくまんべん》で、ちょうど同志社と京大のまんなかくらいでした。

**岡崎**　いいところですよね。

**門井**　近くに古本屋さんも多かったですからね。岡崎さんとお話しするのははじめてですが、実は僕、何年か前に岡崎さんをお見かけしたことがあります。いつも夏に京都の下鴨《しもがも》神社で催《もよお》されている下鴨納涼古本まつりで。

**岡崎**　あら、そうですか。

**門井**　僕も学生の頃から古本が好きで集めていました。それこそ何か用事で東京に来たときは、神保町には必ず立ち寄るような若い頃を過ごしていまして。当然岡崎さんの名前も昔から存じ上げていたので、古本まつりでお見かけした時は声をかけようと思ったのですが、古本を見る岡崎さんの目があまりにも鋭く……これは狩りに来ている人の眼光だ、邪魔をしては申し訳ない、と向きかけた足を後ずさりして離れた思い出があります。

**岡崎**　よく言われます（笑）。そんな異様なムードでしたかね。でも、棚にならぶ古本の背を端から端までずっと見ていくわけですから、集中はしているかもしれませんね。終わったら、いつもクタクタになりますよ。

**門井**　かつては、このひとのように古本道を極めたいと思ったこともいまだに覚えています。

**岡崎**　そのふたりが今日こうしてはじめて話をしているという。実をいうと、僕はあんまり古本を極めてはいないんですけどね。たとえば本書に描かれている古典籍の世界なんか、ほとんど知らないですね。よく調べあげて書かれたなと思います。

**門井**　ありがとうございます。

**岡崎**　今日も神田《かんだ》古本まつりがやっていますけど、露店でならんでいる本と、店内でならんでいる本。ここからして、まず値段から希少度からまったく違います。それから、お店でもその店毎に専門が違うし、そういう意味では古本の世界って非常に広いんです。今回門井さんはそのなかでも古典籍に絞って、さらに終戦後のＧＨＱ占領もまじえてミステリを書かれている。

作中の舞台は終戦後の神田神保町《じんぼうちょう》で、この街がどのようにして本の街になったのかも丁寧に説明されています。元々は江戸時代に旗本屋敷だったところ、明治になってから大学がいっぱいできた。大学ができると本の需要が生まれ、やがて出版や取次、それから新刊書店や古本屋が集まってきた……ということが、ちゃんと調べて書かれてある。

ちょっと関西の話に戻してしまうと、古本の街といえば江戸時代や明治初期は京都だったんですけどね。

**門井**　何と言っても京都は藤原《ふじわら》家の末裔、摂関家の末裔のようなひとびとがいますから、かれらは古典籍にあたるものをたくさん持っている。その点では出回る古本の価値からいっても圧倒的に京都の方が上等です。それが明治期以降すこしずつ東京に移っていく。その中心となったのが、神保町です。

**岡崎**　関東大震災やら戦争やら何度か危機があったけども、今でも百軒以上もの古本屋が残っているなんて、ほとんど奇跡的なことですよね。日本の誇りだと思います。パリのセーヌ河岸には、ブキニストという屋台の古本屋がならんでいる。ロンドンならチャリング・クロス街かな。古本の街は世界にいくつかあるけれども、これほど集中して古本屋が残っている街は神保町のほかに類を見ないですよね。

さあ、その神保町を舞台にして書かれた本書ですが、まず『定価のない本』って、よくこのタイトルを思いつきましたね。「殺人事件」や「謎」といった扇情的な言葉を使わずとも、どういうことかなって思わせる、いいタイトルだと思うんです。

**門井** このタイトルは古本そのものを指していますが、僕は本が好きであると同時に、それを文化だからと威張るようなことはしたくないんです。文化であろうと、お金とは絶対に切り離すことができない。生活のなかで売り買いされている以上その事実から目をそむけたくないという思いから、このタイトルにしました。お読みいただいた方にはわかっていただけると思いますが、半分はお金の話です。

**岡崎** そうですね。同じ神保町でも、何百万もする貴重な古本を扱うお店もあれば、文庫二冊百円で売っているようなお店もある。実は神保町って、地価がすごく高いんですよ。バブルの頃は地上げの波に神保町も襲われて、いくら出すから立ち退いてくれって話があちこちであったらしい。それを神保町の古本屋たちは、それはできないと。俺たちはずっとここを守ってきたんだからって、地上げの話を蹴ったそうで。へたしたら何千万、いや何億で売り買いされる土地で、かれらが今も二冊百円の古本を売っているのは、なんというか素晴らしいですよね。だから、どこの古本屋もプライドと覚悟をもって古本を売っている。

**門井** 面白いですね。僕がこの本で主人公にした琴岡庄治と対極のようでいて、古本を売り買いする者としての矜持《きょうじ》にはどこか通じるものがあるのかもしれません。彼が扱う古典籍というものは、たとえばいま源氏物語の鎌倉時代の写本なんてものが出てくれれば当然国宝級ですから。

岡崎　けれども、その高価な古典籍が、終戦直後に限っては値が暴落をした。僕はこの本を読むまで知りませんでしたね。

門井　これは嘘みたいな話ですが、事実です。新宿の闇市で売っている一壜《ひとびん》のジャムと鎌倉時代の源氏物語、どっちが高いかというと、この時代においてはそんなに変わりません。

岡崎　暗黒の戦中時代をはさんで、前代を否定するような空気感もあったんでしょうかね。本自体は終戦後よく売れていたんですものね。

門井　いま我々が普通に読んでいる本は、ほとんどが明治以降に普及した洋装本の体裁を採っています。確かに洋装本は終戦後たくさん売れました。にもかかわらず、古典籍はぱたっと売れなくなった。岡崎さんのおっしゃるとおり、おそらく敗戦という重い事実が大きく関係をしていたのだろうと思います。敗戦によって、日本人は自国の歴史に自信が持てなくなった。それが、もやもやとした気分や気持ちだけではなく、古典籍の場合はれっきとした数字に出ている。

岡崎　そのあたりに目をつけているのも本書の面白さです。しかも、古書店主が崩れた本の山に圧し潰されて死んでいるのが序盤ですからね。普通の読者さんからしたら、小説家だからってそんなこと好き勝手に想像で書いて……と思うかもしれないけど、我々からすると非常にリアリティのある死に方です（笑）。皮肉な最期ではあるけども、私なんかからするとある意味では幸せな死に方にも思えます。

そういうリアリティも含めて、執筆にあたって色々なものを参考にされていますよね。たとえば琴岡庄治の古書店主としての経歴は立声堂というお店の小僧から始まるけど、この立声堂は実際に神保町にある一誠堂《いっせいどう》がモデルでしょう。読むひとが読めばわかるように、実在のものがさりげなく随所に取り込まれている。琴岡庄司は新潟県長岡《ながおか》市出身という設定になっていますが、一誠堂の創業者も確か出身が新潟県長岡市ですよね。

**門井**　あ、そうなんですか。それは偶然ですね。

**岡崎**　一誠堂で働くひとは代々新潟のひとが多いと聞いた覚えがあるな。

巻末の参考文献は二冊に留めて挙げていらっしゃいますけども、二冊とも反町茂雄《そりまちしげお》さんの著書です。反町さんは東京帝国大学の法学部を出て、一誠堂に入店する。その後は独立して弘文荘《こうぶんそう》という古典籍を専門にした古本屋を創業して、戦前戦後と目録販売のみで営んだ。当時そんなひとなんてほかにいないから、そういう意味でも話題になった。有名なものだと、一九八四年に紀貫之《きのつらゆき》『土佐日記』の藤原為家《ためいえ》による写本を掘り出している。当時の目録の値付けでは、なんと七五〇〇万円。これは日本文学研究者のみならず話題になりました。琴岡庄治の人物造型には、そういう反町茂雄さんの面影がちらちらしています。

**門井**　若い頃から僕は反町茂雄というひとが大好きで、尊敬していました。本書の琴岡庄治はもちろん架空の人間ですが、反町さんのひととなりや経歴が織りこまれています。ただ、僕が尊敬しているからというのはその通りなのですが、目録販売についてはそれとは別に、小説のうえで都合がいいというのもありました。実店舗を構えてしまうと店番をしなきゃいけない。行動の自由がなくなるわけですね。

岡崎　探偵役としては、あんまり頻繁に外を出歩いていたら確かに奥さんに怒られてしまう（笑）。そうか、考えましたね。

門井　それが一度だけ店舗を構える……商品をならべて客を対面に売ることになるのが中盤です。当時日本橋《にほんばし》に白木屋《しろきや》という百貨店があり、古本の即売会の会場としても有名だった。白木屋の即売会に参加できるというのが、神保町の古本屋にとっても一種のステータスであった。神保町の話を書くならと、せっかくなので使わせていただきました。だから、白木屋の即売会のくだりは反町さんの話を元にしたわけではなくて、僕の創作です。けれども、もし現実にこの時代そういうひとがいたとすれば、かならず同じことになっていると思います。

岡崎　貴重な古典籍が相場よりずっと安い値段でならんでいるからといって……という。しかし、そもそもそんなものが流れてくるというのは、昔は華族と言われたひとらも戦後になって飲み食いには相当に困ったんでしょうね。

門井　そうですね。市場に相当の数が出たらしいですから。

岡崎　逆に古本屋としては面白い時代だったでしょうね。

門井　まあ売値が安いということは買値は更に安いわけです。貴重な書物が次から次へ破格の値段で仕入れることができる。だから古本屋さんとしては、資金が続けばこれはもう最高のシチュエーションですよね。

岡崎　古本屋の醍醐味《だいごみ》っていうんですかね。それがよく描けている。取引されて儲《もう》かるのは勿論あるけれども、自分が自信を持って付けた値段でちゃんと買い取られていくっていうかな、この醍醐味は、やったらやめられへんのだろうな。

この本の後半もね、詳しくは話せないけど、そういうのを逆手にとっていて爽快感があったなあ。

**門井**　ありがとうございます。日本に、そして日本国民にとって極めて深刻な事態に対して、古書店主たちがどう戦うか。しかも先の戦争とは違って、これはいわゆる文化を守る戦いとなります。一発の銃弾も使わず、一本のナイフも使わず……一滴の血を流すことなく、ただ書物の力それだけでいかに戦うか。もちろんこの物語は僕の考えたフィクションではありますが、本書に描かれている古書店主たちの精神は嘘偽りなく真実だと思っています。

**岡崎**　単行本の帯に文中から一部が引かれていますが「『古本屋は、古本屋を殺したりしません』／われながら、子供じみた返事だった。／が、そう強弁せざるを得なかった。どれほど年季を入れたところで、どれほど業界の裏表を知ったところで、／──本を売る者に、悪者はいない。／そのことを、庄治はかたく信じている。」というくだり。これ、すごくいい文章ですよね。本を売る者に、悪者はいない。本を買う者にも、悪者はいない。そう思いたいですね。

（二〇一九年十月二十六日、東京・神田神保町にて）

本書は二〇一九年、小社より刊行された作品の文庫版です。

検 印
廃 止

著者紹介　1971年群馬県生まれ。同志社大学卒。2003年「キッドナッパーズ」で第42回オール讀物推理小説新人賞を受賞。16年『マジカル・ヒストリー・ツアー　ミステリと美術で読む近代』が第69回日本推理作家協会賞（評論その他の部門）を、18年『銀河鉄道の父』が第158回直木賞を受賞。

定価のない本

2022年10月21日　初版

著者　門《かど》井《い》慶《よし》喜《のぶ》

発行所　(株)東京創元社
代表者　渋谷健太郎

162-0814/東京都新宿区新小川町1-5
電　話　03・3268・8231-営業部
　　　　03・3268・8204-編集部
URL　http://www.tsogen.co.jp
モリモト印刷・本間製本

乱丁・落丁本は，ご面倒ですが小社までご送付ください。送料小社負担にてお取替えいたします。

© 門井慶喜　2019　Printed in Japan

ISBN978-4-488-43313-0　C0193

綿密な校訂による決定版

INSPECTOR ONITSURA'S OWN CASE

# 黒いトランク

**鮎川哲也**

創元推理文庫

◆

汐留駅で発見されたトランク詰めの死体。

送り主は意外にも実在の人物だったが、当人は溺死体となって発見され、事件は呆気なく解決したかに思われた。

だが、かつて思いを寄せた人からの依頼で九州へ駆けつけた鬼貫警部の前に鉄壁のアリバイが立ちはだかる。

鮎川哲也の事実上のデビュー作であり、
戦後本格の出発点ともなった里程標的名作。


本書は棺桶の移動がクロフツの「樽」を思い出させるが、しかし決して「樽」の焼き直しではない。むしろクロフツ派のプロットをもってクロフツその人に挑戦する意気ごみで書かれた力作である。細部の計算がよく行き届いていて、論理に破綻がない。こういう綿密な論理の小説にこの上ない愛着を覚える読者も多い。クロフツ好きの人々は必ずこの作を歓迎するであろう。——江戸川乱歩

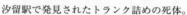

シリーズ第一短編集

THE INSIGHT OF EGAMI JIRO◆Alice Arisugawa

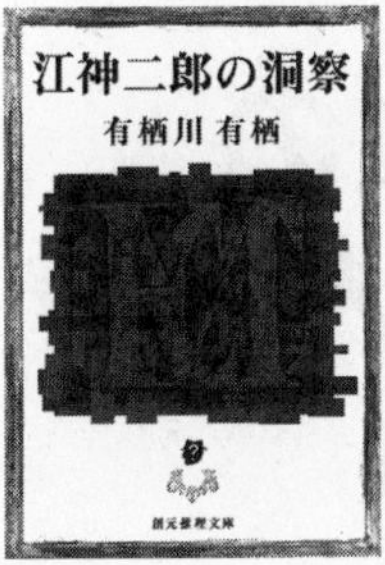


# 江神二郎の洞察

**有栖川有栖**

創元推理文庫

◆

英都大学に入学したばかりの1988年４月、すれ違いざまに
ぶつかって落ちた一冊——中井英夫『虚無への供物』。
この本と、江神部長との出会いが僕、有栖川有栖の
英都大学推理小説研究会入部のきっかけだった。
昭和から平成へという時代の転換期である
一年の出来事を瑞々しく描いた九編を収録。
ファン必携の〈江神二郎シリーズ〉短編集。

収録作品＝瑠璃荘事件，
ハードロック・ラバーズ・オンリー，
やけた線路の上の死体，桜川のオフィーリア，
四分間では短すぎる，開かずの間の怪，二十世紀的誘拐，
除夜を歩く，蕩尽に関する一考察

泡坂ミステリの出発点となった第1長編

THE ELEVEN PLAYING-CARDS◆Tsumao Awasaka

# 11枚のとらんぷ

**泡坂妻夫**

創元推理文庫

◆

奇術ショウの仕掛けから出てくるはずの女性が姿を消し、
マンションの自室で撲殺死体となって発見される。
しかも死体の周囲には、
奇術仲間が書いた奇術小説集
『11枚のとらんぷ』に出てくる小道具が、
儀式めかして死体の周囲を取りまいていた。
著者の鹿川舜平は、
自著を手掛かりにして事件を追うが……。
彼がたどり着いた真相とは？
石田天海賞受賞のマジシャン泡坂妻夫が、
マジックとミステリを結合させた第1長編で
観客＝読者を魅了する。

本格ミステリの王道、〈矢吹駆シリーズ〉第1弾

The Larousse Murder Case◆Kiyoshi Kasai

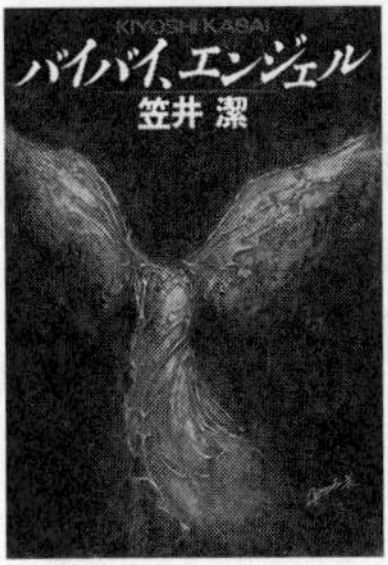


# バイバイ、エンジェル

**笠井 潔**

創元推理文庫

◆

ヴィクトル・ユゴー街のアパルトマンの一室で、
外出用の服を身に着け、
血の池の中央にうつぶせに横たわっていた女の死体には、
あるべき場所に首がなかった！
ラルース家をめぐり連続して起こる殺人事件。
司法警察の警視モガールの娘ナディアは、
現象学を駆使する奇妙な日本人・
矢吹駆とともに事件の謎を追う。
創作に評論に八面六臂の活躍をし、
現代日本の推理文壇を牽引する笠井潔。
日本ミステリ史に新しい１頁を書き加えた、
華麗なるデビュー長編。

浩瀚な書物を旅する《私》の探偵行

A GATEWAY TO LIFE◆Kaoru Kitamura

# 六の宮の姫君

**北村 薫**

創元推理文庫

◆

最終学年を迎えた《私》は
卒論のテーマ「芥川龍之介」を掘り下げていく。
一方、田崎信全集の編集作業に追われる出版社で
初めてのアルバイトを経験。
その縁あって、図らずも文壇の長老から
芥川の謎めいた言葉を聞くことに。
《あれは玉突きだね。……いや、というよりは
キャッチボールだ》
王朝物の短編「六の宮の姫君」に寄せられた言辞を
めぐって、《私》の探偵行が始まった……。

誰もが毎日、何かを失い、何かを得ては生きて行く
“もうひとつの卒論”が語る人生の機微

第60回日本推理作家協会賞受賞作

The Legend of the Akakuchibas◆Kazuki Sakuraba

# 赤朽葉家の伝説

**桜庭一樹**

創元推理文庫

◆

「山の民」に置き去られた赤ん坊。
この子は村の若夫婦に引き取られ、のちには
製鉄業で財を成した旧家赤朽葉家に望まれて輿入れし、
赤朽葉家の「千里眼奥様」と呼ばれることになる。
これが、わたしの祖母である赤朽葉万葉だ。
——千里眼の祖母、漫画家の母、
そして何者でもないわたし。
高度経済成長、バブル崩壊を経て平成の世に至る
現代史を背景に、鳥取の旧家に生きる三代の女たち、
そして彼女たちを取り巻く不思議な一族の血脈を
比類ない筆致で鮮やかに描き上げた渾身の雄編。
第60回日本推理作家協会賞受賞作。

創元推理文庫

**若き日の那珂一兵が活躍する戦慄の長編推理**

MIDNIGHT EXPOSITION◆Masaki Tsuji

# 深夜の博覧会

## 昭和12年の探偵小説

**辻 真先**

◆

昭和12年５月、銀座で似顔絵を描きながら漫画家になる夢を追う少年・那珂一兵を、帝国新報の女性記者が訪ねてくる。開催中の名古屋汎太平洋平和博覧会に同行し、記事の挿絵を描いてほしいというのだ。超特急燕号での旅、華やかな博覧会、そしてその最中に発生した、名古屋と東京にまたがる不可解な殺人事件。博覧会をその目で見た著者だから描けた長編ミステリ。解説＝大矢博子

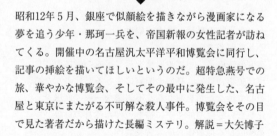

太刀洗万智の活動記録

KINGS AND CIRCUSES◆Honobu Yonezawa

# 王とサーカス

**米澤穂信**

創元推理文庫

◆

海外旅行特集の仕事を受け、太刀洗万智はネパールに向かった。

現地で知り合った少年にガイドを頼み、穏やかな時間を過ごそうとしていた矢先、王宮で国王殺害事件が勃発する。

太刀洗は早速取材を開始したが、そんな彼女を嘲笑うかのように、彼女の前にはひとつの死体が転がり……。

2001年に実際に起きた王宮事件を取り込んで描いた壮大なフィクション、米澤ミステリの記念碑的傑作！

**＊第1位『このミステリーがすごい！　2016年版』国内編**
**＊第1位〈週刊文春〉2015年ミステリーベスト10 国内部門**
**＊第1位〈ハヤカワ・ミステリマガジン〉ミステリが読みたい！　国内篇**

連城三紀彦傑作集1

THE ESSENTIAL MIKIHIKO RENJO Vol.1

# 六花の印

**連城三紀彦**

**松浦正人 編**

創元推理文庫

◆

大胆な仕掛けと巧みに巡らされた伏線、
抒情あふれる筆致を融合させて、
ふたつとない作家性を確立した名匠・連城三紀彦。
三十年以上に亘る作家人生で紡がれた
数多の短編群から傑作を選り抜いて全二巻に纏める。
第一巻は、幻影城新人賞での華々しい登場から
直木賞受賞に至る初期作品十五編を精選。

収録作品＝六花の印，菊の塵，桔梗の宿，桐の柩，
能師の妻，ベイ・シティに死す，黒髪，花虐の賦，
紙の鳥は青ざめて，紅き唇，恋文，裏町，青葉，敷居ぎわ，
俺ンちの兎クン

連城三紀彦傑作集 2

THE ESSENTIAL MIKIHIKO RENJO Vol.2

# 落日の門

**連城三紀彦**
**松浦正人 編**
創元推理文庫

◆

直木賞受賞以降、著者の小説的技巧と
人間への眼差しはより深みが加わり、
ミステリと恋愛小説に新生面を切り開く。
文庫初収録作品を含む第二巻は
著者の到達点と呼ぶべき比類なき連作
『落日の門』全編を中心に据え、
円熟を極めた後期の功績を辿る十六の名品を収める。

収録作品＝ゴースト・トレイン，化鳥，水色の鳥，
輪島心中，落日の門，残菊，夕かげろう，家路，火の密通，
それぞれの女が……，他人たち，夢の余白，
騒がしいラヴソング，火恋，無人駅，小さな異邦人

〈レーン四部作〉の開幕を飾る大傑作

THE TRAGEDY OF X◆Ellery Queen

# Xの悲劇

**エラリー・クイーン**
中村有希 訳　創元推理文庫

◆

鋭敏な頭脳を持つ引退した名優ドルリー・レーンは、
ニューヨークで起きた奇怪な殺人事件への捜査協力を
ブルーノ地方検事とサム警視から依頼される。
毒針を植えつけたコルク球という前代未聞の凶器、
満員の路面電車の中での大胆不敵な犯行。
名探偵レーンは多数の容疑者がいる中から
ただひとりの犯人Xを特定できるのか。
巨匠クイーンがバーナビー・ロス名義で発表した、
『X』『Y』『Z』『最後の事件』からなる
不朽不滅の本格ミステリ〈レーン四部作〉、
その開幕を飾る大傑作！

最大にして最良の推理小説

THE MOONSTONE◆Wilkie Collins

# 月長石

**ウィルキー・コリンズ**
**中村能三 訳** 創元推理文庫

◆

**丸谷才一氏推薦**
「こくのある、たっぷりした、探偵小説を読みたい人に、ぼくは中村能三訳の『月長石』を心からおすすめする。」

**ドロシー・L・セイヤーズ推薦**
「史上屈指の探偵小説」

インド寺院の宝〈月長石〉は数奇な運命の果て、イギリスに渡ってきた。だがその行くところ、常に無気味なインド人の影がつきまとう。そしてある晩、秘宝は持ち主の家から忽然と消失してしまった。警視庁の懸命の捜査もむなしく〈月長石〉の行方は杳として知れない。「最大にして最良の推理小説」と語られる古典名作。

『薔薇の名前』×アガサ・クリスティの傑作！

AN INSTANCE OF THE FINGERPOST◆Iain Pears

# 指差す標識の事例 上下

**イーアン・ペアーズ**

池央耿／東江一紀／宮脇孝雄／日暮雅通 訳

創元推理文庫

◆

一六六三年、クロムウェル亡き後、
王政復古によりチャールズ二世の統《す》べるイングランド。
オックスフォードで大学教師の毒殺事件が発生した。
ヴェネティア人の医学徒、
亡き父の汚名を雪《そそ》ごうとする学生、
暗号解読の達人の幾何学教授、
そして歴史学者の四人が、
それぞれの視点でこの事件について語っていく——。
語り手が変わると、全く異なった姿を見せる事件の様相。
四つの手記で構成される極上の歴史ミステリを、
四人の最高の翻訳家が共訳した、
全ミステリファン必読の逸品！

21世紀に贈る巨大アンソロジー!

The Long History of Mystery Short Stories

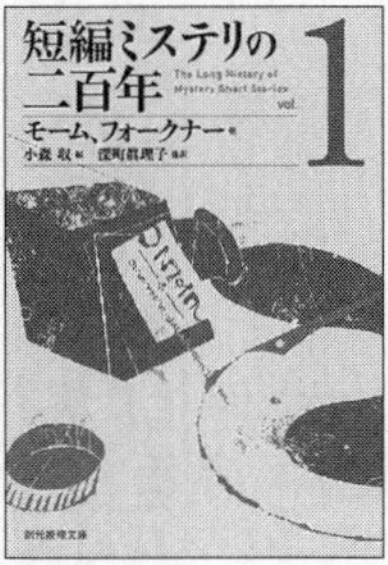


# 短編ミステリの二百年1

**モーム、フォークナー他**

**小森収 編／深町眞理子 他訳**

創元推理文庫

◆

江戸川乱歩編の傑作ミステリ・アンソロジー
『世界推理短編傑作集』を擁する創元推理文庫が
21世紀の世に問う、新たな一大アンソロジー。
およそ二百年、三世紀にわたる短編ミステリの歴史を彩る
名作・傑作を書評家の小森収が厳選、全６巻に集成する。
第１巻にはモームやフォークナーなどの文豪から、
サキやビアスら短編の名手まで11人の作家による
珠玉の12編をすべて新訳で、編者の評論と併せ贈る。

１巻収録作家＝デイヴィス、スティーヴンスン、サキ、
ビアス、モーム、ウォー、フォークナー、ウールリッチ、
ラードナー、ラニアン、コリア（収録順）

黒岩涙香から横溝正史まで、戦前派作家による探偵小説の精粋！

# 日本探偵小説全集

全12巻

監修＝中島河太郎

## 刊行に際して

現代ミステリ出版の盛況は、まことに目ざましい。創作はもとより、海外作品の夥しい生産と紹介は、店頭にあってどれを手に取るか、戸惑い、躊躇すら覚える。

しかし、この盛況の蔭に、明治以来の探偵小説の伸展が果たした役割を忘れてはなるまい。これら先駆者、先人たちは、浪漫伝奇の炬火を掲げ、論理分析の妙味を会得して、従来の日本文学に欠如していた領域を開拓した。その足跡はきわめて大きい。

いま新たに戦前派作家による探偵小説の精粋を集めて、新しい世代に贈ろうとする。

少年の日に乱歩の紡ぎ出す妖しい夢に陶酔しなかったものはないだろうし、ひと度夢野や小栗を垣間見たら、狂気と絢爛におののかないものはないだろう。やがて十蘭の巧緻に魅せられ、正史の耽美推理に眩惑されて、探偵小説の鬼にとり憑かれた思い出が濃い。

いまあらためて探偵小説の原点に戻って、新文学を生んだ浪漫世界に、こころゆくまで遊んで欲しいと念願している。

中島河太郎

1 黒岩涙香 小酒井不木 甲賀三郎集
2 江戸川乱歩集
3 大下宇陀児 角田喜久雄集
4 夢野久作集
5 浜尾四郎集
6 小栗虫太郎集
7 木々高太郎集
8 久生十蘭集
9 横溝正史集
10 坂口安吾集
11 名作集1
12 名作集2 付 日本探偵小説史